作者简介

　　钟涛　女，四川省成都市人，曾师从屈守元、聂石樵等先生，获文学硕士、博士学位。中国传媒大学教授，中国古代文学专业硕士生导师，戏剧戏曲学博士生导师。独立出版有学术专著《六朝骈文及其文化意蕴》《雅与俗的跨越》《元杂剧艺术生产论》等。参与撰稿的学术著作有《中国文学史》《中国古代歌诗艺术生产史》《中国诗歌通史》等。另在各类学术刊物上发表学术论文数十篇。

　　朱玲　中国传媒大学中国古代文学专业研究生。

钟涛 朱 玲◎著

宋元戏曲论稿

人民日报学术文库

人民日报出版社

图书在版编目（CIP）数据

宋元戏曲论稿／钟涛，朱玲著. —北京：人民日报出版社，
2014.12

ISBN 978－7－5115－2905－3

Ⅰ.①宋… Ⅱ.①钟…②朱… Ⅲ.①古代戏曲—文学研究
—中国—宋元时期 Ⅳ.①I207.37

中国版本图书馆 CIP 数据核字（2014）第 273914 号

书　　　名：宋元戏曲论稿
著　　　者：钟　涛　朱　玲

出 版 人：董　伟
责任编辑：陈　红
封面设计：中联学林

出版发行：人民日报出版社

社　　　址：北京金台西路 2 号

邮政编码：100733

发行热线：（010）65369527　65369846　65369509　65369510

邮购热线：（010）65369530　65363527

编辑热线：（010）65369844

网　　　址：www.peopledailypress.com

经　　　销：新华书店

印　　　刷：北京彩虹伟业印刷有限公司

开　　　本：710mm×1000mm　1/16

字　　　数：175 千字

印　　　张：15

印　　　次：2015 年 7 月第 1 版　　　2015 年 7 月第 1 次印刷

书　　　号：ISBN 978－7－5115－2905－3

定　　　价：68.00 元

自 序

　　人生际遇，常常有种种机缘巧合；为学之路，又何尝不是如此。自20世纪80年代以来，笔者先后师从屈守元先生和聂石樵先生，学习汉魏六朝文学，从事中国古代诗文的研究。本世纪初，由于所在单位要申请"戏剧戏曲学"的学位点，鼓励有博士学位的中青年教师，转变研究方向，以配合学校的科研工作。笔者正是由此开始关注中国古代戏曲的研究。戏曲作为一门综合艺术，自有其独特的艺术形态和传播方式，有文学文本和场上表演两种样态。在戏曲形态的发生发展过程中，戏曲的表演具有十分重要的意义，不仅决定了戏剧的文学形态，也决定了戏剧艺术的根本特征。剧本和表演的结合，才能构成完整的戏剧艺术。与传统诗文研究方法有很大不同，戏曲研究就不能只关注案头的文学文本，还要重视其作为场上表演艺术的各种特性；不仅要注意其文学性方面，对剧作家和剧本进行研究，也要注意戏曲特有的表演性特点，对戏曲的表演形式进行研究。但笔者对戏曲艺术却是"门外汉"，只能依据既有的古代文学研究经验，从古代传承下来的文学剧本出发，进行最初的研究尝试。中国古代戏剧经历了一个漫长的历史发展过程，虽然在很早的时期，舞台上就有故事的搬演，但戏剧演出是时间艺术和空间艺术的结合体，具有瞬时性的特点。古代艺术家演出的音声形貌，早已消失在漫漫的历史长河中。成熟的文学剧本，不仅保留了古代戏曲的文学精华，也是戏剧艺术成熟的基础。王国维基于对戏剧文学的极大重视，在《宋元戏曲史》中有言："论真正之戏曲，不能不从元杂剧始。"正是鉴于此，笔者初踏入戏曲研究时，首先便将目光投向了元杂剧。经过一段时间的学习和研究，撰写了《元杂剧艺术生产论》一书，从剧本的写作、文本的传播、舞台的演出、观众的接受等角度，探讨元杂剧艺术本体的特性、作者和传播者的生存状态等问题。该书出版后，笔者的研究又回到了中国古代诗文上，但却一直保持着对宋元文艺的兴趣。无论是自己的学术研究，还是指导研究生，都不时会涉猎到宋元时期的文艺形式。这本《宋元戏曲论稿》就是这些工作的初步成果。

本书集中探讨了三个问题：一是宋元音乐曲艺与元杂剧的关系；二是元杂剧"一人主唱"的艺术体制；三是元散曲的美学特征和传播方式。无论是元杂剧还是元散曲，在某种程度上，都具有音乐文学的特性。元杂剧虽是一种戏剧艺术，但由于其吸收了宋金时期传统燕乐、民间俗乐等音乐形式，继承了宋金曲艺复杂的结构形式和演唱艺术，以曲牌联套的方式构成主要的戏剧结构，所以，元杂剧可以说是一种以音乐为中心的戏剧形式。元散曲则与我国歌诗传统一脉相承。作为配合音乐演唱的歌辞，歌诗从先秦到宋元，艺术形态有许多变化。我国诗歌从产生时起就与音乐融为一体，《诗》乐亡而乐府继起，乐府逐渐演变为徒诗，又有词体出现，词体成为一种依谱填词的雅化的格律诗后，更适宜于配合时调新声演唱的曲体又成为歌诗的主流。

作为音乐诗剧的元杂剧和作为歌曲的元散曲，歌唱都是其重要的艺术表现形式，有必要进行深入研究。从元人燕南芝庵《唱论》、周德清《中原音韵》等开始，元曲的歌唱，一直受到学界的重视。"一人主唱"是元杂剧戏剧音乐体制的重要特点，前修时贤多有论述。当研究生朱玲选取"元杂剧'一人主唱'体制"为论文题目时，笔者十分赞同。在其后的写作过程中，师生相互砥砺讨论的情景，如在目前。现在笔者将其中部分内容整理后收入本书，也希望能对元杂剧戏曲艺术的研究有所补益。

本书收录的关于宋元戏曲文艺的论稿，有些已经公开发表过，有些尚未刊行。无论是已发表的或未发表的文稿，这次都进行了整理，力求全书风格大体一致。但毕竟书稿写作于不同时期，且出自我们两人之手，可能在论述上还有少量重复之处。此外，由于作者学养的局限，本书定还存在许多不尽如人意之处，还祈各位方家教正。

钟涛

二〇一四年十一月四日

目　录
CONTENTS

第一章

宋大曲中的以歌舞演故事

唐宋时期，大曲是一种流行的艺术形式。就现存资料看，唐大曲和宋大曲在表现的内容和具体的艺术形式上都存在差异。其中，宋代大曲中以歌舞的形式演述故事的特征尤为明显。本章试图描述宋大曲演述故事的种种情形，并注意这种以成套曲子演述故事的方式，与北杂剧套曲以歌舞演故事之间的渊源关系。

一、唐宋大曲概述

大曲是我国古代一种大型的音乐歌舞相结合的艺术形式，唐宋时期传播尤盛。王国维认为："大曲自南北朝已有此名。南朝大曲，则清商三调中之大曲，《宋书·乐志》所载者是也。北朝大曲，则《魏书·乐志》言之而不详。至唐而雅乐、清乐、燕乐、西凉、龟兹、安国、天竺、疏勒、高昌乐中均有大曲（见《大唐六典》卷十四《协律郎》条注）。然传于后世者，唯胡乐大曲耳。其名悉载于《教坊记》，而其词尚略存于《乐府诗集》近代曲辞中。宋之大曲，即自此出。"①

《教坊记》载唐代大曲名四十六：

踏金莲　绿腰　凉州　薄媚　贺圣乐　伊州　甘州　泛龙舟　采桑　千秋乐　霓裳　后庭花　伴侣　雨霖铃　柘枝胡僧破　平翻　相驼逼　吕太后　突厥三台　大宝　一斗盐　羊头神　大姊　舞大姊　急月记　断弓弦　碧宵吟　穿心蛮　罗步底　回波乐　千春乐　龟兹乐　醉浑脱　映山鸡　昊破　四会子　安公子　舞春风　迎春风　看江波　寒雁子　又中春　玩中秋　迎仙客　同心结②

《宋史·乐志十七》有宋代十八调四十大曲：

一曰正宫调，其曲三，曰梁州、瀛府、齐天圣；二曰中吕宫，其曲二，曰万年欢、剑器；三曰道调宫，其曲三，曰梁州、薄媚、大圣乐；四曰南吕宫，其曲二，曰瀛府、薄媚；五曰仙吕宫，其曲三，曰梁州、保金枝、延寿乐；六曰黄钟宫，其曲三，曰梁州、中和乐、剑器；七曰越调，其曲二，曰伊州、石州；八曰大石调，其曲二，曰清平乐、大明乐；九曰双调，其曲三，曰降圣乐、新水调、采莲；十曰小石调，其曲二，曰胡渭州、嘉庆乐；十一曰歇指调，其曲三，曰伊州、君臣相遇乐、庆云乐；十二曰林钟商，其曲三，曰贺皇恩、泛清波、胡渭州；十三曰中吕调，其曲二，曰绿腰、道人欢；十四曰南吕调，其曲二，曰绿腰、罢金钲；十五曰仙吕调，其曲二，曰绿腰、彩云归；十六曰黄钟羽，其曲一，曰千春乐；十

---

① 王国维：《宋元戏曲史》，上海古籍出版社1998年版，第36页。
② 崔令钦：《教坊记》，《中国古典戏曲论著集成》（一），中国戏剧出版社1959年版，第17页。

七日般涉调，其曲二，曰长寿仙、满宫春；十八日正平调，无大曲，小曲无定数。①

但现存的唐大曲曲辞很少，"《乐府诗集》七九录〔水调歌〕、〔凉州歌〕、〔大和〕、〔伊州歌〕、〔陆州歌〕五曲，已最丰富。诸曲皆创于玄宗时。当时声诗、七绝最盛，诸大曲内之各遍，乃亦用七绝为多，彼此相应。据专辞，且多直接借用当时诗人成作入遍。……如〔水调歌〕第三遍用韩翃之七绝入破，入破第二遍用杜甫《赠花卿》七绝，第五遍用无名氏七绝……"② 《乐府诗集》"近代曲辞"所录商调曲〔水调〕、〔伊州〕、〔石州〕，宫调曲〔凉州〕，羽调曲〔大和〕等，曲辞都是五七言绝句。"敦煌曲内所见大曲，有〔苏幕遮〕、〔斗百草〕、〔阿曹婆〕、〔剑器辞〕、〔何满子〕等，或用齐言，或否，多出上述五曲情形之外，不必皆借用声诗"③，不过，无论是《乐府诗集》所录，还是敦煌曲中所见，曲辞是齐言还是杂言，内容多以抒情为主。

就曲名看，唐大曲中，似乎也有一些故事性的。如〔吕太后〕〔一斗盐〕〔羊头神〕〔大姊〕〔急月记〕等，但曲辞都不传。唐代表演故事的小戏，是踏摇娘、参军戏之类，以成套大曲演述故事的情形尚未见。现存宋大曲、法曲、舞曲等，则不乏叙事性比较明显的作品。刘永济《宋代歌舞剧曲录要》由曾慥《乐府雅词》、王明清《玉照新志》、史浩《鄮峰真隐大曲》、《高丽史·乐志》、《松隐乐府》等录出大曲、舞曲、法曲九种。其中有些叙述了完整的故事。而由《武林旧事》中的"官本杂剧段数"的杂剧存目，也可

---

① 脱脱：《宋史》，中华书局1977年版，第3349页。
② 任半塘：《唐声诗》上编，上海古籍出版社1982年版，第331页。
③ 任半塘：《唐声诗》上编，上海古籍出版社1982年版，第333页。

推测出，在宋杂剧中，不乏以大曲形式叙述故事之作。

唐大曲"以声与舞为主，而不以词为主，故多有声无词者。自北宋时，葛守诚撰四十大曲，而教坊大曲，始全有词。……此种大曲，遍数既多，自于叙事为便，故宋人咏事多用之。"① 大曲分隶各个宫调，每套大曲专属一个宫（或调）。唐宋大曲的结构很复杂，关于其形式也各说不一。一般来说，唐宋燕乐大曲有三大部分：先是有拍无歌的器乐合奏，称为"散序"；再为有拍有歌的"排遍"；末音乐歌舞并作，而以舞蹈为主，称为"破"。"散序"、"排遍"、"破"各部分又分"遍"，遍数多少不等。《乐府诗集》所载唐大曲歌辞，器乐演奏部分和舞蹈形式都从略，但《水调歌》前小序言此曲"凡十一叠，前五叠为歌，后六叠为入破"，② 仍可想见其歌舞并作的演出场面。晚唐至宋，自首自尾的整套大曲已很少演出，常是截用大曲后边的"破"部分，称为"曲破"。现存宋大曲不仅曲辞内容和形式较唐大曲为多，而且保留了较多演出场景中的歌舞提示语，从而显现出更多歌舞并作的大型叙事性表演艺术的特点。宋大曲中以歌舞演故事，还不是很成熟，但毕竟是以一个宫调数支曲子的形式，载歌载舞表现一个故事。正如刘永济先生所言"盖宋代剧曲既上承唐代大曲之后，又下开金、元杂剧之先，实古今戏剧发展的枢纽"。③ 研究宋大曲怎样以歌舞演故事，不仅让我们能全面了解宋代大曲艺术的发展，更为我们窥测其后以歌舞演故事的北杂剧套曲的形成渊源，提供了新的视角。

---

① 王国维：《宋元戏曲史》，上海古籍出版社 1998 年版，第 37 页。
② 郭茂倩：《乐府诗集》，中华书局 1979 年版，第 1114 页。
③ 刘永济：《宋代歌舞剧曲录要》，古典文学出版社 1957 年版，第 31 页。

二、宋金杂剧院本大曲的使用

宋金杂剧院本中，使用大曲曲调者不少。王国维先生《宋元戏曲考》，就周密《武林旧事》卷十"官本杂剧段数"存目做了考证，说其中"用大曲者一百有三"。这些大曲曲辞已佚，但就其中有些名目看，明显是叙事的。如六么（绿腰）二十本中的《王子高六么》《崔护六么》《莺莺六么》《女生外向六么》；瀛府六本中的《醉院君瀛府》；梁州七本中的《四僧梁州》《食店梁州》《法事馒头梁州》；伊州五本中的《裴少俊伊州》《闹五伯伊州》；薄媚九本中的《简帖薄媚》《错取薄媚》《郑生遇龙女薄媚》；降黄龙五本①中的《列女降黄龙》《双旦降黄龙》《柳批上官降黄龙》；道人欢四本中的《越娘道人欢》；大圣乐三本中《柳毅大圣乐》；中和乐四本中的《霸王中和乐》《封陟中和乐》；剑器二本中的《病老爷剑器》《霸王剑器》；君臣相遇乐一本的《裴航相遇乐》；彩云归二本之《梦巫山彩云归》《青阳观彩云归》；罢金钲一本之《牛五郎罢金钲》。

这些运用了大曲的杂剧名目，我们已不能确知所叙故事内容和表演方式。就名目的形式看，大多是以人名冠在大曲名前，如《崔护六幺》《莺莺六幺》《裴少俊伊州》《柳毅大圣乐》《牛五郎罢金钲》等，也有的是以人物身份冠在大曲名前，如《霸王中和乐》《病老爷剑器》《霸王剑器》等，还有的可能是将故事核心情节冠

---

① 《宋史·乐志》所列大曲无此名，但张炎《词源》卷下明言："如六么，如降黄龙，乃大曲。"（《词源疏证》第 96 页，中国书店，1985 年版。）

于大曲名前，如《简帖薄媚》《错取薄媚》《郑生遇龙女薄媚》《梦巫山彩云归》等。这些宋杂剧，很可能是运用了大曲的形式，歌舞相结合地讲述了人们熟知的故事。

宋杂剧中可能存在的运用大曲形式演故事的情形，我们只能悬想①，但宋人词中，有记录以大曲歌舞演故事情景者。如洪适词中反映的就是以《南宫薄媚》舞和《降黄龙》舞表演故事。

《句南宫薄媚舞》：

> 羽觞棋布，洽主礼于良辰；翠袖弓弯，奏女妖之妍唱。游丝可倩，本事愿闻。
>
> 答
>
> 蹑软尘之陌，倾一见月肤；会采萍之洲，迷千娇于雨梦。且娥眉有伐性之戒，而狐媚无伤人之心。既吐艳于幽闺，能齐芳于节妇。果六尺之躯不庇其伉俪，非三寸之舌可脱于艰难。尚播遗场，得尘高会。
>
> 遣
>
> 兽质人心冰雪肤，名齐节妇古来无。纤罗不蜕西州路，争得人知是艳狐。歌舞既阑，相将好去。②

《句降黄龙舞》：

> 伏以玳席接欢，杯滟东西之玉；锦裀起舞，钗横十二之金。咸驻目于垂螺，将应声而曳茧。岂无本事，愿吐妍辞。

---

① 胡忌《宋金杂剧考》（订补本）（中华书局，2008 年版）第 33 页引用了杨荫浏之言"（宋杂剧）取原来的大曲，去掉了它原来的舞，而用剧来代替"后，说："不过到现在，还没发现'去掉大曲原来的舞'而成为较自由的舞蹈以适应戏剧所需的例子（使用曲破者，其例有）。另一方面，大曲有使用代言体的例子也没有找到。"

② 唐圭席：《全宋词》（第二册），中华书局 1965 年版，第 1371 页。

答

眄流席上，发水调于歌唇；色授裙边，属河东之才子。未
满飞鹣之愿，已成别鹄之悲。折荷柄而愁缕无穷，剪鲛绡而泪
珠难贯。因成绝唱，少相清欢。

遣

情随杯酒滴郎心，不忍重开翡翠衾。封却软绡看锦水，水
痕不似泪痕深。歌罢舞停，相将好去。①

《句南宫薄媚舞》表现的是郑六遇妖狐的故事，《句降黄龙舞》
表现的是歌舞伎柘枝与裴质的恋爱故事。由勾词中"奏女妖之妍
唱""愿吐妍辞""歌舞既阑""歌罢舞停"等，可见歌舞并起的演
出，所用大曲分别是《南宫薄媚》和《降黄龙》。而由勾队词中
"本事愿闻""岂无本事"之语，答词和遣队词对故事轮廓及人物
情感的描写，推想歌舞表演中，应当有故事的演绎。

郑生和外貌美丽品质坚贞的狐妖任氏的恋爱悲剧，出于唐传奇
《任氏传》。"官本杂剧段数"中的《莺莺六么》《柳毅大圣乐》
《裴航相遇乐》等，本事也源自唐传奇。这套《南宫薄媚舞》，如
果称之为《任氏薄媚》，或《郑生遇狐女薄媚》，也似无不妥。是
否可以设想，"官本杂剧段数"那些有故事性的大曲名目，演出情
形也与此类似呢②？

---

① 唐圭璋：《全宋词》（第一册），中华书局 1965 年版，第 1371 页。
② 胡忌《宋金杂剧考》（订补本）（中华书局，2008 年版）第 33 页说："或许这
类歌舞演出在当时也是称为'杂剧'的缘故，所以把它记录在《武林旧事》的'官本杂剧
目'中就把它记录下来了。"可否设想洪适所记这两套大曲歌舞，其实和《武
林旧事》官本杂剧段数所记大曲名目本质是一样的呢？

三、宋代演故事的舞曲

宋代舞曲演出中①，以歌舞演故事的情形比较广泛。如史浩《剑舞》中，似乎也反映了在队舞演出中大曲曲破和故事表演相互穿插的情景：

> 二舞者对厅立裀上。竹竿子勾，念……
>
> 二舞者自念……
>
> 竹竿子问：既有清歌妙舞，何不献呈。
>
> 二舞者答：旧乐何在。
>
> 竹竿子再问：一部俨然。
>
> 二舞者答：再韵前来。
>
> 乐部唱《剑器》曲破，作舞一段了，二者同唱《霜天晓角》（略）
>
> 乐部唱曲子，作《剑器》曲破一段。（舞罢，二人分立两边。别两人汉装者出，对坐，桌上设酒果。）竹竿子念：伏以断蛇大泽，逐鹿中原。佩赤帝之真符……
>
> 乐部唱曲子，舞《剑器》曲破一段。（一人左立者上裀舞，有欲刺右汉装者之势。又一人舞进前翼蔽之。舞罢，两舞者并退，汉装者亦退。复有两人唐装出，对坐。桌上设笔砚纸，舞者一人换妇人装立裀上。）竹竿子勾，念：伏以云鬟耸苍壁，雾縠罩香肌……

---

① 刘永济《宋代歌舞剧曲录要》（古典文学出版社，1957 年版）第 26 页："舞曲亦大曲，但多用入破部分，故前人亦有名之为曲破者。"

乐部唱曲子，舞《剑器》曲破一段，（作龙蛇蜿蜒曼舞之势。两唐装者起。二舞者、一男一女对舞，结《剑器》曲破彻）竹竿子念：项伯有功扶帝业，大娘驰誉满文场……

念了，二舞者出队。①

这场演出表演了两个故事，一是鸿门宴上舞剑，一是公孙大娘舞剑。汉装者、唐装者与舞者共同完成动作的表演，但均无念白和歌唱。竹竿子的致辞，与所演故事相关，但其不是故事表演中的一个角色，而是一个旁白者。除舞者唱的《霜天晓角》外，乐部所唱曲子，均未记录曲辞，不知是否与故事表演有关。胡忌先生说："二个故事的演出形象已全同真正戏剧，所欠缺者惟演者不全司唱和不加宾白而已。"② 这里我们注意的是，大曲在故事表演中所起的作用。《宋史·乐志》四十大曲名中黄钟宫有《剑器》一曲。这段记载中，明确记录了乐部一次唱《剑器》曲破，另外二次乐部所唱曲子为何，没有明言。但乐部唱曲子，舞者都舞《剑器》曲破，推想乐部所唱，也当是《剑器》曲破。这场表演的歌舞形式所用大曲是《剑器》曲破。大曲只是故事表演的一个音乐背景，而不是以成套曲子配合歌舞演故事。在戏剧性的场景设置中，进行含故事情节性的舞蹈表演动作，确有戏剧效果，但这种表演和乐部的歌唱，竹竿子的致辞，还是各自为阵。

史浩现存作品中还有《采莲舞》《柘枝舞》《太清舞》《渔父舞》《花舞》等，也是反映大型的队舞演出场景的，竹竿子的致语、舞蹈的形式，歌唱的曲辞，都有展现，具有浓厚的表演意味。但这些歌舞表演，大多以抒情为主。没有像《剑舞》表演中那样，

---

① 唐圭璋：《全宋词》（第二册），中华书局 1965 年版，第 1259—1260 页。
② 胡忌：《宋金杂剧考》（订补本），中华书局 2008 年版，第 40 页。

穿插故事。不过，其中仍有些具有叙事性的因素。如《太清舞》，先是竹竿子和舞队花心勾念，后行吹《太清》，众舞迄，然后众唱：

> 武陵自古神仙府。有渔人迷路。洞户逆寒泉，泛桃花容与。寻花迤逦见灵光，舍扁舟、飘然入去。注目渺红霞，有人家无数。

唱了，后行吹《太清歌》，众舞，舞迄，花心唱：

> 须臾却有人相顾。把肴浆来聚。礼数既雍容，更衣冠淳古。渔人方问此何乡，众颦眉、皆能深诉。元是避嬴秦，共携家来住。

唱了，后行吹《太清歌》，众舞，换坐，当花心一人唱：

> 当时脱得长城苦。但熙熙朝暮。上帝锡长生，任跳九乌兔。种桃千万已成阴，望家乡、杳然何处。从此与凡人，隔云霄烟雨。

唱了，后行吹《太清歌》，众舞，换坐，当花心一人唱：

> 渔舟之子来何所。尽相猜相语。夜宿玉堂空，见火轮飞舞。凡心有虑尚依然，复归指、维舟沙浦。回首已茫茫，叹愚迷不悟。
>
> ……①

　　整个队舞的演出，是为了归美于皇家，期圣寿无疆。不过，舞队花心所唱的桃花源故事，可看作一个完整的故事叙述。虽然叙述桃花源故事用的是旁叙体而非代言体，但在歌舞演出中，以大段曲辞叙述故事，和《剑舞》中所载，没有歌辞，只有舞蹈动作演故事的情况又有所不同。

---

　　① 唐圭璋：《全宋词》（第二册），中华书局1965年版，第1254—1255页。

史浩《渔父舞》以抒情为主，叙事成分不浓，但却似乎有些代言的因素。此舞中的八阕［渔家傲］都是齐唱，模仿渔父生活的舞蹈动作，大约也是群舞。但其中，渔父取代了竹竿子在演出中的位置，勾队词和遣队词，都是渔父自念。如果歌唱也出于渔父之口，则很类似元杂剧中抒情性强的折子了。

比《渔父舞》更具代言体特征的是杨万里《归去来兮引》。"此曲不著何调，前后凡四调，每调三叠，而十二叠通用一韵。其体于大曲为近。虽前此如东坡［哨遍］隐括《归去来辞》者，亦用代言体；然以数曲代一人之言，实自此始。"①

> 侬家贫甚诉长饥。幼稚满庭闹。正坐瓶无储粟，漫求为吏东西。

> 偶然彭泽近邻圻。公秫滑流匙。葛巾劝我求为酒，黄菊怨、冷落东篱。五斗折腰，谁能许事，归去来兮。

> 老圃半榛茨。山西欲蒺藜。念心为形役又奚悲。独惆怅前迷。不谏后方追。觉今来是了，觉昨来非。

> 扁舟轻飏破朝霏。风细漫吹衣。试问征夫前路，晨光小，恨熹微。

> ……②

全部十二支曲，基本是隐括陶渊明《归去来兮辞》的内容。以"数曲代一人言"的形式，确是和元杂剧套曲相类似，但此曲是否"为元人套数杂剧之祖"③，则不一定。《归去来兮引》用的虽是代

---

① 王国维：《戏曲考源》，百花文艺出版社 2002 年版，《宋元戏曲史》附录，第 156 页。

② 唐圭璋：《全宋词》（第三册），中华书局 1965 年版，第 1664—1665 页。

③ 王国维：《戏曲考源》，百花文艺出版社 2002 年版，《宋元戏曲史》附录，第 156 页。

言体，但以抒情为主，叙事成分不多。就其文体叙述方式来看，更近似一篇以第一人称抒情的诗歌，而不是一折戏剧。其文学精神和艺术旨趣都是传统抒情诗歌的继承。杨万里创作时，也未必有强烈的音乐意识，它本身是否曾"播之声乐，形之管弦"① 也不能确定。

四、宋代叙事性大曲的故事

现存宋人叙事性大曲中，还有一种完全没有歌舞表演场景的记录，而只有曲辞之作。如董颖［道宫薄媚］《西子词》，曾布［水调歌头］《冯燕传》等，都是人们常提到的作品。董颖、曾布等人之作，侧重叙述和描写，如果不考虑其大曲的名目和组曲结构方式，将这些作品看作长篇的叙事诗，也未尝不可。如曾布之作，本事是唐传奇《冯燕传》。沈亚之《冯燕传》叙魏豪人冯燕的故事。冯燕与滑将张婴之妻私通，张妻让冯燕杀张婴，冯燕反而杀了张妻。张婴被冤杀妻，行将临刑时，冯燕主动自首。曾布《水调歌头》用大曲的形式，叙述了这个故事：

　　排遍第一
　　魏豪有冯燕，年少客幽并。击球斗鸡为戏，游侠久知名。因避仇、来东郡。元戎逼属中军。直气凌貔虎，须臾叱咤风云凛凛坐中生。偶乘佳兴。轻裘锦带，东风跃马，往来寻访幽胜。游冶出东城。堤上莺花撩乱，香车宝马纵横。草软平沙

────────

① 赵令畤［蝶恋花］（商调十二首），唐圭璋《全宋词》（第一册），中华书局1965 年版，第492 页。

稳。高楼两岸春风，语笑隔帘声。

排遍第二

神龙鞭敲镫。无语独闲行。绿杨下、人初静。烟淡夕阳明。窈窕佳人，独立瑶阶，掷果潘郎，瞥见红颜横波盼，不胜娇软倚云屏。曳红裳，频推朱户，半开还掩，似欲倚、咿哑声里，细述深情。因遣林间青鸟，为言彼此心期，的的深相许，窃香解佩，绸缪相顾不胜情。

排遍第三

说良人滑将张婴。从来嗜酒、还家镇长酩酊狂醒。屋上鸣鸠空斗，梁间客燕相惊。谁与花为主，兰房从此，朝云夕雨两牵萦。似游丝狂荡，随风无定。奈何岁华荏苒，叹计苦难凭。惟见新恩缱绻，连枝并翼，香闺日日为郎，谁知松萝托蔓，一比一毫轻。

排遍第四

一夕还家醉，开户起相迎。为郎引裾相庇，低首略潜形。情深无限。欲郎乘间起佳兵。授青萍，茫然抚叹，不忍欺心。尔能负心子彼，于我必无情。熟视花钿不足，刚肠终不能平。假手天意，一挥霜刃。窗间粉颈断瑶琼。

排遍第五

凤凰钗、宝三凋零。惨然怅，娇魂怨，饮泣吞声。还被凌波呼唤，相将金谷同游，想见逢迎处，揶揄羞面，妆脸泪盈盈。醉眠人、醒来晨起，血凝蝼首，但惊喧，白邻里、骇我卒难明。思贩幽囚推究，覆盆无计哀鸣。丹笔终诬服，圜门驱拥，衔冤垂首欲临刑。

排遍第六（带花遍）

向红尘里，有喧呼攘臂，转身避众，莫遣人冤滥，杀张室，忍偷生。僚吏惊呼呵叱，狂辞不变如初，投身属吏，慷慨吐丹诚。彷佛缧绁，自疑梦中，闻者皆惊叹，为不平。割爱无心，泣对虞姬，手戮倾城宠，翻然起死，不教仇怨负冤声。

排遍第七（撷花十八）

义城元靖贤相国，嘉慕英雄士，锡金缯。闻斯事，频叹赏，封章归印。请赎冯燕罪，日边紫泥封诏，阖境赦深刑。万古三河风义在，青简上、众知名。河东注，任流水滔滔，水涸名难泯。至今乐府歌咏。流入管弦声。①

水调本是唐曲，《乐府诗集》所录《水调歌》属商调曲。《宋史·乐志》十八调，四十大曲中，双调有新水调一曲。宋词调有〔水调歌头〕，是取此调歌头一遍用之。曾布之作虽然篇幅较长，其实仍未用全调，只用了此曲排遍部分。大曲到入破部分，舞者才入场②，曾布《水调歌头》只以歌唱形式演绎冯燕故事。虽然曾布说冯燕故事"至今乐府歌咏，流入管弦声"，但他这个作品，只是案头之作，还是曾播之管弦，则不得而知。新水调是用在杂剧演出中的，"官本杂剧段数"中有新水四本：《捅担新水》《双哮新水》《烧花新水》《新水爨》。由《新水爨》这种名目来看，新水调也是用在以动作性为主的表演中。董颖〔道宫薄媚〕叙西施故事，也和〔水调歌头〕《会真记》一样，只有曲辞，没有如上节所叙舞曲那样有明确的勾队词和舞蹈提示字。但其作十遍之中，排遍三，入破七，入破部分推想应当是歌舞并举的。

---

① 唐圭璋：《全宋词》（第一册），中华书局1965年版，第266—267页。

② 刘永济《宋代歌舞剧曲录要》（古典文学出版社，1957年版）第19页："入破（彻），王国维曰：'宋上交《近事会元》卷四云：入破则之曲繁声处也。'又引陈旸《乐书》卷一百八十五曰：'大曲前缓叠不舞，至入破则羯鼓、襄鼓、大鼓与丝竹合作，勾拍益急，舞者入场，投节制容，故有催拍、歇拍、姿制俯仰，变态百出。欧阳永叔所谓入破舞腰红乱旋者是也。'"

　　综上所述，宋大曲确有以歌舞演述故事之作。宋大曲以歌舞演述故事，或是将大曲歌舞作为故事动作表演的背景，或是以第三者歌唱方式叙述一个完整故事，或是配合音乐舞蹈，在歌唱和勾遣队词中叙述故事轮廓。

　　但宋大曲的以歌舞演故事，和以套曲为中心，歌舞并举的北杂剧的演故事还很不相同。"舞大曲时之动作，皆有定制，未必与所演之人物所要之动作相适合。"① 宋大曲的演述故事也还是叙述体，而非代言体。北杂剧套由对宋大曲的发展多于继承。宋大曲，对以曲为本位的北杂剧的形成中给予的影响，主要不在其演述故事，而在其以成套的曲子配合歌舞表现故事的艺术形式。因此，宋大曲是宋元戏曲文艺发展中不容忽视的重要一环。

　　比"兼歌舞之伎"② 的大曲与北杂剧套曲有更为直接关系的在宋金流行的大型说唱伎艺，如鼓子词、缠达（转踏、传踏）、赚词、诸宫调等。大曲遍数虽多，一个故事反复用一个曲调演唱，未免单调。"大曲之为物，遍数虽多，然通前后为一曲，其次序不容颠倒，而字句不容增减，格律至严，故其运用亦颇不便。"③ 从唐宋燕乐大曲至北曲套曲，曲体结构还有关键的一环，便是宋金民间曲艺。唱赚吸收多种曲调合为套数，组曲方式比大曲灵活多样。诸宫调有说有唱，以唱为主。歌唱部分取同一宫调的曲子联成短套，再集不同宫调的若干短套联成全篇。不仅曲调十分丰富，宜于表现长篇故事，而且联套方式形成了一定规律，对北曲套曲影响更为直接，本书将在第四章对此做进一步探讨。

---

① 王国维：《戏曲考源》，百花文艺出版社 2002 年版，《宋元戏曲史》附录第 155 页。

② 王国维：《宋元戏曲只》，上海古籍出版社 1998 年版，第 36 页。

③ 王国维：《宋元戏曲只》，上海古籍出版社 1998 年版，第 62 页。

第二章

宋元市井中的俗曲传播

郑樵《通志·乐略第一》云："乐以诗为本，诗以声为用"，"古之诗曰歌行，后之诗曰古近二体。歌行主声，二体主文。诗为声也，不为文也……凡律其辞则谓之诗，声其诗则谓之歌，作诗未有不歌者也。"[①] 在诗乐不分的早期文艺中，作为歌辞的诗，确实是未有不歌者。但随着文学的发展，诗乐分离，为文不为声的徒诗，渐成文人创作的主流。唐诗中，徒诗固然是主体。然而，在唐代，合乐之诗仍广泛存在。不仅有乐府、大曲、小曲等音乐文艺形式，而且文人的创作的五七言律诗，也可以入乐歌唱。王维《送元二使安西》成送别之曲，王昌龄、高适、王之涣旗亭赌唱的故事等，都说明唐代"诗人之作，每付歌喉，不仅吟讽而已"[②]。从中唐开始，新兴的音乐文艺形式——词，逐渐进入文人的创作视野。到宋代，五七言诗不再采作声诗，入乐歌唱，词成为文人歌辞创作的主体。但在北宋人心目中，词只是诗余，是和正统文学形式的诗有本质区别的一种文艺形式。所以北宋人的词一般不收入文集。到

---

① 郑樵：《通志二十略》，中华书局 1995 年版，第 883、887 页。
② 任半塘：《唐声诗》上编，上海古籍出版社 1982 年版，第 523 页。

了南宋，这种情况有所改变，词作一般收入文集。南宋人编刻北宋人的文集，也往往采用同样的办法。宋人文集对是否收录词创作的态度的变化，正反映了宋人对词性质的认识的变化，而这种变化，又反映了宋代文人词由音乐文艺形式向纯文学形式的转变。元代及其以后文人词创作还大量存在，词的演唱也还延续了一个时期，但元代歌辞的主流已是曲而非词。元中后期，文人曲创作走向雅化，曲创作也逐步成为案头之作。北曲的演唱虽然到明万历以后才消歇，但早已不是时调新声。

词曲都是由民间文艺演化为文人文学形式，都经文人之手，由歌辞演变成了徒诗，由音乐文学形式演变成为纯文学形式。在文人词曲雅化、纯文学化的司时，还有大量通俗词曲传播于市井之间。这些传唱于街市之中、播之于歌儿优伶之口的俗曲，始终以音乐文艺的形式存在，保存了时调新声的特性，具有鲜活的生命力，不仅是当时市井文化中一道亮丽的风景，也和文人的词曲创作不无关系。

一、宋元市井中流行的俗曲

宋人笔记杂著中，关于市井词曲传播的记录零零星星，但从中也可以看出，当时流播于市井的俗曲十分丰富，从街市小令到成套说唱艺术，应有尽有。高承《事物纪原》卷九："京师凡卖一物，必有声韵，其吟哦俱不同。故市人采其声调，间以词章，以为戏乐。今盛行于世，又谓之吟叫也。"① 耐得翁《都城纪胜》："叫声：

---

① 高承:《事物纪厚》，中华书局 1989 年版，第 496 页。

自京师起撰，因市井诸色歌吟卖物之声，采合宫调而成也。若加以嘌唱为引子，次以四句就入者，谓之下影带。无影带者，名散叫。若不上鼓面，只敲盏者，谓之打拍。"① 这种俗曲本自商贩叫卖声，民间制为乐曲后，又与嘌唱等结合，形式变得比较复杂。北曲中"货郎儿""转调货郎儿""九转货郎儿"三调，和宋人"叫声"类俗曲应当不无关系。北宋末到南宋都很流行的俗曲还有"耍曲"，洪迈《容斋随笔·容斋四卷》卷十五："近世风俗相尚，不以公私宴集，皆为耍曲耍舞，如〔勃海乐〕之类。"② 北曲曲牌有"播海乐""耍孩儿"，可能是"耍曲"之遗。还有"荒鼓板"。《都城纪胜》"瓦舍众伎"："今街市有乐人三五为队，专赶春场，看潮，赏芙蓉，及酒座祗应，与钱亦不多，谓之'荒鼓板'。"③ 《梦粱录》卷二十"妓乐"："街市有乐人三五为队，擎一二女童旋，唱小词，专沿街赶趁。元夕放灯、三春园馆赏玩、及游湖看潮之时，或于酒楼，或于花衢柳巷妓馆家祗应，但犒钱亦不多，谓之'荒鼓板'。"④ 元人燕南芝庵在《唱论》中说"街市小令，唱尖歌倩意"，⑤ "叫声""耍曲""荒鼓板"之类小曲俗令，适应城市生活的需要，音乐上具有燕乐大曲所不具备的新颖特征，也比词乐更通俗，于是流行于市井间，成为市井文化的一时大观，并为音乐文化和歌辞创作的新变革蕴积着力量。

---

① 耐得翁：《都城纪胜》"瓦舍众伎"，《东京梦华录》（外四种），古典文学出版社 1956 年版，第 96—97 页。
② 洪迈：《容斋随笔》，上海古籍出版社 1978 年版，第 793 页。
③ 耐得翁：《都城纪胜》，《东京梦华录》（外四种），古典文学出版社 1956 年版，第 96 页。
④ 吴自牧：《梦粱寻》，《东京梦华录》（外四种），古典文学出版社地 1956 年版，第 309 页。
⑤ 燕南芝庵：《唱论》，《中国古典戏曲论著集成》（一），中国戏剧出版社 1959 年版，第 160 页。

北宋末流行于市井间的还有蕃曲。曾敏行《独醒杂志》卷五中说："先君尝言，宣和间客京师时，街巷鄙人多歌蕃曲名曰［异国朝］、［四国朝］、［六国朝］、［蛮牌序］、［莲蓬花］等，其言至俚，一时士大夫亦歌之。"① 吴曾《能改斋漫录》卷一则云："崇宁大观以来，内外街市鼓笛拍板，名曰打断。至政和初，有旨立赏钱五百千；若用鼓板改作北曲子，并著北服之类，并禁止支赏。"② 宋金时期，北方中原地区长期在契丹、女真等少数民族统治之下，他们的音乐，即胡乐蕃曲对当时民间音乐产生影响，成为市井俗曲的一部分，是不争的事实。后人在论及北曲之源时，有的便直接认为是由胡曲蕃乐演化而来。徐渭："今之北曲，盖辽、金北鄙杀伐之音，壮伟很戾，武夫马上之歌，流入中原，遂为民间之日用。"③ 王文才："北曲虽盛于元，始兴自在宋金之际。时燕乐渐衰，中原乐曲乃融契丹、女真、达达之乐，滋演新声，自成乐系。燕乐旧调若用于北曲，亦属偶存。"④ 北曲中［阿拉忽］［胡十八］［忽都白］［者拉古］［拙鲁速］之类曲牌，从名称来看大约应该是蕃曲。但北曲曲牌中，这类曲牌不是多数。并且胡乐大量传入汉地，并不始于宋金时期，如隋唐时期，西域音乐就曾大量传入中原，隋九部乐中，八部都是少数民族音乐。"在唐，龟兹乐谱已出开元梨园之上。"北曲的产生，并非全"出于边鄙裔夷"⑤，唐宋金词乐和词创作，以及北方汉族的俗曲新声，在北曲形成中具有更重要的作用。

---

① 曾敏行：《独醒杂志》，《四库全书·子部小说家类》，台湾商务印书馆影印文渊阁本，1983 年版，子 1639 册，第 553 页。
② 吴曾：《能改斋漫录》，中华书局 1960 年版，第 16 页。
③ 徐渭：《南词叙录·叙文》，《中国古典戏曲论著集成》（三），中国戏剧出版社 1959 年版，第 240 页。
④ 王文才：《元曲纪事》，人民文学出版社 1985 年版，第 280 页。
⑤ 徐渭：《南词叙录·叙文》，《中国古典戏曲论著集成》（三），中国戏剧出版社 1959 年版，第 241 页。

　　元曲能和唐诗、宋词并称一代文学之盛，从歌诗体式上来说，它特有的套数形式起了很大作用。北曲如只有只曲小令，可以说只是词创作形式的一种发展和变异。正是因为有了散套和剧套这些艺术新形态，元曲才从根本上不同于以前的歌诗，成为一种全新的艺术形式。

　　北曲套曲不是一时凭空而来，宋代通俗曲艺中，已提供了只曲组套的先例。《都城纪胜》"瓦舍众伎"："中兴后，张五牛大夫因听动鼓板中，又有四片［太平令］，或赚鼓板（即今拍板大筛扬处是也），遂撰为赚。"① 鼓板在北宋末流行于市井间，市井艺人张五牛在南宋初，依据其四片［太平令］，制为赚这种更为复杂的俗曲结构形式。俗曲联曲形式在北宋时就有，"唱赚在京师日，有缠令、缠达：有引子、尾声为'缠令'；引子后只以两腔互迎，循环间用者，为'缠达'。"② 这种联曲形式，在诸宫调和元曲中都能见到。被后世认为是"北曲之祖"的董解元的《西厢记诸宫调》中就有大量缠达、缠令。元曲散套、剧套的联套形式和缠达、缠令有密切关系。王国维说："虽元剧诸曲配置之法，亦非尽由创造。《梦粱录》谓宋之缠达，引子后只有两腔，迎互循环。今于元剧仙吕宫、正宫中曲，实有用此体例者。今举其例：如马致远《陈抟高卧》剧第一折，（仙吕）第五曲后，实以［后庭花］、［金盏儿］二曲迎互循环。"③ 赚是一种综合性的曲体，"凡赚最难，以其兼慢曲、曲

---

　　① 耐得翁：《都城纪胜》，《东京梦华录》（外四种），古典文学出版社 1956 年版，第 97 页。

　　② 耐得翁：《都城纪胜》"瓦舍众伎"，《东京梦华录》（外四种），古典文学出版社 1956 年版，第 97 页。

　　③ 王国维：《宋元戏曲史》，上海古籍出版社 1998 年版，第 67 页。

破、大曲、嘌唱、耍令、番曲、叫声诸家腔谱也。"① 赚同宫调只曲组套的形式，和北曲组套的渊源关系比较明了。如赚词《圆社市语》"圆里圆"由数只曲子构成：［紫苏丸］［缕缕金］［好女儿］［大夫娘］［好孩儿］［赚］［越恁好］［鹘打兔］［尾］，标明是"中吕宫"。诸宫调这种大型的说唱伎艺创始于北宋中期，在宋金时期十分流行。《东京梦华录》卷五："京瓦伎艺"："孔三传、耍秀才，诸宫调。"②《碧鸡漫志》卷二："熙丰、元祐间，泽州孔三传者，首创诸宫调古传，士大夫皆能诵之。"③《都城纪胜》"瓦舍众伎"："诸宫调本京师孔三传所撰，传奇、灵怪，八曲、说唱。"④诸宫调由北宋艺人所创，流行于南北宋，而且，由董解元作《西厢记诸宫调》可知，金亦盛行此体。作为当时的流行曲艺，诸宫调中汇集了大量当时流行的俗曲形式，而其联曲成套的结构方式，以及说唱结合的长篇叙事形式，也和元杂剧体式上有相近之处，故钟嗣成《录鬼簿》以其为"创始"。"'诸宫调'作为勾栏中相当活跃的曲艺，由于它包罗'时曲'的特点，故使俗曲得以找到一种最佳的'汇集'之所，从而逐步形成一种可与'雅词'相抗衡的力量，故客观上促进了'俗曲'——后世北曲的发展和提高。至于诸宫调以时曲唱'传奇'，其曲文又涵有浓厚的'代言'意味，这对北杂剧将'曲'与'戏'（'传奇'）相结合可能有着某种启迪和过渡的作

---

① 耐得翁：《都城纪胜》"瓦舍众伎"，《东京梦华录》（外四种），古典文学出版社 1956 年版，第 97 页。

② 孟元老：《东京梦华录》，《东京梦华录》（外四种），古典文学出版社 1956 年版，第 30 页。

③ 王灼：《碧鸡漫志》，《中国古典戏曲论著集成》（一），中国戏剧出版社 1959 年版，第 115 页。

④ 耐得翁：《都城纪胜》，《东京梦华录》（外四种），古典文学出版社 1956 年版，第 96 页。

用。"①

二、宋元俗曲传播的载体和渠道

宋元时期，无论是俗曲还是文人词曲，在市井传播的主要载体，是艺人和歌妓。同时，也有非专业性、无赢利目的的民间歌唱。《东京梦华录》卷五"京瓦伎艺"条，记载北宋末年"主张小唱"的名伎有李师师、徐婆惜、封宜奴、孙三四等，而"嘌唱子弟"则有张七七、王京奴、左小四、安娘、毛团等。《梦粱录》卷二十："若唱嘌耍令，今者如路歧人、王双莲、吕大夫唱得音律端正耳。"②《武林旧事》卷六"诸色伎艺人"条，记录了大量擅长各种伎艺的艺人之名，其中唱赚、鼓板、唱耍令等以唱俗曲著称的艺人有数十人之多。夏庭芝在《青楼集》中说："我朝混一区宇，殆将百年，天下教舞之妓，何啻亿万。"③ 这些艺人都技艺高超，各有所擅。《青楼集》就记载了众多女伶各自擅长的艺术形式，以唱慢词、小唱、讴唱、合唱、弹唱等著称的女伶也不少。

《录鬼簿》卷上说元曲在"茶坊中嗑，勾肆里嘲"，④《青楼集志》说元代"内而京师，外而郡邑，皆有所谓构栏者，辟优萃而隶

---

① 李昌集：《中国散曲史》，华东师范大学出版社 1991 年版，第 68 页。
② 吴自牧：《梦华录》，《东京梦华录》（外四种），古典文学出版社 1956 年版，第 310 页。
③ 夏庭芝：《青楼集》，《中国古典戏曲论著集成》（二），中国戏剧出版社地 1959 年版，第 7 页。
④ 钟嗣成：《录鬼簿》，《中国古典戏曲论著集成》（二），中国戏剧出版社 1959 年版，第 194 页。

乐，观者挥金与之"。① 在"茶坊""勾肆"中作营业性演出的，当然是艺人歌妓。而在这些场所"挥金"的观众，除了广大的市民大众，也有如夏庭芝本人一样的下层文人以及低级官员。元套曲高安道［哨遍·嗓淡行院］、杨立斋［哨遍］中，都表现了元代下层文人流连于勾栏茶肆观戏听曲的情形。《嗓淡行院》："暖日和风清昼，茶余饭饱斋时候。自叹抱官囚，被名缰牵挽无休，寻故友。出来的衣冠济楚，像儿端严，一个个特清秀。都向门前等候，待去歌楼作乐，散闷消愁。倦游柳陌烟花，且向棚阑玩俳优。"下层官员是勾栏中的常客。［哨遍·么］："莫将愁字儿眉尖挂，得一笑处笑一时半霎。百钱长向杖头挑，没拘没处到处行踏。饥时节选着那六局全食店里添些个气，渴时节拣那百尺高楼上咽数盏儿巴。更那碗清茶罢，听俺几回儿把戏也不村呵。"听"把戏"亦是下层文人的生活内容之一。

民间传唱是词曲传播的重要渠道。《元史·刑法志四》就说当时"诸民间子弟，不务生业，辄于城市坊镇，演唱词话，教习杂戏，聚众淫谑"。② 在元代，市井中盛行民间演出，这些演出不为禳灾祈福，没有赢利目的，纯属自娱自乐。元人赵半闲七言古诗《构栏曲》就描写了一次"街头儿"的演出："街头群儿昼聚嬉，吹箫挝鼓悬锦旗。粉面少年金缕衣，青鬟拥出双娥眉。……新欢未成愁已作，危途堕马千寻壑。关山万里客心寒，妻子衰灯双泪落。纷然四座莫浪悲，是醒是梦俱堪疑。红铅洗尽歌管歇，认渠元是街头儿。"此诗虽名为《构栏曲》，但诗中演出的场所却不是勾栏，而是街头。演出的不是构栏艺人，而是"街头群儿"，这些街头群

---

① 夏庭芝：《青楼集》，《中国古典戏曲论著集成》（二），中国戏剧出版社1959年版，第7页。

② 宋濂：《元史》，中华书局1976年版，第2685页。

儿演出的目的不是赢利，而是"聚嬉"，可见也不是路歧艺人的做场，而是市井少年的业余演出活动。散曲作为时行小令，流行街市，为非专业歌者所唱，当比剧曲更普遍。燕南芝庵《唱论》云："凡歌之所：桃花扇，竹叶樽，柳枝词，桃叶怨，尧民鼓腹，壮士击节，牛僮马仆，间阎女子，天涯游客，洞里仙人，闺中怨女，江边商妇，场上少年，阛阓优伶，华屋兰堂，衣冠文会，小楼狭阁，月馆风亭，雨窗雪屋，柳外花前。"① 这里除"场上少年，阛阓优伶"的演出，指的大约是勾栏商业演出外，其他场所，应当都是民间传唱。

宋元时期，歌者和受众不同的审美趣味，也造成了词曲演唱的不同艺术群体。朱权《太和正音谱》"知音善歌者"一条中说："凡唱最要稳当，不可做作，如：哑唇、摇头、弹指、顿足之态；高低、轻重、添减太过之音，皆是市井狂悖之徒，轻薄淫荡之声，闻者能乱人之耳目，切忌不可。优伶以之，唱若游云之飞太空，上下无碍，悠悠扬扬，出其自然，使人听之，可以顿释烦闷，和悦性情，通畅血气。"② 这里朱权讲到了市井之徒和优伶艺人这两类人的歌唱，其实《太和正音谱》"知音善歌者三十六人"，特别强调"娼夫不收"，表明在"娼夫"（艺人）之外，还有一个也不是"市井狂悖之徒"的擅歌群体。但是，这些"知音善歌者"自娱性的歌唱，更近于苏轼《赤壁赋》中"扣舷而歌"的韵事。如《太和正音谱》"知音善歌者"中的蒋康之"渡南康，夜泊彭蠡之南。……康之扣舷而歌'江水澄澄江月明'之词，湖上之民，莫不

---

① 燕南芝庵：《唱论》，《中国古典戏曲论著集成》（一），中国戏剧出版社1959年版，第160页。
② 朱权：《太和正喜谱》，《中国古典戏曲论著集成》（三），中国戏剧出版社1959年版，第46页。

拥衾而听，拥窗出户是听者，杂合于岸……"①，这样的歌唱场面，虽然也吸引了不少听众，但只是文人雅士的闲情逸致，而非市井文化现象。市井之中，无论是俗曲还是文人歌诗的传播，主要还是艺人的商业性演唱和市民的自娱性歌唱。

宋代繁荣的城市中，"新声巧笑于柳陌花衢，按管调弦于茶坊酒肆"②。娱乐场所需要大量歌词，词成了社会文化消费的热点，文人士大夫词通过各种途径流传到民间，更有词人直接为歌女写词。如柳永之词，在当时就极为流行，"凡有井水饮处，即能歌柳词"③。柳词的写作，不仅不再是为裨补时政，甚至有些不完全是为个人的抒情言志，而是在出入秦楼楚馆时应歌者之请而写。"多游狭邪，善为歌辞。教坊乐工每得新腔，必求永为辞，始行于世。于是声传一时。"④ 可以说，柳词虽是文人歌诗，却比较贴近市民的生活和文化消费。但就在词创作和歌唱最繁荣的宋代，词已经逐渐诗化，雅化，格律化。以苏轼、辛弃疾等人为代表的词人，极大地提高了词的文学地位，也带来了词的诗化，削弱了词作为歌曲的传统。而以周邦彦为代表的大晟词人和以姜夔、张炎等为代表的格律派词人，又使词乐典雅化、格律化，不再适合市民群众的文化生活要求。与雅化词乐不同的市井新声，在宋代就受到广泛欢迎。高雅的词乐旧曲，主要的消费者是具有较高文化修养的文人士大夫，在宋代的瓦舍中就已衰微。"唱叫小唱，谓执板唱慢曲、曲破，大

---

① 朱权：《太和正喜谱》，《中国古典戏曲论著集成》第 3 册，中国戏剧出版社 1959 年版，第 45 页。
② 孟元老《东京梦华录序》，《东京梦华录》（外四种），古典文学出版社 1956 年版，第 1 页。
③ 叶梦得：《避暑录话》卷三，《石林燕语·避暑录话》，上海古籍出版社 2012 年版，第 137 页。
④ 叶梦得：《避暑录话》卷三，《石林燕语·避暑录话》，上海古籍出版社 2012 年版，第 137 页。

率重起轻杀，故曰浅斟低唱，与四十大曲舞旋为一体，今瓦市中绝无。"① 词乐的演唱，其实并未绝迹。《武林旧事》中就载有擅"小唱"的艺人九名。在元代，也还有艺人擅唱"慢词""小唱"，《青楼集》中就记载擅"慢词""小唱"的艺人有小娥秀、李芝仪、杨奈儿、袁当儿、于盼盼、燕雪梅、牛四姐、真凤歌等。不过，虽然耐得翁说词乐旧曲在南宋后期临安"瓦市中绝无"，太绝对了一点，但词乐在南宋后期已不是流行的时调新声，则是无疑的。"新声奇变，朝改暮易"，俗曲的特点就是趋新多变，勾栏瓦舍的主要消费者市民大众，喜爱的更多是流行和通俗的艺术产品。《武林旧事》所载"诸色伎艺人"，长于俗曲者，远远多于以慢词、小唱著称者。从《青楼集》对诸歌妓所擅伎艺的的介绍中可看出，当时艺人，长于杂剧这种通俗的新文艺形式最多。即便是以诗词修养名闻于士大夫中的艺人，或以唱慢词等著称者，对时行的曲子也不陌生。如《青楼集》开篇所载几位歌妓，能诗词，擅长词乐演唱，且交往名公，受到上层文人士大夫赏爱。但也能写能唱"今乐府"。梁园秀作了《小梁州》《青歌儿》《红衫儿》《寨儿令》等曲，为世所传唱。张怡云在一次文人士大夫雅集中，即席创作并歌唱《小妇孩儿》。解语花虽以慢词著称，在一次宴会上，也歌《骤雨打新荷》。

三、民间曲文化和文人歌诗的沟通

　　活跃于勾栏瓦肆、高堂华屋的歌妓艺人，也是沟通民间曲文化

---

① 耐得翁：《都城纪胜》"瓦舍众伎"，《东京梦华录》（外四种），古典文学出版社 1956 年版，第 96 页。

和文人歌诗的重要途径。《青楼集》中，记载了一些歌妓作曲轶闻，从中可看出女伶曲文化修养之高，她们不仅能唱曲，而且能创作曲词。如张怡云："姚（燧）偶言'暮秋时'三字，阎（静轩）'怡云续而歌之。'张应声作《小妇孩儿》，且歌且续曰：'暮秋时，菊残犹有傲霜枝，西风了却黄花事'。贵人曰'且止'。遂不成章。"①一分儿："姓王氏……丁指挥会才人刘士昌、程继善等于江乡园小饮。王氏佐樽。时有小姬歌《菊花会》南吕曲云：'红叶落火龙褪甲，青松枯怪蟒张牙'，丁曰：'此《沉醉东风》首句也。王氏可足成之。'王应声曰：'红叶落火龙褪甲，青松枯怪蟒张牙，可咏题，堪描画。喜觥筹，席上交杂。答剌苏，频斟入，礼厮麻，不醉呵休扶上马。'一座叹赏，由是声价愈重焉。"②《青楼集》所载歌妓能创作词曲者还有梁园秀、张玉莲、刘婆惜等人。女伶的唱曲和作曲，对曲的传播具有重要意义，沟通了文人和民间的关系。源于民间的小曲，经女伶演唱，传播到文人士大夫阶层，为他们的创作提供了新形式。

　　和歌妓交往的文人，许多都是对中国古代文化做出了杰出贡献，在文学史和戏剧史上占有重要地位的诗人、散曲作家、杂剧作家和理论家。如《青楼集》说张怡云"能诗词，善谈笑，艺绝流辈，名重京师。赵松雪、商正叔、高房山，皆为写《怡云图》以赠，诸名公题诗殆遍。姚牧庵、阎静轩，每于其家小酌"。③ 赵松雪，即赵宋王孙，元初著名诗人、书法家、画家赵孟頫，其诗、

① 夏庭芝：《青楼集》，《中国古典戏曲论著集成》（二），中国戏剧出版社地1959年版，第18页。
② 夏庭芝：《青楼集》，《中国古典戏曲论著集成》（二），中国戏剧出版社1959年版，第37页。
③ 夏庭芝：《青楼集》，《中国古典戏曲论著集成》（二），中国戏剧出版社1959年版，第17页。

词、文在元初都堪称大家，书法和绘画作品更是著称于当时，显名于后世，今存小令二首、商正叔即商道，今存小令二首，套数八篇。姚牧庵即元初著名文臣姚燧，其散文创作曾被推为元初第一人，上追韩愈、柳宗元。此外，他也创作诗、词、曲，今存小令二十九首、套数一篇。《青楼集》又说解语花"姓刘氏，尤长于慢词。廉野云招卢疏斋、赵松雪饮于京城外之万柳堂。刘左手持荷花，右手举杯，歌《骤雨打新荷》曲。诸公喜甚，赵即席赋诗云：'万柳堂前数亩池，平铺云锦盖涟漪。主人自有沧州趣，游女乃歌《白雪》词。手持荷花来劝酒，步随芳草去寻诗。谁知咫尺京城外，便有无穷万里思'"。① 卢疏斋即卢挚，元前期著名作家，世称其文与姚燧比肩，诗与刘因齐名，曲作极富，今存小令一百二十首。《青楼集》还有许多文人和歌妓交往的记载。顺时秀"杂剧为闺怨最高，驾头诸旦本亦得其体。刘时中待制，尝以'金簧玉管，凤吟鸾鸣'拟其声韵"。② 元代散曲作家有两个刘时中，一是刘致，字时中，石州宁乡（今山西平阳）人，曾官翰林待制、太常博士等职，以小令创作为主，另一刘时中，古洪（江西南昌）人，生平不详，今存套曲四首。《青楼集》中，记名士大多以字号，并且又称"刘侍中待制"，当是指刘致。般般丑"姓马，字素卿。善词翰，达音律，驰名江湘间。时有刘廷信者……与马氏各相闻而未识。一日，相遇于道，偕行者曰：'二人请相见。'曰：'此刘五舍也：此马般般丑也。'见毕，刘熟视之，曰：'名不虚得！'马氏含笑而

---

① 夏庭芝：《青楼集》，《中国古典戏曲论著集成》（二），中国戏剧出版社 1959 年版，第 18～19 页。

② 夏庭芝：《青楼集》，《中国古典戏曲论著集成》（二），中国戏剧出版社 1959 年版，第 20 页。

去。自是往来甚密，所赋乐章极多，至今为人传诵"。① 刘廷信，一作庭信，元散曲家，今存小令和套曲四十多首，喜用俗语，风格受俚曲影响较深。珠帘秀"姓朱氏，行第四。杂剧为当今独步，驾头、花旦、软末泥等，悉造其妙。胡紫山宣尉尝以《沉醉东风》曲赠云……关已斋亦有南吕数套，梓于《阳春白雪》，故不录出"。天然秀"尤为白仁甫、李溉之所爱赏"。李芝仪："乔梦符亦赠以诗词甚富。"② 胡紫山即胡祇通，元代著名散曲家和戏曲理论家，白仁甫即元曲四大家之一的白朴，乔梦符即杂剧作家和散曲作家乔吉，关已斋即关汉卿。珠帘秀为当时名伶，除胡祇通和关汉卿外，著名文人卢挚、王恽、冯子振、黎正卿等都有诗文曲咏赠。其他如散曲名家冯子振、曲评家和散曲名手贯云石等与歌妓相交的逸事，在该书中均有记载。元代曲文化由民间而至文人创作，伶人歌妓起了桥梁和纽带的作用。同时，把文人创作再反馈到民间，也主要是伶人和歌妓。元代的艺人，是元曲生产者和消费者之间的一个中间环节，正是他们传播了元曲艺术。

总之，宋元时期城市经济繁荣，传统的坊市制度逐渐消亡，城市中酒肆茶坊林立，勾栏瓦舍遍布，各种通俗文艺广泛传播，使得普通市民阶层参与文化消费的机会大为增加。这既是宋元市井俗曲产生繁荣的原因，也是其传播消费的土壤。正如鲁迅先生所说，如《子夜歌》之流，会给旧文学一种新力量。宋元市井俗曲，也给当时的文人歌诗宋金词和元曲创作从音乐体制到语言范式、艺术风格等多方面的影响。

---

① 夏庭芝：《青楼集》，《中国古典戏曲论著集成》（二），中国戏剧出版社 1959 年版，第 37 页。

② 夏庭芝：《青楼集》，《中国古典戏曲论著集成》（二），中国戏剧出版社 1959 年版，第 19、23、35 页。

第三章

南宋初蠲罢教坊与市井文艺的繁荣

　　两宋时期城市经济繁荣，传统的坊市制度逐渐消亡，城市中酒肆茶坊林立，勾栏瓦舍遍布，各种通俗文艺广泛传播，使得普通市民阶层参与文化消费的机会大为增加。市井中的平民百姓，引车卖浆者流是宋代俗文艺的主要消费群体。不过，宋代俗文艺的繁荣，不仅表现在市井之中，在上层宫廷的文化生活中也有反映。可以说，宋代俗文艺的繁荣，一方面固然和市井中有着广泛的艺术消费市场有极大关系，另一方面也和当时统治者的文艺政策不无关系。其中，南宋初年的蠲罢教坊，就是一个明显的例子。蠲罢教坊使宫廷文艺人才走向民间，这就在客观上使得本已十分繁荣的市井文艺，得到了艺术的提升。同时，宫廷活动临时点集市井艺人训练后充任，又将市井文艺的新鲜血液注入上层社会的文化生活中。这种宫廷与市井文艺的沟通与交流，进一步推动了南宋文艺的繁荣。

一、南宋初年的蠲罢教坊

　　宋初因前代之旧，仍置教坊。《宋史·乐志》一七"教坊"：

"自唐武德以来，置署在禁门内。开元后，其人浸多，凡祭祀、大朝会则用太常雅乐，岁时宴享则用教坊诸部乐。……宋初循旧制，置教坊，凡四部。其后平荆南，得乐工三十二人；平西川，得一百三十九人；平江南，得十六人；平太原，得十九人；余藩臣所贡者八十三人；又太宗藩邸有七十一。由是，四方执艺之精者比在籍中。"① 可以说，网罗了当时艺人精华的教坊，在酬应娱乐活动中不可或缺。太后、皇帝、皇后的生日，即所谓"春秋圣节三大宴"上，教坊的盛大表演是主要内容。其余御楼赐酺、宴契丹使、上元观灯、各种游幸等等，教坊都要侍应。"同天节，宝慈、庆寿宫生辰，皇子、公主生，凡国之庆事，皆进歌乐词。"②

教坊艺人，是执艺之精者，所执之艺，涉及了当时的各种文艺形式。《宋史·乐志》十七记载的春秋圣节三大宴的演出内容，十分丰富：

> 每春秋圣节三大宴：其第一、皇帝升座，宰相进酒，庭中吹觱栗，以众乐和之；赐群臣酒，皆就座，宰相饮，作《倾杯乐》；百官饮，作《三台》。第二、皇帝再举酒，群臣立于席后，乐以歌起。第三、皇帝举酒，如第二之制。以次进食。第四、百戏皆作。第五、皇帝举酒，如第二之制。第六、乐工致辞，断以诗一章，谓之"口号"，皆述德美及中外蹈咏之情。初致辞，群臣皆起，听辞毕，再拜。第七、合奏大曲。第八、皇帝举酒，殿上独弹琵琶。第九、小儿队舞，亦致辞以述德美。第十、杂剧罢，皇帝起更衣。第十一、皇帝再座，举酒，殿上独吹笙。第十二、蹴踘。第十三、皇帝举酒，殿上独弹

---

① 脱脱等：《宋史》，中华书局1977年版，第3358页。
② 脱脱等：《宋史》，中华书局1977年版，第3347~3348页。

筝。第十四、女弟子队舞，亦致辞如小儿队。第十五、杂剧。第十六、如第二之制。第十七、奏鼓吹曲，或用法曲，或用《龟兹》。第十八、皇帝举酒，如第二之制，食罢。第十九、用角觝，宴毕。①

　　而在宫廷其他的重大典礼仪式和宴集娱乐等场合，也常用教坊乐舞。如：

　　　　每上元观灯，楼前设露台，台上奏教坊乐、舞小儿队。台南设灯山，灯山前陈百戏，山棚上用散乐、女弟子舞。②

　　这些场面宏大的宫廷活动中，有各类表演："吹觱栗"、"作《倾杯乐》"、"作《三台》"、"歌起"、"百戏皆作"、"致辞"、"合奏大曲"、"弹琵琶"、"小儿队舞"、"杂剧"、"吹笙"、"蹴鞠"、"弹筝"、"女弟子队舞"、"奏鼓吹曲"、"用法曲"、"用《龟兹》"、"用角觝"、"用散乐"。这些表演涉及当时流行于宫廷和民间的大部分艺术和伎艺形式。觱栗本为胡乐之器，"宋朝元会乘舆行幸并进之，以冠雅乐"③，在宋代作为独奏乐和配器，运用很广。琵琶形制较多，有二弦、五弦、六弦、七弦等，是唐宋时的流行乐器。笙和筝都是先秦时期就有的乐器，到唐宋时，形制比较多，雅部和俗部都用。"宋朝用十三弦筝，第一弦为黄钟中声，设柱并同琴法，然非雅部乐也。"④"宋朝大乐所传之笙并十七簧，旧外设二管不定置，谓之义管，每变均易调则更用之。世俗之乐，非先王之制也。"⑤

---

① 脱脱等：《宋史》，中华书局1977年版，第3348页。
② 脱脱等：《宋史》，中华书局1977年版，第3348页。
③ 马端临：《文献通考》第1册，中华书局，1986年版，第1225页。
④ 马端临：《文献通考》第1册，中华书局，1986年版，第1219页。
⑤ 马端临：《文献通考》第1册，中华书局，1986年版，第1222页。

觱栗、琵琶、笙、筝等乐器演奏，大曲、法曲、队舞、杂剧等歌舞并作的综合演出，百戏、蹴踘、角觚等伎艺表演，场面如此宏大，需要的演出人员自然也很多。

到了南宋初年，从唐以来，一直在宫廷宴享娱乐等场合扮重要角色的教坊，到了暂时退出了历史舞台。

《宋史·乐志》五：

> 绍兴三十一年，有诏："教坊日下蠲罢，各令自便。"①

《宋史·乐志》一七"教坊"：

> 高宗建炎初，省教坊。绍兴十四年复置，凡乐工四百六十人，以内侍充钤辖。绍兴末复省。孝宗隆兴二年天申节，将用乐上寿，上曰："一岁之间，只两宫诞日外，余无所用，不知作何名色。"大臣皆言："临时点集，不必置教坊。"上曰："善。"②

《文献通考》卷一四六"乐"十九：

> 绍兴在宥，始蠲省教坊，乐凡燕礼屏坐伎。乾道继志述事，间用杂攒以充教坊之号，取具临时，而廷绅祝尧，务在严恭，亦明以更不用女乐，颁旨圣子神孙，世守家法。③

同时，还有一些与教坊性质相类似的宫廷文艺机构被撤消。

《宋史·乐志》一七"钧容直"：

> 亦军乐也。太平兴国三年，诏籍军中之善乐者，命曰引龙直。每巡省游幸，则骑导车驾而奏乐；若御楼观灯、赐酺，则

---

① 脱脱等：《宋史》，中华书局1977年版，第3037页。
② 脱脱等：《宋史》，中华书局1977年版，第3359页。
③ 马端临：《文献通考》第1册，中华书局，1986年版，第1285页。

载第一山车……淳化四年，改名钩容直。……绍兴三十年，复诏钩容班可蠲省，令殿司比拟一等班直收顿，内老弱癃疾者放停。教坊所尝授祖宗旧典，点选入教，虽暂从其请，绍兴三十一年有诏，教坊即日蠲罢，各令自便。①

绍兴三十一年蠲罢教坊，在南宋初年的社会环境之下，有其特殊的社会政治背景，这里我们暂不作探讨。我们所关注的，是这一事件和当时文艺发展的关系。

二、蠲罢教坊与市井文艺繁荣

蠲罢教坊，宫廷中各种典礼宴饮需要艺人演出时，再"临时点集"，前提是民间有大量优秀的演艺人员。而罢教坊后，教坊艺人"各令自便"。为了生存，这些艺人可能的去处，大约也只能是市井中的勾栏瓦肆了。

两宋时期，城市市井中各种文艺十分繁荣，歌舞、说唱、戏曲表演等，在社会各阶层广泛传播，有着巨大的消费市场。"平康诸坊""诸处茶肆"中，"朝歌暮弦"②的歌妓，"耍闹宽阔之处""做场"③的艺人，数量众多。除了这些旧有的娱乐场所和非固定的演出场地，城市里也出现了勾栏瓦舍这种专门的商业演出场所。《东京梦华录》卷二，就记述了北宋东京皇城东南角一带，勾栏瓦舍之盛："街南桑家瓦子，近北则中瓦，次里瓦。其中大小勾栏五

---

① 脱脱等：《宋史》，中华书局 1977 年版，第 3361 页。
② 周密：《武林旧事》，浙江人民出版社 1984 年版，第 95 页。
③ 周密：《武林旧事》，浙江人民出版社 1984 年版，第 93 页。

十余座。内中瓦子、莲花棚、牡丹棚、里瓦子、夜叉棚、象棚最大，可容千人。"①《梦粱录》卷十九则载："瓦舍者……不知起于何时。顷者京师甚为士庶放荡不羁之所，亦为子弟流连破坏之门。杭城绍兴间驻跸于此，殿岩杨和王因军士多西北人，是以城内外并立瓦舍，招集妓乐，以为军卒暇日娱戏之地。今贵家子弟郎君，因此游荡，破坏尤甚于汴都也。其杭之瓦舍，城内外合计有十七处……"②《武林旧事》卷六列举临安诸瓦舍之名后，又云："如北瓦、羊棚楼等，谓之'游棚'。外又有勾栏甚多，北瓦内勾栏十三座最盛。"③ 在这些演出场所，活跃着大量技艺精湛的艺人，进行着各种形式的艺术表演，同时也聚集着大批的艺术消费群体。《东京梦华录》在追忆北宋都城的生活时，写到汴梁勾栏瓦舍中，各种俗文艺表演之盛和观者之多。　《东京梦华录》卷五"京瓦伎艺"云：

> 崇、观以来，在京瓦肆伎艺：张廷叟《孟子书》主张小唱：李师师、徐婆惜、封宜奴、孙三四等，诚其角者。嘌唱弟子，张七七、王京奴、左小四、安娘、毛团等。教坊减罢并温习：张翠盖、张成弟子、薛子大、薛子小、俏枝儿、杨总惜、周寿奴、称心等。毬杂剧：杖头傀儡任小三，每日五更头回小杂剧，差晚不及矣。悬丝傀儡，张金线。李外宁，药发傀儡。……王颜喜、盖中宝、刘名广，散乐。张真奴，舞旋。……孔三传、耍秀才，诸宫调。……其余不可胜数。不以风雨寒暑。

---

① 孟元老：《东京梦华录》，《东京梦华录》（外四种），古典文学出版社1959年版，第14页。

② 吴自牧：《梦粱录》，《东京梦华录》（外四种），古典文学出版社1956年版，第298页。

③ 周密：《武林旧事》，浙江人民出版社1984年版，第93页。

诸棚看人，日日如是。①

而成书于南宋后期的《西湖老人繁胜录》则反映了南宋都城临安勾栏中的盛况。《西湖老人繁胜录》"瓦市"：

> 分数甚多，十三应勾栏不闲，终日团圆。内有起店数家，大店每日使猪十口。②

瓦舍勾栏中演出的节目丰富，观众人数众多，热情高涨。这种繁荣的市井文艺，在北宋时期，已对宫廷文艺生活产生了一些影响。《宋史·乐志》一七载宋真宗曾为"杂词"："真宗不喜郑声，而或为杂词，未尝宣布于外。"③ 所作"杂词"到底为何物，史无载。但就其杂词之名和未尝宣布于外来推测，当和《宋史·乐志》此条史料之前和之后所记太宗、仁宗所制大小曲不同。太宗所制三百九十曲，为大曲、曲破等。仁宗所度曲，朝廷多用之，无论旧曲新声，都是雅乐。宋真宗所作杂词，却有可能是俗乐之词。

三、宫廷与市井文艺的交流

"绍兴中，始蠲省教坊乐，凡燕礼，屏坐伎。乾道继志述事，间用杂攒以充教坊之号，取具临时"。④《武林旧事》记载乾道及以后的宫廷演出甚多，往往都明确提到教坊的参与。如卷一"燕射"

---

① 孟元老：《东京梦华录》，《东京梦华录》（外四种），古典文学出版社1956年版，第30页。

② 西湖老人：《西湖老人繁胜录》，《东京梦华录》（外四种），古典文学出版社1956年版，第124页。

③ 脱脱等：《宋史》，中华书局1977年版，第3356页。

④ 脱脱等：《宋史》，中华书局1977年版，第3345页。

记孝宗幸玉津园廛燕射礼，"教坊进念致语、口号、作乐"，"再进御酒，奏乐、用杂剧"。① 又如同卷"公主下降"记理宗朝周汉国公主出嫁，"用教坊乐"。此教坊只是习惯性的旧称，并不意味着教坊机构依然存在。教坊蠲罢之后，宫廷大型活动中所用乐人，大多是临安府衙前和修内司、殿前司所辖乐人。这些乐人，多是瓦子勾栏中的艺人。

《梦粱录》卷三"皇太后圣节"：

> 自绍兴以后，教坊人员已罢，凡禁庭宣唤，径令衙前乐充条内司教乐所人员承应。②

《梦粱录》卷二十"妓乐"：

> 绍兴年间，废教坊职名，如遇大朝会、圣节，御前排当及驾前导引奏乐，并拔临安府衙前乐人，属修内司教乐所集定姓名，以奉御前供应。③

《宋史·乐志》十七：

> 乾道后，北使每岁两至，亦用乐，但呼市人使之，不置教坊，止令修内司先两旬教习。旧例用乐人三百人，百戏军百人，百禽鸣二人，小儿队七十一人，女童队百三十七人，筑毬军三十二人，起立门行人三十二人，旗鼓四十人，（以上并临安府差。）相扑等于二十一人。（御前忠佐司差）。命罢小儿及

---

① 周密：《武林旧事》，浙江人民出版社地 1984 年版，第 25 页。
② 吴自牧：《梦粱录》，《东京梦华录》（外四种），古典文学出版社 1956 年版，第 152 页。
③ 吴自牧：《梦粱录》，《东京梦华录》（外四种），古典文学出版社 1956 年版，第 308 页。

女童队，余用之。①

《武林旧事》卷四"乾淳教坊乐部"，虽标为"教坊乐部"，但人员来源为"德寿宫"、"衙前"、前教坊、前钧容直。德寿宫是"孝宗奉亲之所"②，其乐人可能属于宫内专职乐人，但人员不多。其他人员则主要是市井艺人。临时供奉宫廷大型活动的艺人，临安府衙前乐人最多。这些所谓衙前乐人，就是市井艺人。《武林旧事》卷六"瓦子勾栏"旁注"城内隶修内司，城外隶殿前司"。③ 修内司、殿前司的艺人，其实也是瓦子勾栏中的艺人。所谓前教坊、前钧容直，在教坊和钧容直蠲罢前服务宫廷，此时也不再是宫廷艺人。

衙前乐擅长不同艺术形式的各色艺人都有。《梦粱录》卷二十"妓乐"："景定年间至咸淳岁，衙前乐拨充教乐所都管、部头、色长等人员，如陆恩显、时和、王见喜、何雁喜、王吉、赵和、金宝、范宗茂、傅昌祖、张文贵、侯端、朱尧卿、周国保、王荣显等。"④ 这里提到的这些衙前乐人的名字，大多在《武林旧事》卷一"圣节"所列"祗应人"、卷六"诸色伎艺人"中能找到。从中可以知道他们所擅长的艺术形式。如陆恩显是都管，所执之艺是小唱，时和、王见喜、何雁（晏）喜、金宝、王吉等是杂剧色，侯端嵇琴色，王荣显觱篥色，范宗茂舞旋色。

临时召集活跃于市井的艺人进宫，市井的文艺形式，也就得以登堂入室，在宫廷中广泛演出。南宋宫廷活动中，所演伎艺，大量

---

① 脱脱等：《宋史》，中华书局1977年版，第3359页。
② 周密：《武林旧事》，浙江人民出版社1984年版，第55页。
③ 周密：《武林旧事》，浙江人民出版社1984年版，第92页。
④ 吴自牧：《梦粱录》，《东京梦华录》（外四种），古典文学出版社1956年版，第308页。

都是俗文艺形式。参与演出者，有许多著名的市井艺人。

如《武林旧事》卷一"元夕"：

> 其上伶官奏乐，称念口号、致语。其下为大露台，百艺群工，竞呈奇伎。内人及小黄门百余，皆巾裹翠蛾，效街坊清乐傀儡，缭绕灯月之下。既而取旨，宣唤市井舞队及市食盘架。先是，京尹预择华洁及善歌叫者谨伺于外，至是歌呼竞入。……至节后，渐有大队如四国朝、傀儡、杵歌之类，日趋于盛，其多至数千（或作十）百队。天府每夕差官点视，各给钱酒油烛多寡有差。[1]

而《武林旧事》卷一"圣节"，记宋理宗生日宴庆，更是一场宫廷和市井雅俗文艺的大汇演。涉及各种文艺形式和艺人如下表：

表演的主要艺术形式	参与的艺人
各种器乐演奏、唱歌曲子、曲破、大曲、法曲、杖鼓、致语、杂剧、弄傀儡、杂手艺、撮弄、方响独打、鲍老、百戏等。	都管2人、杂剧色15人、歌板色1人、拍扳色3人、箫色3人、筝色6人、琵琶色5人、嵇琴色3人、笙色14人、觱篥色32人、笛色48人、方响色6人、杖鼓色10人、大鼓色4人、舞旋色1人、内中上教5人、弄傀儡6人、杂手艺9人、女厮扑10人、筑球军24人、百戏64人、百禽鸣2人。

---

[1]　周密：《武林旧事》，浙江人民出版社1984年版，第30~31页。

续表

表演的主要艺术形式	参与的艺人
表演的 主要节目	觱篥、笛、箫、筝、琵琶、嵇琴、笙色等奏《圣寿齐天乐慢》等20多首曲子。 诸部合《万寿无疆薄媚》等曲破和大曲、法曲约十部。 唱《延寿长》等歌曲子。 进念致语。 方响独打《圣寿永》等。 杂剧《君圣臣贤爨》《三京下书》《杨饭》《四偌少年游》等。 傀儡《踢架儿》《会群仙》等。 筝琶方响合缠《令神曲》。

　　表中所列，仅是择其要者。但从艺术形式上来说，既有大曲、曲破、慢曲、令词这些雅文艺形式，也有时调新声、杂剧百戏等各种市井文艺形式。参加的"祗应人"有二百七十余人，包括杂剧色、歌板色、拍板色、箫色、筝色、琵琶色、嵇琴色、笙色、觱栗色、笛色、方响色、杖鼓色、大鼓色、舞旋色、弄傀儡、杂手艺、女厮扑、筑球军、百戏、百禽鸣等各类伎艺人。由此可见，宫廷里的大型演出活动，集中了当时雅俗文艺的各种形式、各类人才，能代表当时文艺演出的最高水准。《宋史·乐志》十七说"民间作新声者甚众，而教坊不用也"，① 北宋教坊对民间文艺形式不是完全没有吸收，如《东京梦华录》卷五叙勾栏中各色伎艺后说："每遇内宴前一月，教坊内勾集弟子小儿，习队舞，作乐杂剧节次。"② 大曲、曲破等大型乐曲，多用在宫廷演出中，而队舞、杂剧等，则在市井演出中十分流行。但北宋时期宫廷和市井文艺之间，还没有

---

① 脱脱等：《宋史》，中华书局1977年版，第3356页。
② 孟元老：《东京梦华录》，《东京梦华录》（外四种），古典文学出版社1956年版，第30页。

固定的沟通渠道。而南宋绍兴、乾道间蠲罢教坊后，宫廷演出活动直接由民间艺人承担，于是在南宋时期各类宫廷文艺活动中，各种俗文艺形式占了很大比重。

如果说教坊制度聚集了各种高雅文艺和通俗文艺人才于教坊之中，使其成为当时高雅文艺和通俗文艺的汇集之所的话，那么，南宋初年的蠲罢教坊，则使这些人才走向民间，使本已十分繁荣的市井文艺，得到了艺术的提升。同时，蠲罢教坊，宫廷活动临时点集市井艺人训练后充任，又将市井文艺的新鲜血液注入上层社会的文化生活中。这种宫廷与市井文艺的沟通与交流，进一步推动了南宋通俗文艺的繁荣。可以说，绍兴、乾道间蠲罢教坊，对当时通俗文艺的发展有着深远影响，不仅是一个雅俗文艺交流的契机，更为通俗文艺的长足发展，并进而蔚为大观提供了一个极为重要的历史条件。

第四章

元杂剧"一人主唱"体制的艺术生成

元杂剧"每折止用一人独唱，而通场诸人，仅以科白从旁挑动承接之"① 的艺术表现形式，既不同于西方的歌剧，也与各色均唱的南戏、传奇等我国古代戏曲的歌唱形式有别。这种独特的演唱体制的形成，有其独特的艺术机制和文化背景。元杂剧"一人主唱"艺术体制的生成，不仅直接继承了宋金时期诸宫调等说唱艺术形式，此前我国源远流长的歌诗传统，以及各种伎艺的艺术沉淀及培养的民族审美心理，也是"一人主唱"艺术体制生成的重要原因。

一、"一人主唱"的界定

"一人主唱"是元杂剧主要的艺术特征之一，然而这一概念的内涵却比较模糊。古代曲学著作论及元杂剧的演唱体制，多是稍带

---

① 金圣叹评点《第五才子书施耐庵水浒传》第三十三回评语，中州古籍出版社1985年版，第543页。

提及，少有详细论述。近现代学者经过多方研究考证，得出了不同说法，时至今日，关于"一人主唱"的具体所指，仍众说纷纭，莫衷一是。

关于元杂剧"一人主唱"的提法，在元代的曲学著作和曲学笔记中未见记载，谈及元杂剧的演唱情况时，多提末或旦。夏庭芝《青楼集志》："杂剧则有旦、末。旦本女人为之，名妆旦色；末本男子为之，为末泥。"① 似乎是说旦本戏由女演员扮演，末本戏由男演员扮演，但这并不完全符合实情。山西洪洞县明应王殿元杂剧演出壁画前排居中者，手持朝笏而立，应是女演员忠都秀扮正末。《青楼集》也说很多杂剧演员"旦末兼擅"。所以，所谓"旦本女人为之""末本男子为之"，并非是指旦本戏由女演员扮演、末本戏由男子扮演，而是说旦本戏扮演剧中女性角色，末本戏扮演男性角色。对元杂剧"一人主唱"这一艺术形式的正式记载，到明清曲学著作和文人笔记中则时有提及，如明代王骥德《曲律·论剧戏》："北剧仅一人唱，南戏则各唱。"② 吕天成《曲品》："杂剧折惟四，唱止一人。"③ 金圣叹评点《第五才子书施耐庵水浒传》第三十三回："每一篇为四折，每折止用一人独唱，而通场诸人，仅以科白从旁挑动承接之。"④ 梁廷枏《曲话》："至元曲则歌舞合于一人，

---

① 夏庭芝：《青楼集》，《中国古典戏曲论著集成》（二），中国戏剧出版社 1959 年版，第 7 页。

② 王骥德：《曲律》，《中国古典戏曲论著集成》（四），中国戏剧出版社 1959 年版，第 137 页。

③ 吕天成：《曲品》，《中国古典戏曲论著集成》（六），中国戏剧出版社 1959 年版，第 209 页。

④ 金圣叹评点《第五才子书施耐庵水浒传》第三十三回评语，中州古籍出版社 1985 年版，第 543 页。

然一折自首至末皆以其人专唱，非正末则正旦，唱者为主而白者为宾。"① 明清学者往往都是论述只言片语，语焉不详，对"一人主唱"之"一人"的具体所指，也未加辨析。现代学者对"一人主唱"的具体涵义进行了大量探讨，提出以下几种看法：

其一，从剧本结构角度，认为"一人主唱"是每折只由一人唱。王国维《宋元戏曲史》："元剧每折唱者，止限一人，若末，若旦；他色则有白无唱。若唱，则限于楔子中；至四折中之唱者，则非末若旦不可。而末若旦所扮者，不必皆为剧中主要之人物；苟剧中主要之人物，于此折不唱，则亦退居他色，而以末若旦扮唱者，此一定之例也。"② 这种理解由金圣叹、梁廷枏的言论发展而来，明确指出"一人"指末或旦。

其二，从脚色体制角度，认为"一人主唱"是"一脚主唱"。"元剧始终只用一个脚色主唱，这是一般的说法，其实应当说是用一种脚色主唱。因为在许多剧本里，主唱者不论为'末'为'旦'，其所扮演的剧中人，常常可以调动。"③ "所谓'一人主唱'，就是在以正旦为主的戏里，只由正旦一人独唱到底；在以正末为主的戏里，只由正末一人独唱到底。其他脚色都不唱，只用宾白。同时，即使在正旦、正末同场的戏里，也只有一人唱而另一人不唱。"④ "一脚主唱"现已成为学界认可度最高的一种说法。

其三，从角色扮演角度，认为"一人主唱"是"一角主唱"，即由所扮演的剧中的一个角色主唱。"脚色"是指戏曲行当，如我

---

① 梁廷枏：《曲话》，《中国古典戏曲论著集成》（八），中国戏剧出版社 1959 年版，第 286 页。

② 王国维：《宋元戏曲史》，上海古籍出版社 1998 年版，第 95 页。

③ 周贻白：《中国戏剧史长编》，人民文学出版社 1960 年版，第 226 页。

④ 张庚、郭汉城：《中国戏曲通史》，中国戏剧出版社 1980 年版，第 358 页。

国传统戏曲中的生、旦、净、末、丑、外、贴等；而"角色"主要指演员所扮演的剧中人物形象。因不少论者将"脚色"与"角色"的概念等同起来，所以有时说"一角主唱"实际上即指"一脚主唱"。

其四，从演员角度，认为"一人主唱"是整部戏只由一个演员唱。"杂剧有一特异之点，与传奇不同，为吾人不可不知。即全剧唱词大都属于正角一人，而正角又辄不外正末与正旦二角……当时之体例，何以为此，似不可解。以意度之，杂剧既以四折为限，若各角分唱，于支配上固不经济；而主角唱词减少，聆者不得细辨其味，亦兴会有所未足与？然取元曲杂剧观之，每折中，正角所唱曲词，动逾十余支，非钢喉铁舌，又何以克胜此任？亦见古调之难矣。"① 虽然没有明确说出是一个演员来唱，而是说正角，但他想表达的，却应该是一个演员，否则何处见功力，何处辨其味。②

有论者则将以上说法融合起来："一人主唱，就是指一个脚色主唱，而脚色也对应地是一个演员，这从元杂剧中的一些'改扮'之例可见。虽然一剧之中主唱人物有变换，但皆由扮演正末或正旦的同一演员所负担。"③

这些说法各有其道理，在某种程度上还有重合之处。"一脚主唱"现在较多地为学界所接受，但"一脚主唱"的"脚"究竟是指一个演员还是一个角色在理解上存在种种分歧，主要因为这几种看法之间存在着难以理清的交叉关系。我们认为，"一脚主唱"虽然能更具体地概括元杂剧的演唱情况，但这是现代人的观点，古代

---

① 徐慕云：《中国戏剧史》，上海古籍出版社2001年版，第51、52页。
② 王荣：《小议元杂剧"一人主唱"体制》，《安徽文学（下半月）》2007年第12期。
③ 徐大军：《元杂剧与小说关系研究》，河南人民出版社2006年版，第263页。

曲学著作中没有这一提法。而且用"一脚主唱"也是有缺陷的，有些元杂剧没有标明主唱者的脚色，如《功臣宴敬德不伏老》等，但它由始至终都是尉迟恭一个角色歌唱，用"一脚主唱"的概念就无法概括这类剧目，但它也属于"一人主唱"的范围。元杂剧是不是一个演员主唱，这也是不确切的。元杂剧主唱角色转换，很少有男换女、女换男的情况；主唱角色转换时，上一折中的主唱角色很少在场。这一现象在元杂剧中确实存在，但并不能由此说明元杂剧主唱角色转换时演员不换，因为这仅仅是通过剧本所做的猜测，并没有确切的演出史料予以证明。在大多数情况下，一种脚色应该对应一个演员，但对应两个甚至更多演员的情况也是存在的。如果说元杂剧演出时，只能由一个演员主唱到底，剧团其他演员没有上台歌唱的机会，那么在元末明初如何能突然出现许多旦、末同台轮流歌唱的杂剧剧目？以前不能歌唱的演员如何能突然胜任歌唱的任务？有一定余力的剧团又如何培养更多的歌唱演员，壮大自己的实力？所以我们认为，在元杂剧早期，以及一些规模较小的戏班，只有一个歌唱演员的情形较多，但随着元杂剧的兴盛和戏班规模的扩大，就不会只有一个擅长歌唱的演员，主唱角色转换时，演员也跟着换是可能的；甚至可以是主唱角色不换，但演员可以换。

　　因此，我们倾向于认为"一人主唱"应指"每折止由一人唱"。从现存完整的元杂剧剧本来看，"每折止由一人唱"是最宽泛地概括元杂剧演唱特点、也最符合元杂剧实际情况的一种理解。这种理解是古代曲家最一致的观点，应该比较符合元杂剧的实况；而且也能涵盖其他几种理解，既可以指扮演的某个角色主唱，也可指正色（正末或正旦）主唱，还可以指一个演员主唱，从不同的角度来看，都是说得通的。

二、歌诗传统对元杂剧演唱体制的影响

元杂剧不仅仅是一种文学文本形式，更是一种综合性的舞台表演艺术，集唱、念、做、打于一体，而曲唱在元杂剧中更是占据着至高无上的地位，形成了"一人主唱"的艺术体制。"一人主唱"体制的形成有着多方面的因素，而我国源远流长的歌诗传统则是其中最重要的原因之一。

"歌诗"这一名称最早见于《左传》，《春秋左传·襄公十六年》记载说："晋侯与诸侯宴于温，使诸大夫舞，曰：'歌诗必类'！"① 这里的"歌诗"还只是一个动词，指当时在外交场合赋诗言志的诗歌演唱。到了汉代，"歌诗"逐渐演化成名词性概念，专指那些可以演唱的诗，《汉书·艺文志》中，班固就将《诗赋略》里的作品从是否可以歌唱的角度分为"歌诗"和"赋"两大类型，此后歌诗就成为古代典籍中常用的概念。本文即用"歌诗"这一称谓，指中国古代可以歌唱的诗，以及入乐入舞的诗。

从先秦的《诗经》、楚辞，到汉魏六朝乐府诗、唐声诗、宋词、元曲，皆可付诸歌唱，我国诗歌领域形成了从无间断的歌诗传统。这一传统规定了元曲的艺术形态和表现形式，可以说，没有歌诗传统的艺术沉淀，就没有元曲的现有面貌。元杂剧"一人主唱"的艺术特点及与之相关的剧曲的主体地位均可从歌诗传统中找到原因。元曲对我国歌诗传统的继承，很早就被曲家意识到。元人邓子晋

---

① 《春秋左传正义》，清阮元校刻《十三经注疏》本，中华书局 1980 年版，第 1963 页。

《太平乐府序》就说：

> 乐府本乎诗也，三百篇之变，至于五言。有乐府、有五言、有歌、有曲，为诗之别名矣。及乎制曲以腔，音调滋巧，甚而曲犯杂出。好事者改曲之名曰词以重之，而有诗词之分矣。今中州小令套数之曲，人目之曰乐府，亦以重其名也。举世所尚，辞意争新，是又词之一变，而去诗愈远矣。虽然，古人作诗，歌之以奏乐，而八音谐，神人和。今诗无复论是，乐府调声按律，务合音节，盖犹有歌诗之遗音焉。①

其中最具有代表性的言论当属明代王骥德《曲律·论曲源》中的论述：

> 曲，乐之支也。自《康衢》、《击壤》、《黄泽》、《白云》以降，于是《越人》、《易水》、《大风》、《瓠子》之歌继作，声渐靡矣。"乐府"之名，昉于西汉，其属有"鼓吹"、"横吹"、"相和"、"清商"、"杂调"诸曲。六代沿其声调，稍加藻艳，于今曲略近。入唐而以绝句为曲，如《清平》、《郁轮》、《凉州》、《水调》之类；然不尽其变，而于是始创为《忆秦娥》、《菩萨蛮》等曲，盖太白、飞卿辈，实其作俑。入宋而词始大振，署曰"诗余"，于今曲益近，周待制柳屯田其最也；然单词只韵，歌止一阕，又不尽其变。而金章宗时，渐更为北词，如世所传董解元《西厢记》者，其声犹未纯也。入元而益漫衍其制，栉调比声，北曲遂擅盛一代。②

近人吴梅《词与曲之区别》一文也有相关看法：

---

① 邓子晋：《太平乐府序》，《朝野新声太平乐府》，中华书局1958年版，第3页。
② 王骥德：《曲律》，《中国古典戏曲论著集成》（四），中国戏剧出版社1959年版，第55页。

　　我国文学改变之迹，皆由自然，非一二大文豪所得左右其间也。自乐府不能按歌，而唐人始有词，太白、香山开其先，至飞卿而其艺遂著。南唐两宋，更为发辉光大之，于是词学乃独树一帜矣。北方学者，对于词学，不能尽通其症结，遂糅杂方言，别立一格，名之曰曲。创始于董解元，而关（汉卿）、马（东篱）、郑（德辉）、白（仁甫）乃极其变。一时中原弦索，披靡天下，非复垂虹桥畔浅斟低唱光景矣。①

　　将元曲的源头上溯到上古歌谣、《诗经》，将元曲的出现归结为歌诗艺术的流变，几乎是古代曲论家一致的看法，表明了元曲与传统歌诗的密切关系。从元曲对传统歌诗的继承上来看，我国歌诗艺术发展到元曲，"就艺术形态而言，元曲是古代歌诗发展的终极。它继承了先秦以来，古代歌诗文本形式和演唱形式的艺术传统，又吸收了宋金民间曲艺的精华，形成一种集唱、念、作为一体的复杂的综合艺术形式。从这个意义上来说，元曲既是古代文人歌诗艺术形态的终结，又是我国戏剧戏曲等综合艺术形式由民间形式演进为成熟的文人艺术形式的标志。"② 元曲包括元散曲和元杂剧，这两部分内容分属诗歌和戏剧两种不同的艺术范畴。散曲由汉魏乐府和唐宋词这一歌诗传统发展而来，比较容易理解，这可从元人对散曲的称谓上直接看出。元人习惯称当时新兴的散曲为"乐府""今乐府"或"词""令词"等，如马致远有《东篱乐府》、张可久有《小山乐府》。从这些称谓中，可以看出元人对元散曲文统的确认：将当代"新声"视为古代乐府歌诗和唐宋词的传承。而元杂剧作为

---

①　吴梅：《词与曲之区别》，《吴梅词曲论著集》，南京大学出版社 2008 年版，第342 页。

②　赵敏俐等：《中国古代歌诗研究——从〈诗经〉到元曲的艺术生产史》，北京大学出版社 2005 年版，第503 页。

一种戏曲形式，与我国歌诗传统的关系似乎并不直接，但从元人对剧曲的重视中可以明显看出，元杂剧本质上作为一种综合性的舞台艺术，曲词和科白理应占据同等地位，但是我们看到的实际情况是，无论是杂剧创作还是杂剧理论，以及杂剧选本，元人对剧曲的重视程度都远远超过了科白及与之相关的伎艺表演。

　　纵观元杂剧作品，重曲轻剧的现象特别突出，这种重曲轻剧的最主要表现就是将剧曲当作诗歌来创作，侧重于杂剧意境的创造和人物情感的抒发。如元杂剧的代表剧目《梧桐雨》《汉宫秋》等，都可以说是"一种以曲为本位的抒情性音乐诗剧"。① 即使是戏剧性很强的《窦娥冤》，第三折中窦娥对天地的控诉也充满了强烈的抒情色彩。而在元人的曲学著作中，谈及元杂剧作家作品，多论其曲文风格和作曲成就，鲜有论及科白或戏剧结构、戏剧故事。钟嗣成的《录鬼簿》是元代最重要的一部曲学著作，著录了四百多本杂剧，但无一处评论到杂剧的关目、人物。钟氏在论散曲家时注重辞章之美，论杂剧家时所注意的仍是曲文之美而不是戏曲故事之妙。元代另外两部曲学著作，燕南芝庵的《唱论》和周德清的《中原音韵》，也都是重在论曲而不是剧。元刊本杂剧也表明了元人的曲本位观念。《元刊杂剧三十种》作为现存唯一的元杂剧刊本，仅有曲文而无科白或只有少量科白，"这说明：在元人的观念中，曲乃是杂剧的根本和主干，书坊刊行'的本'固是为了盈利。但所以能够盈利，是因为'的本'作为杂剧的简介而方便听众听戏，故杂剧观众首重者亦是'曲'。"② 此外，明代散曲选本中也常常杂有剧曲，"本为杂剧中有科白之套曲，而选者削其科白，仅登曲文，如

---

① 钟涛：《元杂剧艺术生产论》，北京广播学院出版社 2003 年版，第 3 页。
② 李昌集：《中国古代曲学史》，华东师范大学出版社 1997 年版，第 108 页。

《词林摘艳》《雍熙乐府》所载者。"① 充分体现了元杂剧的曲本位特征和剧曲的重要地位。

元杂剧的歌诗本质和曲本位的戏剧观念，还可以从王国维关于元杂剧的"意境"论中得到进一步印证：

> 关目之拙劣，所不问也；思想之卑陋，所不讳也；人物之矛盾，所不顾也；彼但摹写其胸中之感想，与时代之情状，而真挚之理，与秀杰之气，时流露于其间。……元剧关目之拙，固不待言。此由当日未尝重视此事，故往往互相蹈袭，或草草为之。然如武汉臣之《老生儿》，关汉卿之《救风尘》，其布置结构，亦极意匠惨淡之致，宁较后世之传奇，有优无劣也。然元剧最佳之处，不在思想结构，而在其文章，其文章之妙，亦一言以蔽之，有意境而已矣。何以谓之有意境？曰：写情沁人心脾，写景则在人耳目，述事则如其口出是也。古诗词之佳者无不如是。元曲亦然。②

所谓"文章之妙"，即指元杂剧曲辞的佳妙。王国维用传统诗词中的意境理论来说明元杂剧的特点，既指出了元杂剧与诗词这一歌诗传统的承继关系和元杂剧的歌诗本质，同时也道出了元人的曲本位特征和对曲的重视。元杂剧以曲为中心论剧，曲的内涵中本没有戏剧的意思，曲是能歌唱的诗，是文辞和音乐的统一。以曲论剧，事实上杂剧被看成了和散曲具有相同本质的东西——诗歌。这种把诗歌视为戏剧本质的观念，在元杂剧里的具体表现就是曲词在戏曲诸要素中具有至高无上的地位。可见，元杂剧虽然是戏剧艺术，但在元人曲本位的戏剧观念中，杂剧创作尚在词章之列，杂剧中的许多剧曲实质上也

---

① 　任讷《散曲之研究》，见《东方杂志》第23卷第7号，第23卷第5、6号。
② 　王国维：《宋元戏曲史》，上海古籍出版社1998年版，第98、99页。

是抒情诗或叙事歌诗。在多数元明人看来，散曲和剧曲都是肉声演唱的歌曲，剧曲实质上就是能歌唱的诗。元散曲无疑是乐府歌辞、唐声诗、唐宋词这一歌诗传统的继承和发展，摘曲和清唱的元杂剧剧曲，应该说已不再是戏剧，而和自古以来绵延不绝的文人歌诗传统相衔接。元杂剧的曲本位特征和歌诗本质，从戏剧表演的角度看，就是在一本杂剧中，正旦或正末的歌唱构成了戏剧的主要内容。……在元杂剧一人主唱的体制中，歌唱者是全剧最重要的角色。剧中其他角色的表演都是围绕着歌唱者进行的。而就杂剧场次安排来说，也是歌唱角色大段演唱套曲的场子是重头戏，其他则是过场戏。元杂剧一人歌唱的艺术体制，不仅强化了元杂剧的曲本位特性，而且也更清楚地显示了杂剧和歌诗传统的密切关系。[①]

具体说来，我国歌诗传统对元杂剧演唱体制的影响，主要表现在以下几个方面：

其一，传统歌诗浓郁的抒情性，使得元杂剧的曲词也带上了强烈的抒情色彩，进而形成了元杂剧轻事重情的艺术特征。我国传统歌诗的创作，多侧重在写心、抒情，即使是偶有叙事的歌诗，也具有很强的主观感情色彩，这对元杂剧的曲词创作有深远影响。其最直接的表现就是，元杂剧套曲中有不少曲词是化用了前代歌诗，特别是唐宋词的语言和意境。王实甫《西厢记》中著名的莺莺送别张生的优美唱词"碧云天，黄花地，西风紧，北雁南飞。晓来谁染霜林醉？总是离人泪"，就是从范仲淹《苏幕遮》的"碧云天，黄叶地，秋色连波，波上寒烟翠"借鉴而来。《单刀会》第三折关羽所唱的脍炙人口的《新水令》《驻马听》两曲，则可以从苏轼《念奴

---

① 赵敏俐等：《中国古代歌诗研究——从〈诗经〉到元曲的艺术生产史》，北京大学 2005 年版，第 604 页，第 616 页。该书这部分内容由钟涛撰写。

娇·赤壁怀古》中找到影子。此种例子在元杂剧中不胜枚举。所以钱穆先生说:"元剧文字则入宋词变来,剧中仍多诗的成分。"①

如果说元杂剧宾白更多地继承了民间伎艺、宋金杂剧的因素,那么元杂剧套曲则更多地继承了传统歌诗的艺术风格。元杂剧套曲既具有民间歌曲的风格,又能够渗透文人化的思想情趣,形成了雅俗共赏的艺术风貌。这种与传统歌诗在审美上的相似性和连续性,使得元杂剧受到市井和士林的广泛欢迎,很快就流行开来。

元杂剧被认为是我们传统戏曲成熟的标志,但它很大程度上戏剧性不强的缺陷也常受到人们指摘,这与元杂剧对歌诗艺术的传承和对情感抒发的重视也有很大关联。很多创作元曲的文人作家尚未真正将元杂剧作为一种大众化的娱乐消遣,而是仍然将其看成是一种抒发"牢骚不平之气"的诗歌艺术,所以并不尊重戏曲的创作规律,对关目的设置、人物的安排草草为之,而随心所欲地将便于抒发情感的场面和情境作为曲词创作的重点,不管这一戏剧情境与剧情的关系是否紧密。这种情况很多,如《范张鸡黍》本是歌颂朋友间的深情厚谊、信诺如山,但第一折范式与王中略的一番对答曲唱,从圣贤之道论及为政为官,针砭时弊,痛惜之情溢于言表,这恐怕也是对当时社会现实的一种影射,但与剧情也却关系不大。《虎头牌》着重表现山寿马执法如山的铁面无私,第二折却是金住马主唱,抒发自己困窘落魄的处境,凄凉落寞,深沉感人,尽管与剧情没有丝毫关系,却写出了诸多失意文人的心声,颇能引起经历遭际相似者的共鸣。高文秀《双献功》第二折中写李逵欣赏野外春色,俨然成了诗意文人,与李逵鲁莽粗犷的性格不甚相符,与剧情也基本没有关系。剧作家之所以花大笔墨来抒写这些游离剧情之外

---

① 钱穆:《中国文学论丛》。三联书店 2002 年版,第 132 页。

的情境，恐怕就是因为这能够展现作家的创作才华，抒发心中块垒，而又有此前传统歌诗的艺术沉淀之故。

可以说，很多情况下，元杂剧的戏剧情境只是为剧作家和演员提供一种便于抒发情感的氛围，而不是借此讲述一个引人入胜的故事，情感的抒发常常被拙劣的情节设置掩盖，形成了元杂剧轻事重情的特征。鉴于此，李昌集曾提出元杂剧的结构方式为"情感结节结构"。他认为，元杂剧"是把某种情感的抒发、某种意境的凝结为最高宗旨，并以情感结节为建造戏剧结构的基本要素和出发点"①，而这种轻事重情的情感结构，以及与之相关的曲词在元杂剧中的中心话语地位，则直接得益于元剧作者对传统歌诗的继承。

其二，传统歌诗中存在着戏剧因素，本身孕育着以歌唱为主的元杂剧这种艺术体制。有学者将西周时期的舞乐《大武》视为中国早期戏剧，将屈原《九歌》视为我国"最早的、也是第一部由文人创作的宗教剧"。② 郭茂倩《乐府诗集》收录的《巾舞歌诗》，一向以晦涩难懂著称，杨公骥将其破译，认为这是一个"母子离别舞"③，是"我们今天所能见到的我国最早的一出有角色、有情节、有科白的歌舞剧"④。梁武帝萧衍作有歌诗《上云乐》七首，任半塘将其重新排序后，也称可以算作是一出有完整故事情节的戏剧：

> 全剧有发简、赴会、容寄、感洛、传丹、六博、遨游、降羽、惜别诸情节……此八曲演故事，有情节，多数带和声，乐别分明，并且来有因，去有果，显然继承于汉代之"总会仙

---

① 李昌集：《情感结节与戏剧高潮——元杂剧结构方式研究》，《扬州师院学报（社科版）》1987 年第 1 期。
② 叶长海：《中国戏剧史》，上海古籍出版社 2004 年版，第 31 页。
③ 杨公骥：《汉巾舞歌辞句读及研究》，《光明日报》1950 年 7 月 19 日，第 3 版。
④ 杨公骥：《西汉歌舞剧巾舞公莫舞的句读和研究》，《中华文史论丛》1986 年第 1 期。

唱",又发展出元代之"神仙道化"。①

唐宋词可以说是最为典型的歌诗样式,但它也表现出明显的戏剧性。唐宋词的代言体特点、个性化抒情唱词、二人或多人的问答对唱方式,词中展示出戏剧冲突、戏剧动作、戏剧情境等各种戏剧因素。苏轼的《江城子·密州出猎》和《定风波·莫听穿林打叶声》这类词具有形象性、动作性、象征性,将其视为"男声独唱",将唱者可看作戏曲主角。② 而唐宋大曲的戏剧性更为明显,不少学者都将其看作歌舞剧,并最终在发展的过程中融合其他伎艺,演化为具有我国民族特点的戏曲样式。不管歌诗如何发展,歌唱均是歌诗最重要的特征,歌诗影响下的元杂剧将歌唱放在首位也就顺理成章了。所以,在某种程度上可以说,元杂剧是在传统歌诗的基础上发展起来的,没有传统歌诗的发展和戏剧性因素的渗透,元杂剧就不会是现在我们所见到的形式。

其三,传统歌诗培养了大量善歌的艺人,积累了丰富的声腔调式和歌唱技巧,为元杂剧将歌唱视为重心创造了条件。元杂剧未出现以前,歌诗表演一直是大众消费的主体,由此造就了大量职业化的乐工歌妓,并在唐宋时期达到极盛。唐代乐工歌妓数量非常庞大,但留有姓名、事迹可考者却不多。流传至今有姓名可考的,多半是教坊或梨园中的乐吏或乐妓,他们应是唐代善歌者中的佼佼者。如段安节《乐府杂录》载有永新、张红红、韦青、田顺郎、李信贤、米嘉荣、何戡、陈意奴、陈幼奇、南不谦、罗宠、陈彦晖等人。《碧鸡漫志》载:"男有陈不谦、谦子意奴、高玲珑、长孙元

---

① 任半塘:《唐戏弄》(下编),上海古籍出版社 1984 年版,第 1259、1263、1264 页。
② 陶文鹏、赵雪沛:《论唐宋词的戏剧性》,《文艺研究》2008 年第 1 期。

忠、侯贵昌、韦青、李龟年、米嘉荣、李衮、何戡、田顺郎、何满、郝三宝、黎可及、柳恭，女有穆氏、方等、念奴、张红红、张好好、金谷里叶、永新娘、御史娘、柳青娘、谢阿蛮、胡二姊、宠姐、盛小业、樊素、唐有熊、李山奴、任智方四女、洞云。"① 散见于唐诗的还有薛华、刘安、杨琼、都子、多美、盛小丛、金吾妓、金五云等。他们均有高超的歌唱技艺，如永新"喉转一声，响传九陌"，张红红"喉音嘹亮，颖悟绝伦"，多美"黄莺慢转引秋蝉，冲断行云直入天"，"何满能歌能婉转，天宝年间世称罕"。② 到了宋代，由于统治者的提倡和时代风气使然，歌妓规模更趋庞大。"宋代士大夫在官府有官妓歌舞侑觞，在家则蓄养家妓，每逢私人聚会或自娱自乐之时，便由这些精心调教的家妓来唱词助兴。这也成为宋代士大夫私人生活中最为流行的一种娱乐方式。"③ 除了官妓、家妓，还有"举之万数"的"幽坊小巷、燕馆歌楼"，活跃着数不清的市井妓。不管是何种歌妓，歌舞表演都是其主要职责或谋生的主要手段。为保持自身的竞争优势，歌妓往往通过提高自身的歌舞技能和演唱时新词曲来提高身价，这无疑对宋词的传播和宋代歌诗的发展产生重要影响。庞大的歌妓队伍孕育了数不清的善歌者，积累了丰富的演唱技巧，使得我国古代的音乐歌唱理论较其他更为发达。歌诗是口耳相传的口头艺术，每种新的歌诗体式的出现，都是在继承前代歌诗基础上的创新，唐宋的声乐艺术为后世的戏曲声乐艺术奠定了坚实的基础。元杂剧中承继了大量宋词、大

---

① 王灼：《碧鸡漫志》，《中国古典戏曲论著集成》（一），中国戏剧出版社1959年版，第111页。

② 杜兴海、杜运勇：《中国古代音乐文学精品评选》，线装书局2011年版，第206、176页。

③ 曹明升：《宋代歌妓略论》，《西华师范大学学报（社科版）》2005年第1期。

曲、散曲等的宫调、曲牌，据王国维统计，收录在《中原音韵》和《太和正音谱》的三百三十五支曲牌，出于唐宋词者七十五支，出于大曲者十一支，"元剧之构造，实多取诸旧有之形式也"①。元杂剧在袭用这些旧有宫调、曲牌的同时，也应该部分地继承了这些歌诗的声腔调式和歌唱技巧。为其如此，对于突然兴盛的元杂剧，才会顺理成章地实现曲唱到剧唱的转变。《青楼集》中记载的歌妓艺人，有不少都是兼擅杂剧、慢词、小唱等多种伎艺演唱，如果这些伎艺在声腔调式上相去甚远，那么演练起来恐怕是颇有难度的。

综上所述，我国源远流长的歌诗艺术和丰富多彩的样式，孕育了元杂剧这种以歌唱为主的戏曲样式，培养了大量擅长歌唱的艺术家，积累了丰富的歌唱技巧，为以歌唱为主的元杂剧奠定了深厚的基础。而我国传统歌诗浓郁的抒情性，以及元剧作家自觉以作诗、作曲的态度创作元杂剧，也决定了元杂剧唱词浓郁的抒情特色。具有浓郁抒情特色的歌诗，只有在一人歌唱的情况下，才能得到淋漓尽致的发挥，为元杂剧由"一人"主唱留下了广阔空间。

三、宋金歌舞伎艺与"一人主唱"

我国的歌诗传统为以歌唱为主的元杂剧奠定了基础，不过，与元杂剧"一人主唱"关系更为直接的还是宋金时期的倾向"一人"歌唱的歌舞伎艺。如果说我国歌诗传统是在内质上决定了元杂剧以歌唱为主，那么宋金时期众多"一人"主唱的伎艺对元杂剧"一人主唱"体制具有直接的生成作用。元杂剧"一人主唱"的演唱

---

① 王国维：《宋元戏曲史》，上海古籍出版社 1998 年版，第 68 页。

体制与此前众多"一人主唱"的伎艺之间关系密切:①

伎艺	类别	宫调和曲调	表演形式	表演者	代言体/叙述体	对元杂剧的影响
大曲	乐舞	同一宫调若干遍,唐用诗,宋用词	羯鼓、襄鼓、大鼓与丝竹合作②	大型队舞,一人或两人领舞	叙述体	音乐结构:一曲多遍,歌舞形式
转踏	乐舞	一诗一词合为一节,循环缠绕,重头联章体	管弦乐为主,有鼓板	一小队女伎	叙述体	以歌舞演故事,对元杂剧子母调的影响
缠达	说唱	同一宫调,两支曲相互缠绕,重头联章体(短套)	鼓、笛、板为主,配合弦乐,唱者自击鼓和拍板,类似现代唱大鼓③	一人说唱,以唱为主	叙述体	音乐结构:短套,对元杂剧子母调的影响
缠令	说唱	同一宫调,不同曲调,(短套)	同"缠达"	一人说唱,以唱为主	叙述体	音乐结构:短套,对元杂剧联套形式的影响
陶真	说唱	齐言体	宋代既用琵琶,也用鼓;到明清时,用琵琶等弦乐器,而不用鼓	一人主唱,以唱为主	叙述体,间有代言	对词话和元杂剧宾白中韵白的影响(七言体和攒十字句式)

---

① 据张晓兰硕士论文《宋代伎艺及其对元杂剧的影响》(兰州大学 2006 届)附表"宋代典型伎艺和元杂剧形态对照表"增加内容改动而成。

② 王国维:《王国维戏曲论文集》,中国戏剧出版社 1984 年版,第 178 页。

③ 叶德均:《宋元明讲唱文学》,中华书局 1959 年,第 12 页。

伎艺	类别		宫调和曲调	表演形式	表演者	代言体/叙述体	对元杂剧的影响
货郎儿（三转或九转）	说唱		最初用一支货郎儿曲调。后来同一宫调，几支转调货郎儿曲调（每支货郎儿曲调中间插入其他曲调）	最初是拨浪鼓，后来用蛇皮鼓	一人主唱	叙述体向代言体转变	转调货郎儿大型曲调的形成
鼓子词	横排	说唱	同一词调，联章体	歌唱时，有鼓伴奏，专用笛与小鼓配合演唱①	一人主唱，以唱为主	叙述体	音乐结构：一曲多遍。
	直叙	说唱	同一宫调，同一曲调，联章体	同上	一人主唱，一人主说	叙述体	说唱相间的表演方式
说话（银字儿）	说唱		同一宫调，同一曲调，联章体	歌唱时，有银字笙，银字觱篥伴奏而得名	一人主唱，一人主说。（以说为主）	叙述体	对元杂剧题材和剧目的影响，以及叙事功能的影响
诸宫调	说唱		不同宫调，不同曲调（曲牌联套）	鼓、（拍）板、有笛子，若不用鼓板，就敲盏打拍②	一人主唱，一人主说	代言体为主，局部叙述体	曲牌联套体的前身。说唱相间的表演方式。一人主唱

---

① 任半塘：《唐戏弄》（下编），上海古籍出版社 2006 年版，第 907 页。
② 叶德均：《宋元明讲唱文学》，中华书局 1959 年，第 16 页。

伎艺	类别	宫调和曲调	表演形式	表演者	代言体/叙述体	对元杂剧的影响
元杂剧	戏曲	四大套（曲牌联套体）	鼓、笛、板，间有锣，入明后，加入弦索①	一人主唱。多种角色宾白	代言体为主，有叙述体的痕迹	

宋金歌舞伎艺很大程度上承继了两汉和隋唐歌舞，同时又有很大发展，"由单纯的抒情渲染向加入一定的叙事因素转变，即完成了以丝竹为代表的汉唐歌舞伎乐向以戏曲为代表的剧曲音乐的转变"②。宋代歌舞伎艺中主要的艺术样式有大曲、法曲、曲破、转踏等，金代的歌舞伎艺中比较重要的是连厢。此类歌舞伎艺在演唱方式上对元杂剧有重要影响，基本奠定了我国戏曲"以歌舞演故事"的表演格局。

（一）宋大曲

大曲是一种综合性的歌舞曲，但大曲作为一种综合性的歌舞艺术，自身也在不断发生变化。唐及北宋年间，舞蹈仍在大曲中占着首要地位，据宋陈旸《乐书》记载：

> 至于优伶常舞大曲，惟一工独进，但以手袖为容，踏足为节，其妙串者，虽风旋鸟张骞不逾其速矣。然大曲前缓叠不舞，至入破则羯鼓、震鼓、大鼓与丝竹合作，句拍益急，舞者

---

① 张燕瑾：《辽金元文学研究》，北京出版社 2003 年版，第 125 页。
② 黄翔鹏：《中国古代音乐歌舞伎乐时期的有关新材料、新问题》，《文艺研究》1999 年第 4 期。

入场，投节制容，故有催拍、歇拍之异姿，制俯仰百态横出，然终于倡优诡玩而已。①

优伶随着劲速的器乐演奏起舞，"俯仰百态横出"，并无肉声的歌唱成分。但与唐代不同的是，此时的大曲多"一工独进"的表演形式，整场舞蹈可以由舞者单独完成，所以不大可能严格按照唐代大曲动则数十解的既定范式表演。大曲规模的裁减为以声乐代替器乐提供了便利。北宋后期，大曲中开始出现歌词。耐得翁《都城纪胜·瓦舍众伎》中说："教坊大使，在京师时，有孟角球，曾撰杂剧本子，又有葛守成撰四十大曲词，又有丁仙现捷才知音。绍兴间，亦有丁汉弼、杨国祥。"② 不仅说明大曲与杂剧等伎艺融合的现象，而且也表明大曲有词相配。大曲有词，自然就有了肉声歌唱。"大曲仅有声调已经不能满足需要，必于声调之外谱之以词；其后又不仅仅以填词为满足，更取大曲中之某一调以谱一人或一种之故事，此即宋代谱故事之大曲。"③ 大曲发展到宋代，歌唱的比重逐渐增强。"和唐代的大曲相比，宋代的大曲形式不再像以前那么严格，不再需要严格执行数十解的既定程序，可以根据需要删去某些乐节，从而大大增加了宋代大曲的表现力和适应性。因此，宋代大曲开始由纯粹的舞曲向叙事性歌舞演变，这种演变主要体现在：原来由器乐伴奏的曲逐步向歌唱之曲过渡，使后者具有了叙事的条件。"④

关于大曲的演唱情形，史浩《剑舞》中有详细描述。此大曲略

---

① 陈旸：《乐书》卷185，《景印文渊阁四库全书》第二一一册，台湾商务印书馆2008年版，第831页。

② 耐得翁：《都城纪胜》，《东京梦华录》（外四种），古典文学出版社1956年版，第96页。

③ 徐嘉瑞：《近古文学概论》之"大曲一变而为杂剧"，北新书局1936年版，第179页。

④ 刘晓明：《杂剧形成史》，中华书局2007年版，第188页。

去了大曲曲词，但表演的故事内容从叙述中可以看出，是鸿门宴中项庄剑刺沛公和公孙大娘舞剑之事。其中共有四处"乐部唱曲子，舞《剑器曲破》一段"的说明，除了《霜天晓角》一曲由二舞者同唱外，其余的曲子均由乐部歌唱，竹竿子担任颂词的念诵。艺人各司其职，但唱、念、舞只是按照艺人技艺所长进行的分工，尚没有明确的脚色分工意识。这种不分脚色的歌唱方式，对元杂剧的演唱方式应有不小的影响。周贻白就曾推断"元代杂剧之始终用一项脚色歌唱，尤与大曲的不分脚色具有相当关系"。① 可以说，宋大曲以歌舞演故事，歌唱部分始终由固定的乐工完成，堪称元杂剧"一人主唱"的雏形。只是扮演者和歌唱者一分为二，唱词多"系旁观者之言"，是叙事体而非代言体，所以还不是"真戏曲"。

随着宋大曲由器乐伴奏向歌唱之曲的转变，大曲在歌妓艺人中的地位也随之增强，大曲的掌握程度成为衡量歌妓艺人技艺的重要标志。陶宗仪《南村辍耕录》就说："词山曲海，千生万熟，三千小令，四十大曲。"②《诸宫调风月紫云庭》第一折《混江龙》也唱道："我唱的是《三国志》先饶《十大曲》，俺娘便《五代史》续添《八阳经》。"大曲的重要地位和流行程度，扩大了大曲的影响，宋杂剧、金院本中就融合了大量大曲的内容，王国维《宋元戏曲考》，考出"宋官本杂剧段数"二百八十个剧目中所用的乐曲，用"大曲"的共有一百零三种，几乎占了一半；其中一部分缀有曲名的杂剧，如《六么》《赢府》《梁州》《伊州》《薄媚》《降黄龙》《胡渭州》《逍遥乐》《大圣乐》《剑器》《采莲》《道人欢》《中和乐》《相遇乐》等，在当时都是用所谓的"大曲"之曲。大曲经由

---

① 周贻白：《中国戏剧史长编》，人民文学出版社 1960 年版，第 60 页。
② 陶宗仪：《南村辍耕录·燕南芝庵先生唱论》，齐鲁书社 2007 年版，第 359 页。

宋杂剧、金院本，影响到元杂剧，元杂剧的曲牌，出自宋大曲的有十一支，如［降黄龙］［小梁州］［六么遍］［八声甘州］［普天乐］等，《青楼集》中记载的元代艺人，就有不少是精通大曲演唱的。宋大曲对元杂剧歌唱艺术产生了深远影响："元剧里面，每出曲子，一定有八九只，多的也许有十七八只，唱起来先慢后快，还有锣鼓按定拍子，竟是同大曲一鼻孔出气。我就决定元剧是宋大曲变成的。"① "元剧的一人主唱，当仍为前一时代大曲敷演故事的一种旧规，其远因则当出于宋代的歌舞。"②

曲破和法曲是大曲的两种特殊形式。曲破是将大曲中入破以后的部分独立出来进行演唱的一种音乐体裁，是唐代大曲经裁减后最常用的一种表演形式。上述史浩的《剑舞》，"使用纯粹'曲破'作演出"③，严格说来也是"曲破"。法曲可以说是大曲的另外一种形式，法曲因多融合佛、道曲，故有此称。在隋唐和宋初，法曲和大曲各自为营，之后二者在结构上渐渐趋同。法曲也分"排序""排遍""入破"三个部分，结构形式与大曲一般无二，但内容上还多是道、佛之语。

我们有理由相信，诸种大曲、曲破等歌唱技艺经过艺人代代相传，将歌唱的重要性凸显在念诵、舞蹈等技艺之上，由此造就了一批批技艺高超的歌唱家，从而为以唱为主体的元杂剧奠定了基础。

（二）转踏

转踏，亦作传踏，是兴于唐而盛于北宋的一种歌舞表演形式。

---

① 吴梅：《元剧略论》，《吴梅戏曲论文集》，中国戏剧出版社 1983 年版，第 500 页。

② 周贻白：《中国戏剧史长编》，人民文学出版社 1960 年版，第 226 页。

③ 胡忌：《宋金杂剧考》，古典文学出版社 1957 年版，第 42 页。

转，指歌唱；踏，指应歌起舞。因转踏多用"调笑令"曲调，故宋代又直接称之为"调笑转踏"。转踏的规模比大曲小，结构也没有大曲复杂。

转踏中"踏"字的得名与流传已久的民间歌调"踏歌"和盛行于唐代的歌舞《踏摇娘》有关。踏歌是一边唱歌，一边以脚踏地为节的歌唱方式。李白《赠汪伦》："李白乘舟将欲行，忽闻岸上踏歌声。"正可见出唐代踏歌的流行。刘禹锡有《踏歌行四首》，其第三首"新词宛转递相传，振袖倾鬟风露前。月落乌啼云雨散，游童陌上拾花钿"被南宋郑仅引用，成为其《调笑转踏》的放队词，踏歌与转踏的关系可见一斑。《踏摇娘》在《旧唐书·音乐志》、段安节《乐府杂录·鼓架部》和崔令钦《教坊记》中均有记载，尤以《教坊记》所载为详：

> 踏谣娘——北齐有人姓苏，齇鼻，实不仕，而自号为郎中，嗜饮酗酒，每醉辄殴其妻。妻衔悲，诉于邻里。时人弄之。丈夫著妇人衣，徐步入场。行歌，每一叠，旁人齐声和之云："踏谣和来，踏谣娘苦和来！"以其且步且歌，故谓之"踏谣"；以其称冤，故言苦。及其夫至，则作殴斗之状，以为笑乐。今则妇人为之，遂不呼郎中，但云"阿叔子"。调弄又加典库，全失旧旨。或呼为《谈容娘》，又非。①

唐以前的《踏摇娘》主要在于夫妻殴斗一节，"以为笑乐"。到了唐代，则以"妇人为之"，"全失旧旨"。"这是因为殴斗部分已经不成为表演的主要部分，而调弄歌唱等抒情部分却成为主要部

---

① 崔令钦《教坊记》，《中国古典戏曲论著集成》（一），中国戏剧出版社 1959 年版，第 18 页。

分了的缘故。"① 唐朝这种发展了的踏摇娘歌舞表演，有着重要的戏曲史意义。"此类歌舞的形式，虽已接近于戏剧的表演，但其偏重歌舞仍极显明。且照演出情形而论，似皆单人的歌舞。……《踏摇娘》虽有苏中郎及其妻，但苏中郎先为独舞，或于最后始出场。即以后形式有所改变，亦不过把苏中郎改成'阿叔子'，再加一个'典库'（管仓库的人）而已。……后世元杂剧通场只用一人歌唱，此种形式，或不无相当影响吧。"②

转踏继承了踏歌和踏摇娘这种且歌且舞、偏重抒情的表演形式，并适应了文人士大夫的审美趣味，风格趋向典雅。据任半塘考证，转踏这种歌舞伎艺是唐代燕乐歌舞"杂曲著词小舞"之一种，"专门为酒令所有，歌曲、舞容，均较简捷，一人任之，便于催酒而已。如'三台'、'调笑'、'转踏'、'上行杯'、'下次据'之类是"③。由此可知，转踏始由歌妓一人且歌且舞，体式短小，舞容简单。《乐府诗集》收录有王建《宫中调笑·团扇》，可视为唐代留存转踏之一种：

> 团扇，团扇，美人病来遮面。玉颜憔悴三年，谁复商量管弦。弦管，弦管，春草昭阳路断。④

从曲子的题目看，此词当是王建参加宫中宴饮时为歌妓所作，"以佐清欢"。只有短短的三十二个字，无论是词作内容，还是词调形式，都比较适合歌妓吟唱。唐代的转踏体式多是这种短章，虽然偶尔也有联章体，但多是二章或四章相联，规模仍然偏小。到了北宋时期，转踏出现繁盛的局面，虽然仍多用于文人士大夫的公私宴饮，但出现了较大的变化。体式上增加了容量，联章体成为主流，

---

① 张庚、郭汉城：《中国戏曲通史》，中国戏剧出版社 1980 年版，第 27 页。
② 周贻白：《中国戏剧史长编》，人民文学出版社 1960 年版，第 41 页。
③ 任半塘：《唐戏弄》（上编），上海古籍出版社 1984 年版，第 247 页。
④ 郭茂倩：《乐府诗集》，中华书局 1979 年版，第 1155 页。

少则五、六章，多则十章、十二章相联；表演上不再是歌妓一人歌舞相兼，而是多名歌妓以队舞的形式表演，"转踏之制，以歌者为一队，且歌且舞，以侑宾客"①。宋代转踏的结构是"前有勾队词；后以一诗一曲相间，终以放队词，则亦以七绝"②。刘永济《宋代歌舞剧曲录要》在论及《调笑集句》时说此曲"大都杂集前人诗词为之，前有勾队词；用骈语数句，次为口号，用绝句一首，以下以一诗一词咏一故事，共八事而毕，最后以一绝为放队词，盖歌舞相兼之曲也"③。这种体式，颇接近当时的戏曲演出。宋代现存的转踏曲词有七十余首，如郑仅《调笑转踏》：

良辰易失，信四者之难并。佳客相逢，实一时之盛会。用陈妙曲，上助清欢。女伴相将，调笑入队。

秦楼有女字罗敷，二十未满十五余。金镮约腕携笼去，攀枝摘叶城南隅。使君春思如飞絮，五马徘徊芳草路，东风吹鬓不可亲，日晚蚕饥欲归去。

归去，携笼女，南陌春愁三月暮，使君春思如飞絮，五马徘徊频驻。蚕饥日晚空留顾，笑指秦楼归去。

石城女子名莫愁，家住石城西渡头，拾翠每寻芳草路，采莲时过绿苹洲。五陵豪客青楼上，醉倒金壶待清唱，风高江阔白浪飞，争催艇子操双桨。

双桨，小舟荡，唤取莫愁迎叠浪，五陵豪客青楼上。不道风高江广。千金难买倾城样，那听绕梁清唱。

……

---

① 王国维：《宋元戏曲史》，上海古籍出版社1998年版，第34页。
② 王国维：《宋元戏曲史》，上海古籍出版社1998年版，第33页。
③ 刘永济：《宋代歌舞剧曲录要》，古典文学出版社1957年版，第73页。

放队

新词宛转递相传，振袖倾鬟风露前，月落乌啼云雨散，游人陌上拾花钿。①

转踏究竟如何歌唱，现已不详。刘永济先生曾做过简单猜想："转踏之体，观此曲放队词曰：'新词宛转递相传'，盖歌女以调笑一曲展转歌之也。"② 其说或可信之。笔者不揣冒昧，亦做一大胆猜测。因转踏之曲多以文学题材或前朝历史中的美女为歌咏对象，措辞柔婉绮丽，抒情浓郁，似不宜众人合唱。转踏又常常多人多事合咏，并且是"以歌者为一队，且歌且舞"，以队舞的形式进行表演，所以多半是歌妓相继出队，以一人一事为限，单独吟唱，"且歌且舞"，不歌之人则伴舞。如果猜测不错的话，那么转踏也近乎"一人主唱"的演出形式。而转踏以抒情为主的唱词，也应影响到元杂剧歌唱的语言风格。

南宋后期，随着转踏叙事性的增强，多曲咏多事逐渐向多曲咏一事的形式发展，加上与其他伎艺的融合，（据《碧鸡漫志》云："石曼卿有《拂霓裳转踏》述开元天宝遗事"，大概以明皇杨妃为中心，惜其词已佚）传统的转踏体式也渐趋衰落，由以歌舞表演为主，发展到以说唱为主。一诗一词相互缠绕的形式变为两曲相互缠绕，成为缠令、缠达；或只采用同一词调反复吟咏，发展为鼓子词、弹词、唱赚等民间伎艺。但以唱为主、间以说白仍然是它们的主要艺术特点，进而不同程度地影响到元杂剧"一人主唱"的演唱体制。

（三）连厢

"连厢"，又名连相、连箱、打连厢，民间有时也称其为霸王

---

① 王国维：《宋元戏曲史》，上海古籍出版社 1998 年版，第 33 页。

② 刘永济：《宋代歌舞剧曲录要》，古典文学出版社 1957 年版，第 80 页。

鞭、打花棍、金钱棍、浑身响等，是金人创制的一种"连唱带演"的歌舞戏，初始时是歌舞分司——歌者不舞、舞者不歌，后来发展为载歌载舞的表演形式。关于"连厢"的记载，主要见于以下几种文献：①

清人毛奇龄《西河词话》：

> 金作清乐，仿辽时大乐之制，有所谓连厢词者，则带唱带演。以司唱一人，琵琶一人，笙一人，笛一人，列坐唱词。而复以男名末泥，女名旦儿者，并杂色人等入勾栏扮演，随唱词作举止。如"参了菩萨"，则末泥祗揖。"只将花笑捻"，则旦儿捻花类。北人至今谓之"连厢"，曰"打连厢"、"唱连厢"，又曰"连厢搬演"。大抵连西厢舞人而演其曲，故云然。②

赵惠莆《能静居笔记》：

> 金世供御，有厢乐，其两厢，舞乐也。男名末泥，女名旦儿。凡合乐，号曰连厢。舞者皆依曲句而舞，然犹歌者自歌，舞者自舞。至元世，始歌舞皆出一人，通场陪衬而不唱，号曰北曲。③

梁廷枏《曲话》：

> 北人有所谓"打连厢""唱连厢"者。盖连厢词作于元曲未作之先。……古人歌者、舞者各自为一，两不照应；至唐人

---

① 以下几种记载，均出自清人之手，与所记之金代相去甚远。故而谈及"连厢"时，学者多持谨慎和保留态度。王宁《"连厢"补证》（《戏剧》2004年第2期），则通过对古代"市语"以及现存的演艺形式等材料的分析，推论出金代存在连厢这一艺术形式。

② 毛奇龄：《西河词话》卷2"词曲转变"条，《词话丛编》第1册，中华书局1986年版，第582页。

③ 赵惠莆：《能静居笔记》，《新曲苑》第10册，《曲海扬波》卷2，第2页。

柘枝词、莲花镟歌，则舞者所执与歌人所歌之词稍有照应矣，犹羌无故实也；至宋赵令畤作商调鼓子词，谱西厢传奇，始有事实矣，然尚无演白也；至董解元作西厢搊弹词，曲中夹白，搊弹、念、唱统属一人，然尚未以人扮演也；金人仿辽大乐之制而作清乐，中有连厢词，则扮演有人矣。犹然司舞者不唱、司唱者不舞也。①

从以上记载可知，"连厢"是一种演唱分离的歌舞样式，表演者"随唱词作举止"，"然犹舞者不唱，唱者不舞"。这与大曲等歌舞伎艺相类似。

连厢还有一种"帐子篷"的表演形式。钱南扬《汉上宦文存》一书提供了关于"连厢词"的另一记载。该书有"江湖通用切口摘要"，关于其年代，据钱先生考证，认为能反映宋、元时期的语言实际。其中涉及"连厢"的一段文字云：

> 挂布招牌专传授人戏法曰放小卖，做戏法鸣锣聚众吞剑吃蛋曰对包李子，做戏法有妇女顶缸走索者曰烘当李子，做戏法用长布围地中间另有小布篷者曰搧戏蓬，傀儡牵丝木人戏（俗名地吼戏）曰银子篷，傀儡用小台高挂人居台下在布帐内者曰高架子，卖大洋画者曰金门子，打连厢人在布帐内唱曰帐子篷。②

这种形式的连厢"演出的时候要设置一个帐篷，演出者即做出动作的人在帐外，而司唱的人则在帐内。由于对于演唱者而言，观

① 梁廷枏：《曲话》，《中国古典戏曲论著集成》（八），中国戏剧出版社1959年版，第285、286页。

② 钱南扬：《汉上宦文存·江湖通用切口摘要》，上海文艺出版社1980年版，第144页。

众仅仅需要'闻其声'，所以用帐篷将其藏起来，使观众更留意帐篷外的表演。这样的演出显然较'全部暴露'式的表演更能收到良好的效果"①。"帐子篷"这种表演形式中，司唱者从开始的"列坐唱词"，到仅闻其声、不见其人的帐内歌唱，表明司唱者作用的弱化，而表演者的表演地位则更加突出。将司唱者置于帐内，目的就是让观众产生曲词系表演者末泥和旦儿所唱的错觉，进而让表演者兼顾歌唱部分也就是顺理成章的事了。这种歌舞伎艺更容易发展到"歌舞皆出一人"（末或旦主唱）的元杂剧，至少会对元杂剧的演唱方式起到不小的启发作用。"至元曲则歌舞合于一人，然一折自首至末皆以其人专唱，非正末则正旦，唱者为主而白者为宾，则连厢之法未尽变也。"② 所谓"连厢之法未尽变也"，即肯定"歌舞合于一人"的元杂剧对连厢的传承关系。

四、宋金说唱伎艺与"一人主唱"

唐、五代时期，我国就出现了比较成熟的说唱伎艺——俗讲和变文。佛教寺院的僧侣们为吸引听众，在讲唱的时候加入了一些世俗的内容，这对后来各类说唱伎艺起到直接的启发作用。而且俗讲和变文均是韵散相间、有说有唱，以唱为主，这也奠定了宋金时期说唱伎艺的演出形式。但唐、五代时期的说唱伎艺还只是宗教讲唱向大众阶层的过渡期，并未得到长足的发展，占主流地位的仍然是歌舞类伎艺。到了北宋时期，随着市民阶层的发展壮大，市民文化

---

① 王宁:《"连厢"补证》,《戏剧》2004 年第 2 期。

② 梁廷枏:《曲话》,《中国古典戏曲论著集成》（八）,中国戏剧出版社 1959 年版,第 286 页。

日渐兴起，说唱伎艺得到迅速发展，成为最能代表宋金伎艺成就的样式之一。此时不仅出现了一大批专门从事说唱伎艺表演的艺术家，还有专供其演出的场所——勾栏。如果说宋金歌舞伎艺还多局限于文人士大夫的饮宴场合，那么说唱伎艺则以其通俗性、故事性、多样性，成为宋金时期最受底层民众欢迎的一种大众伎艺。宋金说唱伎艺有涯词、陶真、鼓子词、缠令、缠达、唱赚、诸宫调、说话、词话、叫声、货郎儿等众多样式，大多是一人边说边唱或是自弹自唱，对元杂剧演唱体制的形成都有不同程度的影响。与元杂剧演唱体制的关系最为密切的是唱赚、诸宫调。

（一）唱赚

唱赚是宋代民间颇为流行的一种说唱伎艺，它始于北宋，盛行于南宋，是最早用同一宫调中的若干支曲子组成一个套数来歌唱的艺术形式，与转踏、鼓子词用同一词调反复演唱不同。

关于唱赚，耐得翁《都城纪胜》和吴自牧《梦粱录》等宋人笔记中都有记载：

> 唱赚在京师时，只有缠令、缠达。有引子、尾声为缠令。引子后只以两腔互迎，循环间用者，为缠达。绍兴年间，张五牛大夫，因听动鼓板中，有太平令或赚鼓板，即令拍板大节抑扬处是也，遂撰为赚。赚者，误赚之义也，令人正堪美听中，不觉已至尾声，是不宜为片序也。又有"覆赚"，其中变花前月下之情及铁骑之类。凡唱赚最难，以其兼慢曲、曲破、嘌唱、耍令、番曲、叫声，接诸家腔谱也。①

---

① 吴自牧：《梦粱录》，见《东京梦华录》（外四种），古典文学出版社 1956 年版，第 310 页。

　　唱赚前后经历了三种形态：早期的缠令、缠达，张五牛创作的赚曲，以及后期的覆赚。缠令的形式大体是，同一宫调的不同曲子组成套曲，前有引子，后有尾声，一般较短。《刘知远诸宫调》、"西厢记诸宫调"中保留有多套缠令，如《刘知远诸宫调》中"安公子"缠令体式为：［中吕调］安公子缠令→柳青娘→酸枣儿→柳青娘→尾。缠达曲辞，今已无存。《梦粱录》称之为"两腔互迎，循环间用"，参照缠令的体式，缠达的形式当为同一宫调的两支曲子，循环往复，回旋缠绕，前有引子，后有尾声，从而形成一唱三叹、摇曳生姿的艺术效果。董解元《西厢记诸宫调》中有两套曲子的组成结构与缠达的"两腔互迎，循环间用"很接近，可能是缠达艺术形式的残留。如其一为：［仙吕调］六么实催（两曲）→六么遍（两曲）→哈哈令→瑞莲儿→哈哈令→瑞莲儿→尾。"哈哈令"和"瑞莲儿"两曲轮流出现两次，与缠达"循环间用"的艺术形式暗合，当为缠达的一种表现形式。

　　缠达对元杂剧的配曲方式产生了一定影响，"虽元剧诸曲配置之法，亦非尽由创造。《梦粱录》谓宋之缠达，引子后只有两腔，迎互循环。今于元剧仙吕宫，正宫中曲，实有用此体例者。"① 如郑廷玉《看钱奴冤家债主》第二折的宫调组合为：［正宫］端正好→滚绣球→倘秀才→滚绣球→倘秀才→滚绣球→倘秀才→滚绣球→倘秀才→塞鸿秋→随煞。在这套曲子中，"滚绣球"和"倘秀才"两支曲子相互缠绕，循环使用，元杂剧称这种形式为"子母调"，运用得比较广泛。南宋时，"张五牛依据四片太平令创作赚曲后，无论唱缠令，唱缠达，或唱单赚，唱含赚的套曲，均被称作唱赚。它是宋代歌曲体系中超越了单曲演唱，联合同一宫调套曲演唱的突

---

　　① 王国维：《王国维戏曲论文集》，中国戏剧出版社1984年版，第59页。

起的异军。"① 张五牛的创作，使唱赚更为优美动听，达到了"正堪美听中不觉已至尾声"的艺术效果。据周密《武林旧事》记载，南宋"书会"中人李霜涯也善作赚词，"作赚绝伦"。

赚在后期出现了覆赚的形式，其体式如何已不得而知。"覆赚从字面上理解，估计是赚的综合，即套曲的形式，甚或就是赚的套曲的别称。"② 可用来演唱篇幅较长、情节曲折的"花前月下之情及铁骑之类"的故事。唱赚在声腔曲式上极其复杂，几乎综合了当时各种声腔的优长，"兼慢曲、曲破、大曲、小唱、耍令、番曲、叫声诸家腔谱"。③ 这使得唱赚富有市井趣味，通俗、真挚、热烈。现存的宋代赚词，唯有元刊本《事林广记》中所载的《圆里圆赚》，是唱赚艺人在现场为蹴球人助兴歌唱的曲子，极具鼓动性的市井气息。其结构为集合若干支曲调为一套曲，前有引子，后有尾声，中间有以"赚"为名的曲调。同时，这套曲子平仄通叶，每只曲子不分上下片，可以说已全具南北曲的形式及材料了。

唱赚的演唱有比较固定的程式。在演唱前先念定场诗词，称为"致语"。乐队的组成和配器，一般是一人执板，一人击鼓，一人吹笛。《事林广记》所载的《圆里圆赚》配有一幅插图，生动逼真地描绘了当日唱赚的场面：一男性吹笛，一女性拍板，一女性击鼓。"从图上来看，似乎击鼓者是唱赚的主角，她在击鼓的同时担任唱的角色，'致语'估计也是由击鼓者承担的"。④ 这种表演形式也是一人主唱。

赚不再是不相连属的只曲演唱，而是由同一宫调的不同曲子组

① 于天池：《宋代瓦舍中的流行歌曲——唱赚》，《文史知识》1999 年第 3 期。
② 于天池：《宋代瓦舍中的流行歌曲——唱赚》，《文史知识》1999 年第 3 期。
③ 耐得翁：《都城纪胜》，《东京梦华录》（外四种），古典文学出版社 1956 年版，第 97 页。
④ 于天池：《宋代瓦舍中的流行歌曲——唱赚》，《文史知识》1999 年第 3 期。

成了套数演唱。较之令曲小唱，它显得丰富，完整；较之大曲、法曲，它显得轻便，灵活。唱赚这种宋代流行的说唱伎艺对元杂剧的曲词和歌唱产生了重要影响，"我们可以说，宋代的长篇的词，如《归去来辞引》、《野庵曲》及歌舞剧曲唱赚之类，于元人杂剧的曲文及元人散曲的套数有重要的渊源关系，尤其是歌舞剧曲之唱赚，与元散套更多相似之外，其中之一用同一宫调之曲，之二曲词多为单片，而没有用两叠者，最为明显。"① "从有了缠令、缠达、赚之后，音乐歌曲的演唱才有了联套的形式，从这个意义上，说赚是'散套之祖'并不过分。如果没有赚的出现，诸宫调不可能出现，散曲的套数和元杂剧的套数也无从谈起。"②

（二）诸宫调

诸宫调是在北宋勾栏瓦舍间成长起来的说唱伎艺，大盛于南宋和金元。它全面吸取了当时和此前流行的民间伎艺如大曲、词调、小唱、嘌唱、鼓子词、缠令、缠达、唱赚等的演唱与联套方式，形成了综合性的富有伸缩性的音乐结构。可以说是宋金时期说唱艺术的集大成者。"其所以名诸宫调者，则由宋人所用大曲传踏，不过一曲，其为同一宫调中甚明；唯此编每宫调中，多或十余曲，少或一二曲，即易他宫调，合若干宫调以咏一事，故谓之诸宫调。"③诸宫调通常运用多个宫调，以第三人称的叙述体有说有唱地讲述一个情节完整的故事，多由艺人一人表演，一边说唱，一边演奏鼓板、锣等打击乐器。如洪迈《夷坚志乙卷六十四事》"合生诗词"条关于诸宫调艺人洪惠英说唱故事的记载："予守会稽，有歌宫调

---

① 隋树森：《全元散曲简编》，上海古籍出版社 1984 年版，第 13 页。
② 于天池：《宋代瓦舍中的流行歌曲——唱赚》，《文史知识》1999 年第 3 期。
③ 王国维：《宋元戏曲史》，上海古籍出版社 1998 年版，第 41 页。

女子洪惠英正唱词次，忽停鼓目曰：'惠英有述怀小曲，愿容举似。'乃歌曰……"①《水浒传》第五一回，提到女艺人白秀英说唱《豫章城双渐赶苏卿》诸宫调，白秀英是"拈起锣棒，如撒豆般点动"，"说了'开话'又唱，唱了又说"，也是一边敲锣，一边说唱。清代焦循《剧说》引明代张元长《笔谈》云："董解元西厢记，曾见之卢兵部许，一人援弦，数十人合座，分诸色目而递歌之，谓之'磨唱'。卢氏盛歌舞，然一见后无继者。"② 这种分角色"递歌"的"磨唱"，只是少数现象，一人说唱才是宫调基本体制。但也表明诸宫调说唱者与乐器演奏者有分司的情况。

诸宫调对元杂剧及我国戏曲的影响，几乎得到学界的一致公认。而对元杂剧"一人主唱"这种独特的演唱体制的渊源，不少学者更是把诸宫调作为直接来源。"'杂剧'乃是'诸宫调'的唱者，穿上了戏装，在舞台上搬演故事的剧本。"③"'一人主唱'这种形式的形成，实在有其深刻的历史原因与具体条件。……以诸宫调为代表的说唱艺术，在演唱艺术的发展上具有很高的成就，它善于运用长篇的歌唱形式，来刻画人物形象。杂剧表演艺术的形成，首先是继承了这一传统，以歌唱来构成整个舞台表演的中心环节，用它来作为揭示剧中人物的内心感情、创造舞台形象的主要艺术手段。"④

诸宫调作为以第三人称叙事的说唱艺术，皆由一人表演；元杂剧虽然是代言体的舞台艺术，以第一人称歌唱、说白，但它只是将故事中不同人物的说白部分分由不同角色担任，歌唱部分仍大多由

---

① 洪迈：《夷坚志乙卷六十四事》，何卓点校，中华书局1981年版，第841页。
② 焦循：《剧说》，《中国古典戏曲论著集成》（八），中国戏剧出版社1959年版，第104页。
③ 郑振铎：《插图本中国文学史》（下），中国社会科学出版社2009年版，第539页。
④ 张庚、郭汉城：《中国戏曲通史》，中国戏剧出版社1980年版，第358、359页。

一种脚色——剧中担任主演的正末或正旦担任，恰如诸宫调的说唱者。这可以说是诸宫调一人说唱形式对元杂剧演唱体制的直接影响。具体而论，诸宫调对元杂剧"一人主唱"体制的影响，主要表现在以下几个方面：

其一，元杂剧只能由正旦或正末主唱到底，与诸宫调艺人有男有女有一定关系。元杂剧只能由一种脚色歌唱，大多非正旦即正末，即便是旦末兼重的爱情戏，男女主角也不能同台演唱。这种歌唱形式的好处是可以通过剧中一个人物的视角来观照整个戏剧故事，形成一种叙事线索，也便于听众把握故事情节的发展变化。而说唱诸宫调的艺人，以一个旁观者的口吻叙述一个有头有尾的故事，在说唱的过程中也必然会加入一些自己的评论，融入自己的视角。因为说唱者有男有女，那么他们说唱故事的声口也必然会有某种差别，男艺人侧重男性视角，女艺人侧重女性视角。当诸宫调发展到元杂剧，这种男、女艺人说唱的不同也就相应地变成旦本、末本的差别。郑振铎《宋金元诸宫调考》论及"诸宫调对元杂剧的影响"时，就有这样一段推论：

> 我们都知道，诸宫调是由一个人弹唱到底的，有如今日流行的弹词鼓词。凡是这一类的有曲有白的讲唱的叙事诗，从最原始的变文起，到最近尚在流行的弹词鼓词止，几乎没有一种不是"专以一人""念唱"的。……这一点，在元人杂剧里便也维持着。……如果元剧的旦或末独唱到底的体例是有所承袭的话，则最可能的祖祢，自为与之有直接的渊源关系的诸宫调。戏曲的元素最重要者为对话，而元剧则对话仅于道白见之，曲词则大多数为抒情的一人独唱的。虽亦有与道白相对答的，却绝无二人对唱之例，这种有对白而无对唱的戏曲，诚然是前无古人后无来者的。……诸宫调的那个重要的文体，恰好

足以供给我们明白元剧所以会有如此的格例之故。更有趣的是：在宋金的时候讲唱诸宫调者，原有男人，有女人。元人杂剧之有旦本（即以正旦为主角，独唱到底者），有末本（即以正末为主角，独唱到底者），也当与此有些重要的关系吧。否则，在旦末并重的情节的诸剧里，为何旦末始终没有并唱的呢。①

其二，元杂剧在代言本中时常夹杂叙述体，甚至整部戏都是叙述体歌唱，这也是诸宫调叙述体的遗存。"宋人大曲，就其现存者观之，皆为叙事体；金之者宫调，虽有代言之处，而其大体只可谓之叙事。独元杂剧于科白中叙事，而曲文全为代言。"② 元杂剧与大曲、诸宫调等前代伎艺的一大区别，就是前者曲文为代言体，后者为叙述体，此言大体不谬。不过，考察元杂剧的主唱人物会发现，元杂剧的主唱者在以剧中主要人物口吻歌唱的同时，又时常离开主要人物的视角，以次要人物甚至旁观者的身份进行大段歌唱，评论剧中主要事件或主要人物。这又可分为两种情形：一是元杂剧在某一折中，以第三人称的叙述体歌唱，这主要体现在剧中有多个歌唱角色的剧目中。如《邓夫人苦痛哭存孝》第三折正旦扮演侍女莽古歹，向刘夫人报告李存孝被冤杀的经过，整折都是莽古歹对法场上李存孝苦况的叙述；《晋文公火烧介子推》第四折正末扮演一个与剧情毫不相干的樵夫，他始终以旁观者的身份围绕晋文公火烧介子推这件事发表评论。无论是莽古歹还是樵夫，读者或听众对他们本人的境况、性格全不知晓，他们的歌唱本质上是第三人称叙

① 郑振铎：《宋金元诸宫调考》，见《郑振铎全集第五卷·中国文学研究（下）》，花山文艺出版社 1998 年版，第 127、128 页。
② 王国维：《宋元戏曲史》，上海古籍出版社 1998 年版，第 63 页。

述，其作用与诸宫调说唱艺人是相同的。此外，元杂剧中探病的嬷嬷、打探军情的探子也时有歌唱的情况，并成为一种定式，其第三人称叙述的特征也非常明显。二是元杂剧整部戏都是以第三人称叙述体歌唱。如《关云长千里独行》一剧，剧中主要歌颂的人物是侠肝义胆的关羽，但关羽至始至终都没有一句唱词，无论是他的心理活动，还是他与敌交战的勇猛，观众和读者都是通过正旦甘夫人的歌唱才得以知晓。再如《刘玄德独赴襄阳会》中，正末依次扮演刘琦、王孙、徐庶，但剧中着重表现的人物却是大义凛然的刘备，刘备也无一句唱词，通过正末刘琦、王孙、徐庶对刘备的观察，刘备的思想和行动才为观众和读者所知。元杂剧这种完全以旁观者观照主要人物的情形，与诸宫调说唱艺人的身份和功能更是如出一辙。元杂剧中这种离开代言体、以第三人称叙述的形式，从戏剧的角度看，是元杂剧尚未实现充分戏剧化的表现，却透露出元杂剧由诸宫调等说唱伎艺演化而来的痕迹，或者至少说明诸宫调等说唱伎艺对元杂剧演唱体制的形成所发挥的重大作用。

其三，元杂剧中存在着大量静态化的说唱表演，与诸宫调演出形式极为类似。元杂剧与诸宫调分属不同的艺术形式，一为戏剧，一为说唱艺术；一以动态的表演为主，一以静态的说唱为主。但元杂剧中戏剧性强的剧目并不多，很多场景都是静态或接近静态的演出，即使是本来应该动态十足的场景，元杂剧作者也力求静态地流线性地展现，主唱者的歌唱与诸宫调艺人自说自唱非常接近。这一点，与元杂剧在代言体中存在叙述体演唱方式密切相关。如元杂剧在涉及战斗场面时，对战斗场面的正面描写都非常简单，却大事渲染旁观者对战斗场面的回忆和演述，将本应该动态十足、热闹非凡的舞台场景静态化。"因为表演战斗场面要求演员有很高的做功，元杂剧以唱为主，不重做功，加之当时也不具备表演战斗场面的戏剧条件，而'演述'恰是一种最便捷的处理方式，又有诸宫调'讲述'的经验及其培养的受众群，自然是得来全不费功夫了。"①剧中人物本该"演戏"，却变成了地地道道的"说戏"或"唱戏"，这种毫无戏剧性的场景说唱，与诸宫调的讲唱者并无二致。

此外，元杂剧对诸宫调以"诸"个宫调歌唱的形式的继承，也加强了元杂剧"一人主唱"体制的形成。元杂剧"一本四折"的音乐结构，实质是用四个不同宫调的套曲演唱一个完整的故事。"折"本非元杂剧所有，《元刊杂剧三十种》原本是不分折的，现在看到的分折，均是后人为之。因此，元杂剧的本来面目与诸宫调联合若干不同宫调的套曲讲唱一个完整的故事，在音乐体制上并无本质差别。只不过诸宫调在宫调的转换上比较频繁，一个宫调之中，"大抵用二三曲而止"；而元杂剧做了一定的改进，一般限用四个宫调，"每调中之曲，必在十曲以上"，"较诸宫调为雄肆"。② 作为表演艺术，音乐结构和演唱特点密切相关，元杂剧对诸宫调的宫调、套曲的继承和发展，也必然会相应地吸收诸宫调此类宫调形式的演唱特点，从而造成元杂剧与诸宫调演唱特点的相近。

除了唱赚、诸宫调之外，宋金还有多种说唱伎艺，如小唱、嘌唱、叫声、货郎儿、缠令、缠达、鼓子词、说话等。它们在表演形式上相互借鉴，又自成特色，直接或间接地影响到元杂剧的演唱体制和音乐构成。

---

① 吕文丽：《诸宫调与中国戏曲形成》，2004 届中国艺术研究院博士论文，第 104 页。

② 王国维：《宋元戏曲史》，上海古籍出版社 1998 年版，第 62 页。

五、宋金杂剧与元杂剧"一人主唱"

除了歌舞伎艺和说唱伎艺之外，宋杂剧和金院本也是宋金时期比较盛行的伎艺形式。宋金杂剧是在继承唐代参军戏这个传统的基础上，又广泛吸收其他表演、歌唱的技艺，并把它们进一步综合起来而形成的。一般认为，宋金杂剧主要在舞台表演和代言性方面对元杂剧产生影响，其实宋金杂剧对元杂剧演唱体制的形成也有一定的积极作用。其最主要的表现是宋金杂剧孕育了元杂剧的主唱脚色——正末和正旦。汤式《笔花集》《般涉调·哨遍》套《新建勾栏教坊求赞》《二煞》中说：

> 捷剧每善滑稽能戏没。引戏每叶宫商解礼仪，装孤的貌堂堂雄纠纠（赳赳）口吐虹电气。副末色说前朝，论后代，演长篇，歌短句，江河口颇随机变；副净色腆嚣庞，张怪脸，发乔科，掂冷浑，立木形骸与世违；要探每未东风先报花消息。妆旦色舞态袅三眠杨柳；末泥色歌喉撒一串珍珠。①

宋金杂剧中"末泥色歌喉撒一串珍珠"，可知末泥色是主唱的，这与元杂剧中主唱的正末比较接近；宋金杂剧中"妆旦色舞态袅三眠杨柳"与元杂剧中的正旦比较接近。只是宋金杂剧在内容上"全用故事，务在滑稽"，其脚色以副净、副末为主；而元杂剧以正末、正旦为主，侧重歌唱。耐得翁《都城纪胜·瓦舍众伎》记载了宋杂剧完整的演出程式：

> 杂剧中，末泥为长，每四人或五人为一场，先做寻常熟事

---

① 胡忌：《宋金杂剧考》，古典文学出版社 1957 年版，第 113 页。

一段，名曰艳段；次做正杂剧，通名为两段。末泥色主张，引戏色分付，副净色发乔，副末色打诨，又或添一人装孤。其吹曲破断送者，谓之把色。大抵全以故事，务为滑稽，本是鉴戒，或隐为谏诤也，故从便跌露，谓之无过虫。杂扮或名杂旺（班），又名"纽元子"，又名"技和"，乃杂剧之散段。在京师时，村人罕得入城，遂撰此端，多是借装为山东、河北村人，以资笑。今之打和鼓，捻捎子，散要皆也。①

宋杂剧在做正杂剧之前，先表演一段"寻常熟事"，称为"艳段"，然后才开始演出正杂剧两段。"艳段"的基本涵义是"前段""序歌"，"艳段"之"艳"的来源，与乐府歌曲中的"艳、趋、乱"有关。明代方以智《通雅》卷二九中说：

> 大曲有艳、有趋、有乱，艳在曲前，趋与乱在曲之后，亦犹吴声西曲，前有和后有送也。升庵以艳与和为今之引子，趋与乱与送，若今之尾声。羊优夷伊那何，若今之哩啰嗹唵吽也。智谓艳是引子，宋元时诗余，今皆作引子，数版歌之，一曰慢词。②

到了宋代，乐曲中的"艳"被杂剧吸收。由此可见，杂剧前的"艳段"也应是偏重歌舞表演。金院本中也保留有"艳段"，称为"拴搐艳段"，如载于《南村辍耕录·院本名目》中的《唱柱杖》《乔唱诨》《诸宫调》等。与宋杂剧相比，金院本中的"艳段"不再是独立于杂剧之外，而是成为整部戏的有机组成部分。因"艳段"偏重歌舞，从汤式《笔花集》对宋金杂剧脚色行当的记载可

---

① 耐得翁：《都城纪胜》，《东京梦华录》（外四种），古典文学出版社1956年版，第96、97页。
② 方以智：《通雅》卷29，上海古籍出版社1988年版，第916页。

知，艳段的表演者当是"舞态袅三眠杨柳"的妆旦色和"歌喉撒一串珍珠"的末泥色。这对元杂剧中正旦和正末演唱特色的形成，也有一定意义。可以说，"歌曲的加入是对传统滑稽戏的革命性改造，成为后世戏曲楷模的元杂剧的张本。"①

除了"艳段"具有浓厚的歌舞表演性质，宋金杂剧中还有大量的歌舞剧，对元杂剧的演唱体制也产生了不小的影响。《武林旧事·官本杂剧段数》共载宋代杂剧剧目二百八十余种，据王国维统计，在这二百八十余种中，"用大曲、法曲、诸宫调、词曲调者，共一百五十余本，已过全数之半"②，其中又以用大曲者为最多，达到一百零三种。这类剧目多以音调命名，如《莺莺六幺》《王子高六幺》《郑生遇龙女薄媚》《诸宫调霸王》等，可称为歌舞剧，或"和曲之剧"；与以脚色命名的滑稽剧，如《老孤遣旦》《眼药酸》等，绝不相类。这种和曲之剧，用曲体进行表演，具有明显的故事性，大大提高了歌唱演员的地位。特别是和大曲的杂剧，对旦脚地位的确立有重要作用。"宋杂剧由谐剧转变为官本杂剧段数的戏曲，旦脚也即擅长歌唱的演员起了至关重要的作用，而'旦'主要来自大曲中歌舞兼备的'但儿'，因此，当将'曲'与'剧'结合时，大曲便成为顺理成章的首选之'曲'，这种大曲是比较适合旦脚表演的。史浩的《柘枝舞》《太清舞》《采莲舞》均有'但儿'。这种舞与大曲有渊源关系，如《柘枝》《采莲》在唐宋皆为大曲，表演者'但儿'既歌且舞。"③

综上，元杂剧及其"一人主唱"的特殊演唱体制，决非横空而出，实在是此前众多伎艺发展、融合的必然结果。

---

① 刘晓明：《杂剧形成史》，中华书局 2007 年版，第 395 页。
② 王国维：《宋元戏曲史》，上海古籍出版社 1998 年版，第 51 页。
③ 刘晓明：《杂剧形成史》，中华书局 2007 年版，第 300 页。

第五章

元杂剧"一人主唱"体制的分类

　　元杂剧"一人主唱"体制，看似简单，其实具体情形颇为复杂。一部戏中既有剧中一个角色独唱到底（"一角主唱"），也有正色分折扮演两个、三个及以上不同的角色（"多角主唱"），正色扮演的角色个数不等，又会使剧情呈现出不同的风貌。从题材角度看，爱情婚姻剧多是剧中一个角色主唱到底，抒情意味较浓；历史剧、公案剧中，正色饰演两个及以上角色的情形较多，侧重于叙事。此外，还有几部旦末合唱的剧目以及为数不少的剧目中存在着外色歌唱的现象。按照主要人物与主唱角色的关系又可分为两类：一是主要人物与主唱角色重合，二是主要人物与主唱角色分离。而元杂剧前后期的主唱情况也存在着某些不同。这些问题，都值得挖掘和研究。本章将以现存文本为对象，对元杂剧"一人主唱"的情况，进行穷尽性的归类和分析。①

一、按主唱者扮演的角色个数分类

（一）全本主唱者扮演一个角色

王季思《全元戏曲》收录的全本元杂剧，正色②扮演一个角色，即"一角主唱"的剧目共有一百二十八种，占元杂剧总数（二百零九种）的一半还多。无论是前期作家关汉卿、高文秀、马致远，还是后期作家郑德辉、乔梦符，甚至元末明初的贾仲明，所创作的杂剧作品均以"一角主唱"为主；无论是爱情婚姻剧、历史剧，还是社会剧、神仙道化剧，每种题材的剧目都比较集中，可以说"一角主唱"是元杂剧"一人主唱"演唱体制的典型样式。

"一角主唱"剧目中的主唱者，多数情况下扮演的是剧中的主要人物。主要人物的歌唱可以集中鲜明地凸显主要矛盾，展现人物

---

① 元杂剧的各版本中，一般认为《元刊杂剧三十种》较接近元杂剧本来面貌，而流传较广的明刊本如《元曲选》《脉望馆钞校本古今杂剧》等多经过了明人的改订，不完全是元杂剧的本来面貌。但元刊本只是当时演出的底本，记录简略，侧重曲词的辑录，只有少量甚至没有宾白、科介。仅依靠元刊本，并不能全面了解元杂剧，而且元刊本保存下来的仅有三十种，不足以囊括元杂剧的繁荣面貌和发展概况。其实仔细考察元刊本与明刊本的不同，明刊本的改动多限于宾白、少许曲词以及剧情的某些细节，而对剧中主要人物关系和主唱角色的改动并不明显。今人王季思主编的《全元戏曲》，以《元曲选》《元曲选外编》《脉望馆钞校本古今杂剧》等为底本，几乎囊括了现存所有的元杂剧以及残本，收录的元末明初杂剧作家贾仲明等人的杂剧作品，也与元杂剧一脉相承，而且直接关系到元杂剧"一人主唱"体制的发展演变。因此，本书所引剧目即以该本为主要底本。《全元戏曲》中未收《包待制智赚生金阁》《雁门关存孝打虎》《龙济山野猿听经》三剧，一般也被视为元末明初时期作品，本书亦将其列为考察对象当中。

② "正色"指元杂剧中担任主唱的脚色行当——正末或正旦，也有人称之为"正脚""正角"，王国维《宋元戏曲史》称之为"当场正色"，本书从之。

的行动和个性，充分抒发人物的心境和处境，在"一本四折"这样简短的篇幅内快速实现故事情节起承转合的变化，清晰、完整地讲述剧情发生、发展的过程。如武汉臣《散家财天赐老生儿》一剧中，通过老员外刘从善失妾、散财、上坟等不同场景的歌唱，将其老来无子的悲凉表现得淋漓尽致。李行道《包待制智勘灰阑记》一剧，通过张海棠不同境况下的独唱，将一个社会地位卑微的风尘女子的不幸遭遇和一个平凡母亲的伟大胸怀表现得发人深省、感人至深，人物形象随之也就跃然纸上。如果通过其他人物主唱，就不一定能达到这种震撼人心的艺术效果。人们常提到的几部抒情浓郁的元杂剧《汉宫秋》《梧桐雨》《潇湘雨》等更是这方面的典范。

当然，"一角主唱"剧目中的主唱者，并非全是剧中的主要人物，有时也可以是次要人物，甚至是无关紧要的旁观者。如《两军师隔江斗智》《关云长千里独行》《争报恩三虎下山》中的主唱者分别是孙安小姐、甘夫人、李千娇，但表现的却是英雄人物的事迹，为将英雄人物的气概描摹出来，曲词的叙事性较浓。

（二）全本主唱者扮演多个角色

王季思《全元戏曲》收录的全本元杂剧，正色扮演多个（两个、三个及以上）不同的角色，即"多角主唱"的剧目有七十五种，占了近三分之一，是"一人主唱"演唱体制的重要形式。与"一角主唱"的剧目相比，"多角主唱"的剧目又呈现出不同的特点，依据所扮演的角色个数，又可分为两种类型：

（1）全本主唱者扮演两个角色

全本主唱者扮演两个角色的剧目，共四十九种。与"一角主唱"相比，此类剧目主唱角色出现转换，但与主唱者扮演三个及以上角色的剧目相比，转换并不十分频繁，从而呈现出某些独特特征。

　　两个角色歌唱，通常情况下是一主一辅，主要人物唱三折、次要人物只唱一折，因主要人物的歌唱仍很突出，可以称作"一角主唱"的变体。不考虑楔子中的歌唱者，经统计，两个角色歌唱的剧目，主次角色歌唱折数分配情况如下表，未标折数的主唱角色，均为歌唱次要角色以外的所有折数：

作者	剧名	正色	主唱角色折数分配	折数
孙仲章	河南府张鼎勘头巾	正末	刘员外1，张鼎	四折一楔子
李文蔚	破苻坚蒋神灵应	正末	王猛1、谢玄	四折一楔子
郑廷玉	看钱奴买冤家债主	正末	增福神1，周荣祖	四折
郑德辉	立成汤伊尹耕莘	正末	伊员外1，伊尹	四折一楔子
杨景贤	马丹阳度脱刘行首	正末	王重阳1，马丹阳	四折
黄元吉	黄庭道夜走流星马	正旦	卜儿1，番女	四折
无名氏	阀阅舞射柳蕤丸记	正末	唐介1，延寿马	四折一楔子
无名氏	十八国临潼斗宝	正末	伍奢1，伍子胥	四折一楔子
无名氏	包待制陈州粜米	正末	张撇古1，包待制	四折一楔子
无名氏	随和赚风魔蒯通	正末	张良1，蒯通	四折
无名氏	包龙图智赚合同文字	正末	刘天端1，刘安住	四折一楔子
无名氏	小尉迟将斗将 认父归朝	正末	宇文庆1，尉迟恭	四折
无名氏	徐茂公智降秦叔宝	正末	魏征1，秦叔宝	四折两楔子
无名氏	焦光赞活拿萧天佑	正末	党彦进1，焦赞	四折
无名氏	梁山七虎闹铜台	正末	张顺1，吴用	五折
尚仲贤	洞庭湖柳毅传书	正旦	龙女三娘，电母2	四折一楔子
吴昌龄	张天师断风花雪月	正旦	桂花仙子，嬷嬷2	四折一楔子
贾仲明	萧淑兰情寄菩萨蛮	正旦	萧淑兰，嬷嬷2	四折
无名氏	萨真人夜断碧桃花	正旦	碧桃，嬷嬷2	四折一楔子
李直夫	便宜行事虎头牌	正末	山寿马，金住马2	四折
杨梓	忠义士豫让吞炭	正末	豫让，张孟谈2	四折

续表

作者	剧名	正色	主唱角色折数分配	折数
无名氏	十样锦诸葛论功	正末	张齐贤，黄巾使者2	四折
无名氏	赵匡义智娶符金锭	正旦	符金锭，赵满堂2	四折两楔子
无名氏	吕翁三化邯郸店	正末	吕洞宾，渔翁3	四折
无名氏	徐伯株贫富兴衰记	正末	徐伯株，火地真君3	四折一楔子
关汉卿	邓夫人苦痛哭存孝	正旦	邓夫人，莽古歹3	四折
关汉卿	钱大尹智勘绯衣梦	正旦	王闰香，茶三婆3	四折
张寿卿	谢金莲诗酒红梨花	正旦	谢金莲，卖花三婆3	四折
吴昌龄	花间四友东坡梦	正末	佛印，松神3	四折
高茂卿	翠红乡儿女两团圆	正末	韩弘道，院公3	四折一楔子
无名氏	小张屠焚儿救母	正末	张屠，急脚李能3	四折一楔子
无名氏	朱砂担滴水浮沤记	正末	王文用，太尉3	四折一楔子
无名氏	朱太守风雪渔樵记	正末	朱买臣，张撇古3	四折一楔子
无名氏	摩利支飞刀对箭	正末	薛仁贵，探子3	四折一楔子
无名氏	韩元帅暗度陈仓	正末	韩信，探子3	四折一楔子
无名氏	程咬金斧劈老君堂	正末	秦王李世民，探子3	四折两楔子
谷子敬	吕洞宾三度城南柳	正末	吕洞宾，渔翁3	四折一楔子
范子安	陈寄卿悟道竹叶舟	正末	吕洞宾，渔翁3	四折一楔子
关汉卿	刘夫人庆赏五侯宴	正旦	李氏，刘夫人4	五折一楔子
关汉卿	尉迟恭单鞭夺槊	正末	李世民，探子4	四折一楔子
尚仲贤	汉高皇濯足气英布	正末	英布，探子，英布4	四折一楔子
金志甫	萧何月夜追韩信	正末	韩信，吕马童4	四折
罗贯中	宋太祖龙虎风云会	正末	赵匡胤，赵普4	四折一楔子
无名氏	刘千病打独角牛	正末	刘千，出山彪4	四折
无名氏	长安城四马投唐	正末	王伯当，魏征4	四折两楔子
郑廷玉	包待制智勘后庭花	正末	李顺1、2，包龙图3、4	四折一楔子

作者	剧名	正色	主唱角色折数分配	折数
孟汉卿	张孔目智勘磨合罗	正末	李德昌1、2， 张鼎3、4	四折一楔子
无名氏	谢金吾诈拆清风府	正末	佘太君1、2， 皇姑3、4	四折一楔子
无名氏	关云长单刀劈四寇	正末	吕布1、2， 云长3、4、5	五折两楔子

从上表中可以看出，次要人物在剧中歌唱的折数非常灵活，每一折都有分布。其中，次要人物在第一折和第三折歌唱的次数最多，均为十五种；次要人物在第二折、第四折出现的次数分别为八种和七种，剧中两个主唱人物歌唱折数基本持平的有四种，各自歌唱其中的两折（《关云长单刀劈四寇》稍为特殊，共五折，吕布歌唱两折，关云长歌唱三折）。

从次要歌唱者与整个剧情的关系来看，第一折中出现的次要歌唱者，与剧情联系较为紧密，或交代剧情的发展趋向，或暗示剧中人物的命运遭际。如公案剧《河南府张鼎勘头巾》第一折由案情的当事人刘员外唱，清晰地展现了案情的发生经过，以及受害人当时的不幸遭遇，顺理成章地过渡到后文张鼎断案的情节，主唱人的转换比较自然，并无突兀之感；《包待制陈州粜米》第一折，表现张撇古与压榨百姓的杨衙内展开斗争，他的歌唱不仅揭露了贪官污吏的丑恶嘴脸，而且也充分表现了他不畏权贵、勇于斗争的性格。临终前，要求小撇古状告杨衙内，从而引出包待制断案的情节。再如《看钱奴买冤家债主》第一折，通过增福神的歌唱，宣扬了因果轮回的观念，暗示了下文周荣祖与贾仁的命运起伏。其他次要人物唱第一折、主要人物唱余下几折的剧目，也大体如此。《包待制智勘后庭花》《张孔目智勘磨合罗》《谢金吾诈拆清风府》《关云长单刀劈四寇》几部剧，两个歌唱角色的歌唱折数基本持平，且没有交叉的情况，与第一种歌唱类型相似，也是在角色的自然转换中推动剧情发展。第二、三折出场的次要歌唱者，将主要人物的歌唱从中切断，剧情的发展线索也由此受到阻滞。而且这类剧目中次要歌唱者的出现，多是第一折中没有任何预兆，第四折中没有任何交代，显得非常突兀。这类次要歌唱者的歌唱风格，往往与前后折也存在天壤之别，破坏了全剧的统一性和连贯性。如《谢金莲诗酒红梨花》一剧，第一、二折写赵汝州与谢金莲于书馆饮酒赋诗，才子佳人，良辰美景，勾勒出一幅诗情画意的美好画面，而第三折主唱者卖花三婆杜撰的女鬼缠身的故事以及对细节的渲染，惊悚诡异，顿时使前此温馨缠绵的爱情氛围消失殆尽。《便宜行事虎头牌》中，元帅山寿马唱第一、三、四折，老千户的哥哥金住马唱第二折，金住马叹老嗟贫的凄凉与山寿马严于执法的大义形成了鲜明对比，给人以赘余之感。第四折出场的次要歌唱者，与剧情的关系往往不大。因为这时剧情的发展已经越过高潮、接近尾声，没有再发展的必要。需要做的就是进一步强化前面、尤其是第三折的剧情，完成元杂剧一本四折的音乐结构。这时，次要歌唱者扮演的多是探子式的人物。这种无关痛痒的安排，是在剧情达不到四折容量而又受音乐体制限制下的无奈选择，往往成为论者抨击元杂剧第四折疲弱、力衰的证据。

（2）全本主唱者扮演三个及以上角色

元杂剧中全本主唱者扮演三个及以上角色的剧目，共二十六种。不考虑楔子中的歌唱者，三个及以上角色歌唱的剧目，歌唱角色折数分配情况如下表：

作者	剧名	正色	主唱角色折数分配	折数
关汉卿	关大王独赴单刀会	正末	乔公1，司马徽2，关公3、4	四折
关汉卿	关张双赴西蜀梦	正末	使者1，诸葛亮2，张飞3、4	四折
高文秀	刘玄德独赴襄阳会	正末	刘琦1，王孙2，徐庶3、4	四折两楔子
无名氏	寿亭侯怒斩关平	正末	诸葛亮1，关西汉2，关羽3、4	四折
无名氏	关云长大破蚩尤	正末	寇准1，张天师2，关羽神将3、4	四折一楔子
尚仲贤	尉迟恭三夺槊	正末	刘文靖1，秦叔宝2，尉迟恭3、4	四折
无名氏	玎玎珰珰盆儿鬼	正末	杨国用1，瓦窑神2，张撇古3、4	四折一楔子
无名氏	云台门聚二十八将	正末	刘钦1，土地神2，严光3、4	四折
朱凯	昊天塔孟良盗骨	正末	杨令公1，孟良2、3，杨和尚4	四折
无名氏	神奴儿大闹开封府	正末	李德仁1，院公2、3，包待制4	四折一楔子
纪君祥	赵氏孤儿大报仇	正末	韩厥1，公孙杵臼2、3，程勃4、5	五折一楔子
张国宾	薛仁贵荣归故里	正末	杜如晦1，薛大伯2、4，伴哥3	四折一楔子
无名氏	狄青复夺衣袄车	正末	王环1，刘庆2、4，探子3	四折一楔子
无名氏	阳平关五马破曹	正末	黄忠1，马超2、4，杨修3	四折两楔子

续表

作者	剧名	正色	主唱角色折数分配	折数
无名氏	莽张飞大闹石榴园	正末	简雍 1，张飞 2、4，杨修 3	四折
狄君厚	晋文公火烧介子推	正末	介子推 1、3，王安 2，樵夫 4	四折一楔子
孔文卿	地藏王证东窗事犯	正末	岳飞 1、3，行者 2，何宗立 4	四折两楔子
无名氏	二郎神醉射锁魔镜	正末	那吒 1、3，天神 2，探子 4	四折
杨显之	郑孔目风雪酷寒亭	正末	赵用 1、2，张保 3，宋彬 4	四折一楔子
无名氏	鲁智深喜赏黄花峪	正末	杨雄 1、2，黑旋风 3，鲁智深 4	四折
无名氏	曹操夜走陈仓路	正末	张飞 1、2，杨修 3、4，马超 5	五折一楔子
史九敬先	老庄周一枕蝴蝶梦	正末	太白金星 1、4，李府尹 2，三曹官 3	四折一楔子
无名氏	魏徵改诏风云会	正末	李靖 1、4，秦叔宝 2，魏徵 3	四折一楔子
无名氏	海门张仲村乐堂	正末	张孝友 1，曳剌 2，张令史 3，张仲 4	四折一楔子
朱凯	刘玄德醉走黄鹤楼	正末	赵云 1，禾俫 2，姜维 3，张飞 4	四折
马致远	邯郸道省悟黄粱梦	正末	汉钟离 1，院公 2，樵夫 3，邦老、钟离 4	四折一楔子

从上表中可以看出，三个及以上角色歌唱的剧目，各个主唱角色之间歌唱折数的分配比较自由，各种情形都存在，没有一定

的规律可循。歌唱角色在折数分配上也比较均匀，除了一个歌唱者主唱两折之外，其他歌唱者一般只唱一折。与一主一辅两个角色歌唱的剧目相比，主要人物并不十分凸显，有时次要人物的歌唱甚至淹没了主要人物。如朱凯《昊天塔孟良盗骨》中，孟良为主要歌唱人物，但第四折杨和尚的勇武表现得也很鲜明，丝毫不亚于孟良。《玎玎珰珰盆儿鬼》中，第一折杨国用唱，第二折瓦窑神唱，第三、四折张撇古唱。耿直热心的张撇古为主要歌唱人物，但第一折杨国用那种诚惶诚恐、谨小慎微的小人物形象刻画得也相当生动。至于出现四个歌唱角色的两部元杂剧《刘玄德醉走黄鹤楼》和《海门张仲村乐堂》，除了第二折的曳剌和禾俫，其他几个歌唱人物都难分主次。对于有才力的作家，这种情形能够比较生动地刻画多个人物形象。

　　这种主唱人物快速转换的做法，以及形成的各个主唱角色演唱风格的不同，就不一定是一个演员改扮所能应付，随着剧团规模的发展，多个善于歌唱的演员分折歌唱是完全可能的。同时，这类剧目只是在剧本上可以明显看出折与折之间角色转换而脚色不变，仍然属于"一人主唱"的范围，但在舞台表演上，主唱演员的所属脚色和折的转换是隐性的，不易为人所觉察，而角色的转换是显性的，因为它关系着剧情的发展，观众的注意力也往往倾注在角色的转换上，这就给人造成了多个演员同台歌唱的错觉。对于一部戏来说，有着由"一人主唱"向多个善歌者同台演出，即"多人主唱"发展的态势，渐与南戏演唱方式趋同。其差别之处，只是元杂剧在一折戏中只有一人歌唱，而南戏一出戏可由多个演员歌唱。

（三）全本出现多个脚色主唱

前面分析的几种主唱类型，无论是正色扮演一个角色，还是主唱人物出现转换，扮演两个、三个或以上角色，其所属脚色均不变，仍然是正末或正旦。"由于脚色不变，所以变换主唱人物，男（正末）与女（正旦）不能交换，只能男换男，女换女。……变换主唱人物，不论正末或者正旦，必须在这一折里，原主唱人物不登场。"① 然而，这种规律仅适用于大多数元杂剧，某些元杂剧，特别是元末明初的作品突破了这一限制：剧中正旦、正末均唱，角色转换时也未遵循"男换男，女换女"的规则，出现了男换女、女换男的现象，这类情形可称为"多人主唱"。不考虑楔子，此类杂剧有以下几种：

作者	剧名	主唱角色的歌唱情况	折数
无名氏	风雨像生货郎旦	正旦李彦和妻1，副旦张三姑2、3、4	四折
王实甫	崔莺莺待月西厢记	正旦崔莺莺、红娘，正末张生、惠明均唱	五本二十一折
白仁甫	董秀英花月东墙记	正旦董秀英、梅香，正末马生均唱	五折一楔子
李好古	沙门岛张生煮海	正旦龙女1、4，仙姑毛女2，正末长老3	四折
无名氏	包待制智赚生金阁	正末郭成1，正旦嬷嬷2，正末包拯3、4	四折
吴昌龄	西游记	未标脚色，主唱角色转换频繁	六本二十四出
贾仲明	吕洞宾桃柳升仙梦	正末翠柳与正旦娇桃轮唱	四折

---

① 徐扶明：《元代杂剧艺术》，上海文艺出版社1981年版，第169、170页。

这种歌唱情形只有有限的几种，是元杂剧演唱体制中的特殊现象。与"一人主唱"的元杂剧相比，此类歌唱方式不必专注于一人，在叙事、写人方面都比较灵活，与南戏、明清传奇的演唱方式接近，只是南戏、传奇各色均可唱，而杂剧还只是局限于几个主要人物。元杂剧中的"多人主唱"现象并不多，原因是多方面的。既有元杂剧发展早期演唱体制尚未定型的原因，也有杂剧作品此前的流传方式影响的结果，以及杂剧作家对南戏演唱形式的借鉴。如无名氏的《风雨像生货郎旦》，与其他无名氏杂剧一样，不少学者将其归为元末明初的作品。也有人认为"应该是早期的杂剧作品，是杂剧酝酿时期的很真实的历史遗存"①。《货郎旦》今存《元曲选》本和脉望馆本，脉望馆本为正旦唱四折，《元曲选》本为正旦李彦和妻唱第一折，副旦张三姑唱后三折。《元曲选》共收录一百种杂剧，副旦作为主要的歌唱角色仅在此剧中出现，不大可能是臧懋循的改动。"院本和宋杂剧中有'副净'、'副末'的角色，可到了元杂剧中就几乎再没有出现过类似的角色……'副旦'虽然没有在金院本和宋杂剧中出现，但很可能是早期作家在创作中为了演出方便，比照'副净'、'副末'设的一种角色。在杂剧成熟后，'副旦'被其他的角色所代替。既然在后来'副净'成为'净'，'副末'成为'正末'或'末'，所以'旦'或'正旦'的角色名称很可能和'副旦'有某种关联，比如旦—副旦—正旦的发展演变轨迹，而后来副旦作为过渡形式消失，结合它的编写时间、金代痕迹，可以认为，这些形式上的不同之处正是早期杂剧的烙印。"②

---

① 焦中栋：《杂剧〈货郎旦〉创作时间辩证——兼论北杂剧的早期创作》，《中国戏曲学院学报》2003 年第 5 期。

② 焦中栋：《杂剧〈货郎旦〉创作时间辩证——兼论北杂剧的早期创作》，《中国戏曲学院学报》2003 年第 5 期。

《货郎旦》出现正旦和副旦两个歌唱脚色，可能是元杂剧发展早期演唱体制尚未成熟的留存。

王实甫《西厢记》歌唱方式的形成，则主要是受其艺术前身《董西厢》的影响。《董西厢》是诸宫调艺术，以第三人称的全知视角说唱故事，但为了使故事更为生动形象，诸宫调的说唱者还时常以故事中人物的视角直接叙事。王实甫在《董西厢》基础上创作元杂剧，在某种程度上也承继了它的叙述视角。"诸宫调叙述视角的转换意味着叙述人称的变化，当诸宫调特定的情节段落是以其中某个人物的视角进行叙述时，这个段落实际上已变成该人物以第一人称进行的'独唱'或'表演唱'……叙述视角在很大程度上决定主唱者。"① 关于《西厢记》杂剧未遵守"一人主唱"体制的原因，蒋星煜进一步指出，"诸宫调作品无论《西厢记》、《天宝遗事》等等均无法分为旦本或末本，元杂剧《西厢记》继承了《西厢记诸宫调》的内容与形式上许多方面的优秀遗产，因此也无法归属于旦本与末本。"② 此外，蒋星煜还指出《西厢记》杂剧的演唱体制还可能受到南戏、甚至传奇的影响。至于《东墙记》，它在题材、情节、角色等各个方面模仿《西厢记》的痕迹都非常明显。有理由认为《东墙记》特殊的演唱方式在很大程度上是因袭了《西厢记》，说明当时的杂剧作家和观众，对这种旦、末均唱的的演唱方式还是比较认可的，为元杂剧演唱体制的突破留下了空间。

---

① 吕文丽：《诸宫调与中国戏曲形成》，中国艺术研究院 2004 届博士论文，第 92 页。
② 蒋星煜：《〈西厢记〉与元杂剧"一人主唱"体制问题》，《艺术百家》2003 年第 1 期。

《西游记》和《升仙梦》是元末明初时期的杂剧作品。① 其演唱体制的形成，则主要是受到南戏的影响，这是学界在讨论元杂剧旦末合本现象中最普遍也最为一致的解释。本来南戏对元杂剧的影响，可以说贯穿于有元一代，只是元代前期这种影响并不明显，到了中后期才更加显著，也更为人们所关注。一般认为，随着北方杂剧作家的南移，和南方杂剧作家的加入，流行于南方地区的南戏，在歌唱方式上自由灵活，逐渐受到杂剧作家的青睐，开始有意无意地融合进杂剧创作中，以便能更灵活地反映现实生活，塑造人物形象，迎合南方观众的欣赏习惯，《西游记》和《升仙梦》就是南戏影响的结果。王季思《全元戏曲》漏收的《包待制智赚生金阁》，也多半是元末明初的作品，其正旦、正末均唱的演唱体制也应该是受到了南戏的影响。

李好古的《张生煮海》，第一、二、四折由正旦主唱，第三折却由正末主唱，也未遵循主唱角色转换的规则。这部杂剧是元杂剧体制成熟时期的作品，出现这种特殊的歌唱情形，可能并非杂剧作家有意为之。孟称舜《柳枝集》本于该剧第三折批曰："仙母作媒，吴兴本改做石佛寺长老；今看曲辞，与长老口角不肖，仍改从原本。"可知第三折本有仙母为张生做媒的情节，原本是旦本。出现这种旦末合本，当是流传过程中同类题材不同版本的杂剧混同所致。据《录鬼簿》记载，尚仲贤与李好古均撰有《张生煮海》杂剧，此二人是才力不相上下的杂剧作家，书坊主为扩大影响，如果将二者曲词中写得最好的部分加以整合，就会出现这种合本。

尽管这几种杂剧出现多个脚色歌唱的原因各有不同，但却是元

---

① 杂剧《西游记》作者，历来有吴昌龄、杨景贤之争。《全元戏曲》题为吴昌龄，但不少研究者认为是元末明初杨景贤撰，本书从杨说。

杂剧突破"一人主唱",实现"多人主唱"的最初尝试,对于元杂剧体制的发展具有重大意义。

(四) 外色歌唱的情形

与正色相对的脚色称为"外色"①,所谓"外者,正之外也"②。元杂剧中,除了正色——正末或正旦主唱外,外色也时有歌唱。与正色歌唱套曲相比,外色的歌唱比较简单,多限于一两支曲子。这种情形又可分为两种:

(1) 楔子中的外色歌唱

王国维认为"元剧每折唱者,止限一人,若末,若旦;他色则有白无唱,若唱,则限于楔子中"③。下面就对楔子中外色歌唱的情况进行统计:

作者	剧名	正色所扮主唱角色	楔子为外色歌唱
关汉卿	感天动地窦娥冤	正旦窦娥	冲末窦天章唱楔子
纪君祥	赵氏孤儿大报仇	正末韩厥1,公孙杵臼2、3,程勃4、5	冲末赵朔唱楔子
范子安	陈季卿悟道竹叶舟	正末吕洞宾1、2、4,渔翁3	冲末陈季卿唱楔子
无名氏	包待制陈州粜米	正末张撇古1,包待制2、3、4	冲末范仲淹唱楔子

---

① 解玉峰《北杂剧"外"辨释》(《文献》2000年第1期)将杂剧的"外"总结为四种理解:"外"同于"外末";"外"是一种角色,近于南戏、传奇的"外";"外"是相对于唱套曲的"正旦"、"正末"而言,并非指通常所理解的"角色";"外"并非角色,不论是"外呈答"还是"外按喝"(前者是场面,后者为引戏),"外"皆为戏外之人。本书取第三种理解。

② 洛地:《"一正众外"'一角众脚'——元杂剧非脚色制论》,《戏剧艺术》1984年第3期。

③ 王国维:《宋元戏曲史》,上海古籍出版社1998年版,第95页。

作者	剧名	正色所扮主唱角色	楔子为外色歌唱
无名氏	金水桥陈琳抱妆盒	正末陈琳	冲末殿头官唱楔子
石君宝	李亚仙花酒曲江池	正旦李亚仙	末郑元和唱楔子
史九敬先	老庄周一枕蝴蝶梦	正末太白金星1、4，李府尹2，三曹官3	末道士唱楔子
马致远	邯郸道省悟黄粱梦	正末汉钟离1，改扮院公2，改扮樵夫3，改扮邦老、钟离4	正末高太尉唱楔子
吴昌龄	张天师断风花雪月	正旦桂花仙子1、3、4，嬷嬷2	正末陈世英唱楔子
郑德辉	立成汤伊尹耕莘	正末伊员外1，伊尹2、3、4	正末文曲星唱楔子
无名氏	杨六郎调兵破天阵	正末杨六郎	正末苗士安唱楔子
罗贯中	宋太祖龙虎风云会	正末赵匡胤、赵普4	石守信唱楔子
无名氏	两军师隔江斗智	正末孙安小姐	张飞唱楔子

　　楔子中歌唱的外色主要是冲末、末、正末等，没有净、丑一类滑稽调笑的脚色。从身份上看，楔子中歌唱的外色多是正面人物，或是剧中的主要角色，如《曲江池》中的郑元和、《张天师断风花雪月》中的陈世英、《竹叶舟》中的陈季卿；或是与剧情关系比较密切的次要角色，如《窦娥冤》中的窦天章、《隔江斗智》中的张飞、《陈州粜米》中的范仲淹。从功能上看，楔子中外色的歌唱多在剧作的开头，具有交代剧情、渲染气氛、摹写心情的作用，为剧情的发展作铺垫。也有一部分是在折与折之间，关系剧情的发展演变。从宫调、曲牌上看，楔子中外色的歌唱运用的都是元杂剧套曲中常用的宫调、牌，主要有"仙吕·赏花时"和"仙吕·端正好"。属于元杂剧剧曲中的一部分，并且也是一人独唱，与正末的歌唱没有什么分别，只是所唱的曲子少而已。对于一部戏而言，在

某种程度上这种情形也可以算是"多角主唱",甚至是多个演员歌唱,这对培养擅歌的演员起着一定作用。

(2)折中外色唱曲的情形

除了楔子之外,元杂剧中有为数不少的剧目,在折中出现了外色唱曲的情形,统计如下表:

作者	剧名	正色所扮主唱角色	外色折中唱曲
关汉卿	包待制三勘蝴蝶梦	正旦王母	第三折丑王三
李文蔚	张子房圯桥进履	正末张良	第一折乔仙
刘唐卿	降桑葚蔡顺奉母	正末蔡顺	第一折净白厮赖
朱凯	刘玄德醉走黄鹤楼	正末赵云1,禾保2,姜维3,张飞4	第二折净姑儿
石君宝	李亚仙花酒曲江池	正旦李亚仙	第二折末净唱挽歌
张国宾	罗李郎大闹相国寺	正末罗李郎	第三折净孛篮
无名氏	朱砂担滴水浮沤记	正末王文用、太尉3	第三折净地曹唱煞尾
无名氏	小尉迟将斗将认父还朝	正末宇文庆1,尉迟恭	第二折净李道宗
无名氏	张公艺九世同居	正末张公艺	第二折二净
史九敬先	老庄周一枕蝴蝶梦	正末太白金星1、4,李府尹2,三曹官3	第二折旦唱
无名氏	鲁智深喜赏黄花峪	正末杨雄1、2,李逵3,鲁智深4	第一折旦
无名氏	锦云堂暗定连环计	正末王允	第二折旦儿唱
郑德辉	钟离春智勇定齐	正旦钟离春	第二折搽旦采茶女
范子安	陈季卿悟道竹叶舟	正末吕洞宾1、2、4,渔翁3	第四折列御寇有唱,末有齐唱
无名氏	徐伯株贫富兴衰记	正末徐伯株1、2、4,火地真君唱3	第四折末有齐唱

与楔子中外色歌唱的情形相比,折中外色的歌唱呈现出截然不

同的面貌：歌唱的外色并非与剧情关系密切的人物，多是净、丑、旦儿一类插科打诨、调节气氛的喜剧性角色。所谓"花面脚色唱小曲"，指的就是这类折中外色歌唱的情形。"花面角色唱小曲"主要是为调节剧场气氛而设，曲词诙谐俚俗，多是民间小曲，如［豆叶黄］［清江引］等，不属于套曲范围，即使有些是元杂剧套曲常用曲牌，所用韵脚也与套曲不同，通常都是比套曲低一格排列，以示区别。但对于某些小曲，如王三在得知自己要替哥哥偿命时所唱的两支曲子，控诉读书人的尴尬处境和官场的黑暗，具有突出的艺术表现力，与插科打诨的诨唱有别。"《蝴蝶梦》'丑'扮王三唱'正宫'《端正好》、《滚绣球》二曲……然则正曲之外，其他脚色似可接唱曲尾，而且所唱为同一宫调里的曲调。虽在尾煞后另起，但以这两曲而论，假使再有一个'收尾'，便当算一正套了。如《追韩信》便有这么一套。这种办法，在南戏里自然不算希奇，但在格律谨严的元剧里，却可认为破例了。"① 这类外色的歌唱，不仅仅是为了插科打诨，其自身也有着向"多人主唱"发展的趋势，对元杂剧演唱体制的影响不容忽视。

花面角色的歌唱形式也比较丰富，有独唱，如《小尉迟》中净色李道宗唱［清江引］；有齐唱，如《竹叶舟》第四折末齐唱，与南戏、传奇的歌唱类型略同。此外，"花面脚色唱小曲，一般是放在折前或者折尾，作为这一折的开场或者结尾，尤其放在第二、第三折前后比较多。"② 还应注意的是，到了元杂剧后期，由于受到南戏的影响，折中唱曲的现象通常不再局限于喜剧性角色，一般性的人物也能唱。如《竹叶舟》第四折列御寇的独唱和剧情结束前末

---

① 周贻白：《中国戏剧史长编》，人民文学出版社 1960 年版，第 227、228 页。
② 徐扶明：《元代杂剧艺术》，上海文艺出版社 1981 年版，第 173 页。

的齐唱，《兴衰记》末的齐唱都不具有插科打诨的色彩，而向着正面歌唱的方向发展。

二、按主唱角色与主要人物的关系分类

元杂剧一本四折的结构容量有限，只能以一两个主要人物为中心展开故事，而"一人主唱"的演唱体制，则可尽情抒发一个人的情志和行止。在这种情况下，主唱角色和主要人物是同一个人，才能更好地叙述故事、塑造人物。然而，考察现存元杂剧主唱角色与主要人物的关系，很多剧目并非如此安排。既有主唱角色与主要人物是同一的关系，也存在着不少主唱角色与主要人物分离的情况。主唱角色与主要人物的同一或分离，又会造成不同的艺术效果。下面就对这两种情形做一具体论述。

（一）主唱角色与主要人物同一

元杂剧中大多数剧目，都是主唱角色即是剧中的主人公，主唱角色和剧中的主要人物是同一关系。可分为两种情形：一是整本戏中，主唱者只扮演一个人物，这个人物恰好是剧中的主人公，整本戏的情节都围绕着这个主唱角色（或主要人物）进行，主唱角色（或主要人物）是全部戏剧行动的主要发出者或承受者，这种情形多出现在"一角主唱"的剧目中。如《赵盼儿风月救风尘》一剧，主唱角色是正旦赵盼儿，全剧着力表现的也是赵盼儿这位风尘女子的智慧。《半夜雷轰荐福碑》一剧，主唱角色是正末张镐，张镐这位落魄书生的不幸遭遇成为全剧的重点。但并非所有"一角主唱"的剧目都是主唱角色与主要人物同一的类型。如《关云长千里独

行》一剧，主唱角色是甘夫人，但全剧着力表现的主要人物却是关羽，这时主唱角色与主要人物就出现了分离。只是这种情形十分有限，除了《千里独行》，就只有《争报恩》和《隔江斗智》两剧。

第二种情形是在元杂剧的某些折中，主唱角色与剧中的主要人物同一。这种情形往往是正旦或正末分折扮演主次不同的几个角色，相对于某些折来说，主唱角色仍然是主要人物。如《谢金莲诗酒红梨花》中，正旦扮演了谢金莲和卖花三婆两个角色，剧中的主要人物谢金莲唱第一、二、四折，次要人物卖花三婆唱第三折，在第一、二、四折中谢金莲既是主唱角色，又是剧中的主要人物，二者达到了同一。《关大王独赴单刀会》中，正末扮演乔公、司马徽、关羽三个角色，主要人物关羽唱第三、四折，次要人物乔公和司马徽唱第一、二折，在第三、四折中主唱角色与主要人物是同一的。

综观主唱角色与主要人物同一的剧目或小折，又存在着这样几个特点：

从题材上看，整本戏中主唱角色与主要人物同一的剧目，各种题材都比较集中，主唱角色与主唱人物同一的剧目在该类题材总数中所占比例如下表：①

题材类型	历史剧	社会剧	家庭剧	恋爱剧	风情剧	仕隐剧	道释剧	神怪剧
剧目总数	71	30	26	20	7	20	24	6
所占剧目	32	19	19	15	6	18	11	2
所占比例	45%	63%	73%	75%	86%	90%	46%	33%

从表中来看，社会剧、家庭剧、恋爱剧、风情剧、仕隐剧几大

---

① 剧中只有两三折中的主唱角色与主要人物同一的剧目比较杂乱，本书未做统计。本表依据罗锦堂《现存元人杂剧本事考》（中国文化事业公司 1960 年版）第三章《现存元人杂剧之分类》中的分类方法统计。

题材类别中，主唱角色与主要人物同一的剧目，均占六成以上。而历史剧、道释剧、神怪剧三类题材中，主唱角色与主要人物同一的剧目均在一半以下。

从主唱人物的身份上看，主唱角色与主要人物同一的情况，多是才子佳人、节妇贤母、帝王将相、英雄神祇以及否极泰来的小人物等严肃正面的形象，他们的人生轨迹比较清晰，他们的情感演变历程也比较细腻。《裴少俊墙头马上》中，从李千金与裴少俊私奔，到结婚生子，到私情揭穿被撵，以至后来一家团圆，脉络非常清晰。《醉思乡王粲登楼》中，王粲仕宦失意的沮丧和得到封赏后的得意都刻画得层次分明。《忠义士豫让吞炭》中，主要人物豫让唱第一、三、四折，在这几折中，豫让为智伯报仇的矛盾心理也表现得淋漓尽致。

从曲词特点看，这类剧目或小折以抒情为主，而且是多抒发一己之怀，在抒情中带动情节向前发展。《临江驿潇湘夜雨》中，张翠鸾与父亲失散，被渔翁收留，到被诬陷判刑，以及获释，几乎每一种人生变化都伴随着抒情的曲子，正是这种抒情，加深了剧作的深度。《关张双赴西蜀梦》中，主要人物张飞虽只唱最后两折，但浓郁的抒情将英雄末路的凄凉抒发得相当感人。

（二）主唱角色与主要人物分离

主唱角色与主要人物分离的剧目，可分为完全分离和不完全分离两种。

主唱角色与主要人物完全分离的情形，一般是主唱角色不参与事件，只是以旁观者的身份叙述主要人物的行为和动作，如《郑孔目风雪酷寒亭》中的赵用、张保，《谢金莲诗酒红梨花》中的卖花三婆，以及探子或相当于探子式的人物，嬷嬷或相当于嬷嬷似的人物。

主唱角色与主要人物不完全分离的情形中，主唱角色虽不是剧中的主要人物，却是事件的重要参与者或推动者，与剧情关系较为密切。如"一角主唱"的剧目《两军师隔江斗智》《关云长千里独行》《争报恩三虎下山》中，剧中的主要人物分别是诸葛亮、关云长、梁山三虎，而主唱角色分别是孙夫人、甘夫人、李千娇，她们虽不是主要人物，但剧中故事却与她们相关。此外，两个及以上歌唱角色中的次要角色如《立成汤伊尹耕莘》中的伊员外、《河南府张鼎勘头巾》中的刘员外虽不是主要人物，但都与剧中故事有关，这几种情形，可称作主唱角色与主要人物不完全分离。

主唱角色与主要人物分离的情况，多存在于主唱者分饰不同角色即"多角主唱"的剧目中。此类剧目不多，有代表性的剧目统计如下表：

作者	剧目	主唱角色	主要人物	关系
无名氏	争报恩三虎下山	李千娇	梁山三虎	不完全分离
无名氏	关云长千里独行	甘夫人	关羽	不完全分离
无名氏	两军师隔江斗智	孙夫人	诸葛亮	不完全分离
范子安	陈季卿悟道竹叶舟	吕洞宾	陈季卿	不完全分离
关汉卿	刘夫人庆赏五侯宴	王大嫂 1、2、3，刘夫人 4	李从珂	不完全分离
关汉卿	邓夫人苦痛哭存孝	邓夫人、莽古歹	李存孝	不完全分离 完全分离
关汉卿	尉迟恭单鞭夺槊	李世民、探子 4	尉迟恭	不完全分离 完全分离
无名氏	程咬金斧劈老君堂	李世民 1、2、4，探子 3	程咬金	不完全分离 完全分离

作者	剧目	主唱角色	主要人物	关系
关汉卿	钱大尹智勘绯衣梦	王桂香1、2、4，茶三婆3	钱大尹	不完全分离 完全分离
无名氏	神奴儿大闹开封府	李德仁1，院公2、3，包待制4	神奴儿	不完全分离
杨显之	郑孔目风雪酷寒亭	赵用1、2，张保3，宋彬4	郑孔目	完全分离 不完全分离
无名氏	谢金吾诈拆清风府	佘太君、皇姑	杨六郎	不完全分离
高文秀	刘玄德独赴襄阳会	刘琦1，王孙2，徐庶3、4	刘备	不完全分离
朱凯	刘玄德醉走黄鹤楼	赵云1，姜维3，张飞4，禾俫2	刘备	不完全分离 完全分离
张国宾	薛仁贵荣归故里	杜如晦1，薛大伯2、4，伴哥3	薛仁贵	不完全分离 完全分离

此外，"多角主唱"的剧目中，各个主唱角色与主要人物的关系相当复杂，同一与分离共存的现象也比较普遍。试举几例说明之：

作者	剧目	主唱角色	主要人物	关系
关汉卿	关大王独赴单刀会	乔公1，司马徽2，关羽3、4	关羽	完全分离 同一
尚仲贤	尉迟恭三夺槊	刘文靖1，秦叔宝2，尉迟恭3、4	尉迟恭	不完全分离 同一
狄君厚	晋文公火烧介子推	介子推1、3，王安2，樵夫4	介子推	同一 不完全分离 完全分离

从以上两表可以明显看出，主唱角色与主要人物分离的剧目以历史剧居多，亦有少量社会剧、道释剧，鲜见恋爱剧、风情剧、家庭剧。从人物身份上看，和主唱角色与主要人物同一的剧目相比，这类主唱角色有些已不再是严肃正面的形象，出现了禾俫、伴哥这些近乎插科打诨、调节气氛的主唱角色，大大丰富了元杂剧歌唱人物的类型。此外，主唱角色与主要人物分离的剧目或小折，主唱角色只是一个符号化的人物，根据剧情的发展需要而出现，其来龙去脉并不做细致交代。从功能上看，主唱角色与主要人物完全分离的情况，如以探子、嬷嬷为主唱角色的小折，这类主唱角色出现得比较突兀，其歌唱风格与整部剧也多有不同，显得不甚协调。而主唱角色与主要人物不完全分离的小折，主唱角色虽然塑造得并不十分明朗，但并不显得突兀。对于才思敏锐的作家，还能结合主唱角色的处境，塑造得较为生动感人，如《刘夫人庆赏五侯宴》中，主要人物应是李从珂，但主唱角色王大嫂这位底层妇女所受的深重苦难和刘夫人的深明大义都刻画得比较鲜明。

从曲词特点看，主唱角色与主要人物分离的剧目或小折，叙事意味浓厚，并且以叙述该剧主要人物的英雄事迹或该剧的主要事件为主，而歌唱者本人的思想情感则很少流露，歌唱者本人的性格特点也模糊不辨，元杂剧剧曲叙事性特征的形成和主唱角色与主要人物的分离有着莫大的关联。

综上所论，主唱角色与主要人物的关系如何，与题材有一定关系，主唱角色与主要人物同一的剧目在社会剧、家庭剧、恋爱剧、风情剧、仕隐剧中居多，主唱角色与主要人物分离的剧目在历史剧中居多。主唱角色与主要人物同一的剧目，抒情意味较浓，抒发主要人物思想情感和所处情境的曲子较多，王国维的元杂剧"意境"论，主要是针对这类剧目。而主唱角色与主要人物分离的剧目，叙事意味较浓，抒情从属于叙事。

三、元杂剧前后期主唱类型的比较

关于元杂剧的分期，学界看法不一，有三期说、两期说，甚至四期说，前两种说法占大多数。无论是三期说，还是两期说，都以钟嗣成《录鬼簿》为依据。钟嗣成以自身所处的时代为准绳，按照时间先后将众多的元杂剧作家，分为"前辈已死名公才人""方今已亡名公才人"和"方今才人"三大类别，勾勒出元杂剧发展的大致轮廓。本书为研究之便，采纳二期说。将《录鬼簿》中所列"前辈已死名公才人"列为元杂剧前期作家，"他们当分别活动于金末（1200 年）前后至元成宗元贞、大德（1300 年）前后的一百来年的时间内"；将"方今已亡名公才人""方今才人"两类，列为元杂剧后期作家，"他们的活动时间约在元贞、大德以后，到元亡（1368 年）前后"。纵观"一人主唱"的无杂剧演唱体制，不论是元杂剧全盛时期关、马、王、白等人的剧作，还是元杂剧后期郑德辉、乔吉、秦简夫等人的创作，以至元末明初贾仲明等人的杂剧，一个角色主唱到底都是其主要的演唱形式；在元杂剧发展的每个阶段，主唱角色转换的剧目也都时有出现，"一人主唱"体制的演化并不明显，表明作为成熟的戏曲样式，元杂剧演唱体制的稳定性。然而深入细致地考察元杂剧前后期的演唱形式，还是能找出一些细微的差别，透露出元杂剧"一人主唱"体制自身的发展演化。与前期相比，元杂剧后期"一人主唱"体制的发展变化主要表现在以下几个方面：

（一）前期主要人物与主唱角色分离的情况时有发生，后期主要人物歌唱的成分显著增强

以元杂剧中的尉迟戏为例。现存的元杂剧尉迟戏主要有关汉卿《尉迟恭单鞭夺槊》、尚仲贤《尉迟恭三夺槊》、杨梓《功臣宴敬德不伏老》、无名氏《小尉迟将斗将认父还朝》、无名氏《尉迟恭鞭打单雄信》，其中前两种一般认为是元杂剧前期作品，后三种为后期作品。这几部戏均以尉迟恭为主要歌颂对象，着重表现尉迟恭的骁勇善战。考察这几部戏中尉迟恭的主唱情况，《单鞭夺槊》正末扮演李世民、探子，尉迟恭没有一句唱词，他的所有英勇行为均是通过侧面表现；《三夺槊》前两折分别由刘文靖、秦叔宝唱，尉迟恭唱第三、四折，歌唱成分占了一半；《认父还朝》中尉迟恭唱后三折，基本成为主要的歌唱人物；而《敬德不伏老》和《鞭打单雄信》两剧均为尉迟恭唱，成为完全意义上的主唱人物。在这里，主要人物与主唱角色达到了完全同一。再如，表现薛仁贵的杂剧，前期张国宾的《薛仁贵荣归故里》，正末扮演薛大伯、杜如晦、伴哥，薛仁贵不唱，但后期无名氏的杂剧《摩利支飞刀对箭》，薛仁贵唱了三折。

从以上的举例可以看出，随着元杂剧演唱体制的成熟和定型，主要人物歌唱的比重也在明显增强，这对元杂剧和我国戏曲的发展具有重大意义。主要人物和主唱角色的分离，使得主要人物不能很好地得到正面表现，只能通过主唱角色进行侧面、间接地歌颂，很明显还留存着说唱艺术的痕迹，观众的注意力很大程度上被主唱人物吸引，这必然会造成一定的审美隔阂，而且舞台的戏剧性也不会很强。而主要人物成为主唱角色，通过歌唱进行自我表现，比其他人物侧面的论赞更亲切可感，对主要人物的刻画也更为鲜明细致，

而且也增加了戏曲的戏剧性和直观性。比较关汉卿《尉迟恭单鞭夺
槊》和无名氏《尉迟恭鞭打单雄信》两剧，二者歌唱角色的不同
带来的审美效应的差异不言而喻。可以说，主要人物成为主唱角
色，为元杂剧和我国传统戏曲的充分戏剧化和人物性格化奠定了
基础。

（二）后期与剧情相关的次要人物歌唱的情形增多，不相干的旁观者歌唱的情形大量减少

前期元杂剧出现主唱角色转换的剧目中，与剧情无关的旁观者
歌唱的情形占了很大比重，使得剧情显得游离和跳跃。如关汉卿的
名剧《关大王独赴单刀会》，与剧情不相干的乔公、司马徽分别唱
第一、二折，这虽然对衬托关羽的神勇做了很好的铺垫，但由此造
成的关目游离也常为人诟病。此外，杨显之《郑孔目风雪酷寒亭》，
与剧情不相干的人物赵用唱第一、二折，张保唱第三折，而主要人
物郑孔目却没有一句唱词；狄君厚《晋文公火烧介子推》与剧情不
相干的樵夫唱第四折；张国宾《薛仁贵荣归故里》中与剧情不相干
的伴哥唱第三折；李直夫《便宜行事虎头牌》中与剧情不相干的金
住马唱第二折。这些与剧情毫无关系的歌唱者，以旁观者的身份
"强行"参与主要事件，将剧情从中隔断，破坏了剧作风格的统一
性和叙事线索的完整性，是元杂剧关目拙劣的又一显证。而后期元
杂剧，除了探子主唱一类的剧目继承了前期的演唱方式外，大多歌
唱的角色都是剧中的主要人物或与剧情相关的人物。即使是探子、
嬷嬷一类的歌唱角色，后期的元杂剧作家也尽量用剧中人物代替。
如《赵匡义智娶符金锭》一剧，赵满堂主唱第三折，其作用也相当
于一个探病的嬷嬷，但因为她的身份是赵匡义的姐姐，比一个来历
不明的嬷嬷更加贴近剧情。与剧情相关的人物歌唱，使剧情更为紧

凑，关目更为绵密，使我国戏剧由重曲朝着重剧的方向发展。

（三）前期花面角色只能唱小曲，后期花面角色歌唱情形增多，甚至能够担任正色，并通折演唱

元杂剧的主唱角色多是正面人物，其唱词也以严肃雅正为特色。剧作者或演员为调节现场气氛，时常加入一些花面角色唱小曲的片段，进行插科打诨，这种情形在元杂剧前后期都有出现。如前期元杂剧《李亚仙花酒曲江池》第四折净唱［收江南］曲，《降桑葚蔡顺奉母》第二折净太医唱［南青歌儿］，《包待制三勘蝴蝶梦》中丑王三唱"曲尾"［端正好］［滚绣球］，《老庄周一枕蝴蝶梦》第二折四仙女扮桃、柳、竹、石迷惑庄周，调侃轮唱，《张生煮海》第二折众旦同唱等。后期元杂剧《刘玄德醉走黄鹤楼》第二折净扮村姑禾旦，唱了［豆叶黄］［禾词］两曲；《朱砂担滴水浮沤记》第一折店小二与邦老各自诨唱一曲；《施仁义刘弘嫁婢》中净扮王秀才唱［尾声］；《陈季卿悟道竹叶舟》第四折列御寇唱了数曲。这类花面角色所唱的小曲，很多是融合了院本的演出概况，内容以打诨为主，其词其曲都比较俚俗诙谐，与正色所唱的曲词风格迥异。

花面角色唱小曲的情况，元杂剧前后期作品都从未间断，但仔细考察，还是能发现一些不同。如后期元杂剧《刘玄德醉走黄鹤楼》，第二折中的村姑禾旦和村农禾俫的一段喜剧性表演，本是金院本"禾下家门"表演传统的留存，二者最初均是插科打诨性质的角色，脚色行当本应该都是净，但经过元杂剧的融合后，禾旦的脚色仍然是净，而禾俫却成为主唱的正末，通唱一折。《薛仁贵荣归故里》中的正末伴哥也与此类似。《逞风流王焕百花亭》中王焕卖查梨所唱的［挂金索］［山坡羊］等曲牌，本属于"果子名"院

本，但杂剧作家却将其融合到杂剧的套曲曲词中，也变成了正正经经的歌唱。花面角色成为剧中的主唱人物，民间小唱成为元杂剧套曲的曲词，虽然这类情形不是很多，却有着重大意义。这表明元杂剧对此类人物及唱词的正面接受和兼容性的增强，本来是插科打诨的喜剧角色，却具有了担当正末的能力，成为演出中最重要的角色，与严肃正面的歌唱人物具有了同等的地位，这在前期特别是早期元杂剧中是没有的。这种情形的出现，代表着元杂剧体制本身孕育着各色歌唱的萌芽，以及向各色歌唱发展的态势。

这一戏曲史意义，从早期无名氏杂剧《风雨像生货郎旦》对主唱者脚色的处理可以得到进一步证明。副旦张三姑主唱第二、三、四折，主唱第一折的正旦刘氏已经气死，作者将张三姑的脚色列为正旦也未尝不可，但张三姑的角色却偏偏是副旦。我们知道，副净、副末通常是带有戏谑性质的喜剧脚色，而正色通常是正面人物，张三姑作为义仆，虽也算是正面人物，但身份是货郎儿，在大众看来仍然是喜剧性人物，还不能被新兴的杂剧作家接受，所以张三姑虽主唱三折，所属脚色却仍然是副旦。而后期的杂剧作家已经能够打消这种顾忌，将与之类似的喜剧角色禾俅看作是可以担任主唱的正色。

对于元杂剧主唱类型的发展演变，人们往往只看到南戏的冲击和影响，以及观众审美趣味的变化，而很少注意到元杂剧体制自身的发展进化，甚至将"一人主唱"体制作为元剧衰落的主要原因之一加以指摘。综合以上的分析，可以说"一人主唱"向"多人主唱"的演变，也应该是元杂剧体制自身发展的必然结果。只是南戏对杂剧的巨大冲击，掩盖了元杂剧体制自身潜移默化的缓慢演进，而加速了元杂剧演唱体制向南戏、传奇各色均唱体式的转变。

第六章

"一人主唱"对元杂剧表现特征的影响

"一人主唱"作为元杂剧标志性的特点之一，直接关系着元杂剧的表现特征。由于"一人主唱"的类型比较复杂，不同的主唱类型对元杂剧的影响就各有侧重："一角主唱"的剧目，往往侧重于写心、抒情，所以抒情性较强，营造的意境也更加圆融，而"多角主唱"的剧目，往往重在叙述一个传奇的故事，为更加自如地叙述事情的发展经过，叙述时空的转换比较自由。同时，由于主唱者的差异，使得元杂剧"曲牌连套"的音乐体制也小有不同。此外，主唱者的特殊地位，也决定了主唱者是元杂剧表演中最重要的人物，其他人物都要围绕主唱者进行，而元杂剧作为大众化的舞台艺术，主唱者在演唱方式上也会迎合观众的审美趣味。

一、"一角主唱"与元杂剧的抒情特征和意境的形成

元杂剧"一人主唱"的体制和"一宫到底"的音乐特点，使得主唱者能够自由抒发自己的情感，展现自身情绪的发展变化，形成了元杂剧浓郁的抒情性。很多具有代表性的元杂剧，如《梧桐

雨》《汉宫秋》《倩女离魂》《陈抟高卧》等，都可以说是"能歌唱的抒情诗""一种以曲为本位的抒情性音乐诗剧"①。但元杂剧的主唱类型比较复杂，并非所有的元杂剧都具有抒情浓郁的特点。相对于"多角主唱"，"一角主唱"的剧目抒情性更强，营造的意境也更加圆融。

（一）"一角主唱"的抒情性和意境

关于元杂剧"一人主唱"的演唱体制所形成的抒情性特征，在学界基本达成了共识。张庚、郭汉城《中国戏曲通史》中说：

> 在这"一人主唱"的基础上，北曲所完成的历史任务，是首先使正面人物（或主要人物）的歌唱逐步走上了戏剧化、性格化的道路。在"一宫到底"、"一人主唱"的范围内，它较充分地发挥了音乐的抒情性与叙事性功能，使这两种因素成为构成音乐戏剧性的基本手段。②

徐扶明《元代杂剧艺术》也有相关论述：

> 通过剧中主要人物，在全剧情节发展的几个重点地方，连续唱套曲，就可以充分发抒人物的心声，层次分明地展现人物感情的发展过程，而又各有着重地表现人物性格的不同侧面，因此，既有连贯性，又有完整性。
>
> 元杂剧一人主唱，由主要人物独唱大套曲，其作用，除叙事外，着重在抒情，充分发抒人物感情，集中揭示人物内心世界。③

---

① 钟涛：《元杂剧艺术生产论》，北京广播学院出版社2003年版，第3页。
② 张庚、郭汉城：《中国戏曲通史》，中国戏剧出版社1980年版，第359、360页。
③ 徐扶明：《元代杂剧艺术》，上海文艺出版社1981年版，第165页。

二者均强调了主要人物歌唱套曲的重要特征——浓郁的抒情性。王骥德《曲律·论剧戏》曰："北剧仅一人唱，南戏则各唱。一人唱则意可舒展，而有才者得尽其春容之致；各人唱则格有所拘，律有所限，即有才者，不能恣肆于三尺之外也。"① 所谓"意可舒展"，也就是能够充分抒发自己的情感之意。

"元杂剧这种强烈的抒情诗特征，使不论是剧本写作、舞台演唱，还是观众在剧场看戏，都是一种感情宣泄的过程，一种追求诗的意境的过程。"②

元杂剧的"意境"为王国维首先提出，他论及"元剧之文章"时说："元剧最佳之处，不在其思想结构，而在其文章。其文章之妙，亦一言以蔽之，曰：有意境而已矣。何以谓之有意境？曰：写情则沁人心脾，写景则在人耳目，述事则如其口出是也。古诗词之佳者无不如是，元曲亦然。明以后，其思想结构尽有胜于前人者，唯意境则为元人所独擅。"③ 用诗词中的"意境"理论论元杂剧的"文章"（曲词），可谓独具慧眼，抓住了元杂剧的神髓。并提出了元杂剧"意境"特征的主要体现——"写情则沁人心脾，写景则在人耳目，述事则如其口出"，是情、景、事的交融统一，与传统意义上的诗词"意境"理论，既有一致性，又有其独特之处。

但应说明的是，以上种种论述，无论是关于元杂剧浓郁的抒情特征，还是与之相关的意境的生成，都只是针对元杂剧"一人主唱"体制笼统而言，没有考虑到元杂剧主唱类型的多样化和复杂性，因为并不是每部元杂剧都具有抒情浓郁、意境圆融的特点。这

---

① 王骥德：《曲律》，《中国古典戏曲论著集成》（四），中国戏剧出版社1959年版，第137页。
② 钟涛：《元杂剧艺术生产论》，北京广播学院出版社2003年版，第24页。
③ 王国维：《宋元戏曲史》，上海古籍出版社1998年版，第99页。

既与杂剧作者的才力有关，也与杂剧的主唱类型有一定关系。如《酷寒亭》也是一部不错的剧作，但因为主唱者不是主要人物郑孔目，而是绿林好汉宋彬、官差赵用和张保，使得郑孔目的心理刻画非常薄弱，人物形象也稍嫌单薄，郑孔目得知萧娥通奸和虐待子女时的气愤心理、杀死萧娥时的矛盾心理，以及被押解到酷寒亭时的怨恨心理都没有得到充分展现。主唱角色多是从旁观的视角叙述事件的进展和郑孔目的行动，虽有部分抒情，但并未达到浓烈的程度。而且在不断地转换主唱角色中，读者和观众的注意力也一次次地跟着转移，所谓情、景、事交融统一的意境也就无从提起。再如《千里独行》，虽然主唱角色始终是正旦甘夫人，她也一直将关羽的勇武作为抒发的主要内容，但也因为仅从旁观者的角度叙说，不可能深入细腻地观照关羽的内心，抒情的力度就难有提升，而且为了照顾甘夫人完成一宫到底的音乐结构，竟然让关羽在得知刘备的消息时，迟迟不告诉担忧的嫂嫂，让嫂嫂猜谜，既不符合英雄的性格，也有违伦理道德。主要人物与主唱角色不统一，曲词的描写不深入，全剧也就难以上升到有意境的高度。

如果对主唱类型加以限定，可以说"一人主唱"所形成的抒情性和意境特征，集中体现在"一角主唱"的剧目中，而且是主要人物与主唱角色同一（也就是主要人物歌唱）的剧目中，因为只有这种情形才有可能达到"写情则沁人心脾，写景则在人耳目，述事则如其口出"的境界。如《汉宫秋》紧紧围绕帝妃爱情展开，通过正末汉元帝的歌唱，层层抒发他面临的种种割舍和人生悲痛，那种为家国被迫舍弃美好爱情的悲凉、身为帝王却不自由的困境感人至深，是每一个曾经失去美好事物的人都感同身受的，不经意间将观众和读者带入了一个充满哲思的情境，引导人们思考这种困境的根源，而以秋天为背景结撰全剧，突出秋的萧瑟悲凉，更使整部戏笼罩着浓浓的悲剧气氛，悲情、凄景、苦事浑然一体，意境之美呼之欲出。

王国维在论述元杂剧的意境时，举出的例子有《谢天香》《任风子》《窦娥冤》《倩女离魂》《汉宫秋》，均是"一角主唱"、主要人物与主唱角色同一的剧目。被学界公认的抒情浓郁而又意境圆融的另外几部元杂剧，如《梧桐雨》《陈抟高卧》《王粲登楼》等，也是"一角主唱"。考察后世曲家对元杂剧的编选情况，"一角主唱"与元杂剧的抒情特征和意境的关系更是一目了然。①

	元刊杂剧	盛世新声	雍熙乐府	改定元贤传奇	元人杂剧选	阳春奏	古杂剧	阙名元明杂剧	陈氏元明杂剧	古名家杂剧	元曲选	柳枝集	酹江集	童云野刻杂剧	合计	题材	主唱类型
陈抟高卧	√			√	√	√				√	√				6	隐居乐道	一角主唱
老生儿	√				√						√		√		4	家庭剧	一角主唱
气英布	√	√	√								√				4	历史剧	多角主唱
磨合罗	√	√	√							√	√				6	公案剧	多角主唱
范张鸡黍	√									√	√				7	友情剧	一角主唱
梧桐雨		√	√	√			√	√	√	√			√	√	10	爱情剧	一角主唱
翰林风月		√	√								√	√			6	风情剧	一角主唱
黄粱梦		√	√								√				4	神仙道化	一角主唱
汉宫秋		√	√				√			√	√			√	8	爱情剧	一角主唱
丽春堂		√	√								√				5	迁谪放逐	一角主唱

① 本表引用朱崇志博士论文《中国古代戏曲选本研究》（华东师范大学 2003 届）第 26、27 页。本书为论述方便，对"题材"栏做了部分改动，将"作家"栏变成了"主唱类型"栏。表中所列剧目均为入选三种戏曲选本以上的剧目，《西厢记》除外。

续表

	元刊杂剧	盛世新声	雍熙乐府	改定元贤传奇	元人杂剧选	阳春奏	古杂剧	阙名元明杂剧	陈氏元明杂剧	古名家杂剧	元曲选	柳枝集	酹江集	童云野刻杂剧	合计	题材	主唱类型
两世姻缘		√	√	√	√	√	√			√	√	√			9	爱情剧	一角主唱
倩女离魂		√	√		√					√	√	√		√	8	爱情剧	一角主唱
金钱记			√	√				√		√	√			√	7	爱情剧	一角主唱
扬州梦			√	√						√	√	√		√	7	爱情剧	一角主唱
青衫泪			√			√	√			√	√				6	爱情剧	一角主唱
救风尘										√	√			√	3	风情剧	一角主唱
窦娥冤					√					√	√		√		4	公案剧	一角主唱
金线池					√					√	√	√		√	5	爱情剧	一角主唱
荐福碑					√		√	√		√	√				6	发迹变泰	一角主唱
酷寒亭					√					√	√				3	公案剧	多角主唱
墙头马上										√	√			√	4	爱情剧	一角主唱
竹坞听琴				√	√	√				√	√			√	6	爱情剧	一角主唱
红梨花					√	√				√	√			√	6	爱情剧	多角主唱
度柳翠				√						√	√			√	4	神仙道化	一角主唱
柳毅传书								√			√	√		√	4	神仙道化	多角主唱
三夺槊	√	√	√												3	历史剧	多角主唱
冤家债主	√				√						√				3	释教剧	多角主唱
任风子	√										√		√		3	神仙道化	一角主唱
赵氏孤儿	√										√				3	历史剧	多角主唱
虎头牌		√	√								√				3	家庭剧	多角主唱
赤壁赋		√	√							√					3	发迹变泰	一角主唱
抱妆盒		√	√								√				3	历史剧	一角主唱
王粲登楼			√							√	√				3	发迹变泰	一角主唱

续表

	元刊杂剧	盛世新声	雍熙乐府	改定元贤传奇	元人杂剧选	阳春奏	古杂剧	阙名元明杂剧	陈氏元明杂剧	古名家杂剧	元曲选	柳枝集	酹江集	童云野刻杂剧	合计	题材	主唱类型
蝴蝶梦					√					√	√				3	公案剧	一角主唱
谢天香					√					√	√				3	爱情剧	一角主唱
岳阳楼					√					√	√				3	神仙道化	一角主唱
风光好					√					√	√				3	爱情剧	一角主唱
勘头巾										√	√			√	3	公案剧	多角主唱
留鞋记				√							√			√	3	爱情剧	一角主唱
碧桃花				√							√			√	3	神仙道化	多角主唱
潇湘雨							√				√	√			3	爱情剧	一角主唱
李逵负荆											√		√	√	3	绿林剧	一角主唱
望江亭					√		√				√				3	风情剧	一角主唱
铁拐李岳	√										√			√	3	神仙道化	一角主唱
鸳鸯被					√					√	√				3	爱情剧	一角主唱
啐范叔					√						√			√	3	历史剧	一角主唱
原书总计	30	30	49	16	26	20	17	3	2	41	91	16	17	16			
入选合计	11	14	17	6	15	16	14	3	2	27	46	12	12	15			

　　从表中剧目来看，在 14 种戏曲选本中，为三种及以上选本所收的元杂剧有 46 种，基本涵盖了元代所有优秀剧目。其中 35 种为"一角主唱"，占了 76%。随着所选次数的增多，"一角主唱"的比例也逐渐加大：为四种及以上选本所收的元杂剧有 23 种，其中"一角主唱"为 19 种，占 82.6%；为五种及以上选本所收的元杂剧有 16 种，其中"一角主唱"为 14 种，占 87.5%。而占表中所列 14 种戏曲选本一半以上的剧目有 7 种：《梧桐雨》，10 种；《两世姻

缘》，9 种；《倩女离魂》，8 种；《汉宫秋》，8 种；《范张鸡黍》，7 种；《金钱记》，7 种；《扬州梦》，7 种。这七种剧目均为"一角主唱"，且包含了《梧桐雨》《汉宫秋》《倩女离魂》等被公认为抒情浓郁、意境深沉的剧作。此外，关汉卿作为元曲第一大家，入选剧作有六种，分别是《救风尘》《窦娥冤》《金线池》《蝴蝶梦》《谢天香》《望江亭》，全部是"一角主唱"，而"多角主唱"的几部元杂剧却无一入选，即便是关汉卿的代表作《单刀会》也排除在外。这种情形的出现，恐怕并非完全出自巧合，这可从戏曲选本的选录标准中可以看出。戏曲选本选编作品，会考虑多种因素，如作品的流行程度、时代风尚的取向等，此外作品的情致也是决定作品能否入选的一个重要原因。《阳春奏》选录戏曲作品的标准是："兹特取情思深远、词语精工，有关风教、神仙拯脱者。"而"情思深远、词语精工"正是构成元杂剧意境的主要因素之一。王世贞编于嘉靖年间的《改定元贤传奇·后予》，亦自述其选录准则是"取其辞意高古，音调协和"，这种标准与传统诗词对意境的追求也非常相似。今存《改定元贤传奇》六种，均是"一角主唱"的著名作品。

（二）"一角主唱"意境生成的原因

从以上的论述可以看出，"一角主唱"，特别是主要人物与主唱角色同一的剧目，在情感的予发上更加直接、真切，营造的意境也会更加圆融。那么，"一角三唱"何以能够更加鲜明地体现元杂剧的"意境"呢？我们认为原因主要有以下三点：

其一，主唱角色的统一。能够保证剧作整体风格的一致性、剧情的连贯性和观众欣赏的持续性，不会因为主唱角色的转换破坏已营造的抒情氛围和诗意空间。如《倩女离魂》的主唱角色为倩女，通过倩女的浅吟低唱，层层渲染其相思之苦，真挚浓烈，缠绵动人，观众也在倩女的相思曲中一步步走进剧中故事，直到倩女夫妻团聚，还萦绕着余味无尽的情思。而《张生煮海》为多角主唱，第一、四折是龙女唱，第二折为仙姑毛女唱，第三折为长老唱。第一折写张生投宿石佛寺，夜抚丝桐，龙女出海听琴，二人私定终身。碧海澄澄，皓月映波，才子抚琴，佳人知音，轻盈曼妙的曲词通过龙女的歌唱，也将观众和读者带进了一个朦胧清幽、惹人沉醉的境界。然而还没等观众从这种意境中走出，第二、三折就换成了与剧情无关的仙姑毛女和寺院长老唱，龙女却不复出现，将此前营造的诗情画意渐渐驱散，虽然第四折再次换成了龙女唱，此种意境却已无可寻觅。

其二，意境的生成与"一角主唱"的剧目多以爱情婚恋为题材也有关系。以上表为例，所选四十六种元杂剧，有十九种与爱情有关（其中爱情剧十六种，风情剧三种），除了《红梨花》是"多角主唱"外，其他十八种均为"一角主唱"。占表中所列戏曲选本一半以上的七种剧目，除了《范张鸡黍》外，均是爱情剧。此类作品专在写情，曲词能够从各个侧面抒发主要人物或温馨甜蜜、或缠绵悱恻、或凄苦相思、或喜庆团圆的爱情体验，营造出种种浓郁的抒情气氛，从而形成某种意境。如很多爱情剧中都有花园会的情境，在花香树影之中，正值青春妙龄的男女主人公眉目传情，表达爱意，含蓄蕴藉，情韵充盈，充满了青春的气息。如《曲江池》中，李亚仙和郑元和在雨后初晴的曲江池一见钟情；《墙头马上》中，李千金与裴少俊在春光明媚的后花园偶然相遇。这种情境一般安排在第一折，良辰美景，情意绵绵，营造出温馨浪漫的意境氛围，也为剧情的发展奠定了基调。这类爱情剧专长于写情："作闺情曲，而多及景语，吾知其窘矣。此在高手，持一'情'字，摸索洗发，方挹之不尽，写之不穷，淋漓渺漫，自有余力，何暇及眼前与我相二之花鸟烟云,俾掩我真性,混我寸管哉。世之曲,咏情者强半,持此律之,品力可立见矣。"① 孟称舜在《酹江集·王粲登楼》的批语中也写道:"德辉《倩女离魂》及《翰林风月》二剧为传情第一手。"而此二剧均为"一角主唱"的爱情剧。至于多角主唱的《酷寒亭》《磨合罗》《气英布》《三夺槊》等,或为历史剧,或为公案剧、神仙道化剧,主要侧重故事情节的传奇性,不以写情为能事,所以在抒情、意境方面也就略逊一筹。

其三,"一角主唱"的元杂剧意境的生成,与作者将主唱角色作为自身情感的寄托也有一定关系。元剧作家多是屈居下层的落魄文士,他们创作杂剧,很大程度上是借某个历史人物或事件,寄托自己的某种情思,正如明胡侍《真珠船·元曲》中所说:"中州人每每沉抑下僚,志不获展……于是以其有用之才,而一寓于声歌之末,以舒其怫郁感慨之怀,盖所谓不得其平而鸣焉者也。"② 主唱角色情感的抒发融入了自身的情感体验,因此抒情性就显得特别浓郁,意境也比较突出。这和情形在戏剧性不强而抒情浓郁的作品中可以明显看出。如马致远《荐福碑》中的张镐,仰天浩叹"这壁拦住贤路,那壁又挡住仕途。如今这越聪明越受聪明苦,越痴呆越享痴呆福,越糊突越有了糊突富",就不仅仅是一个失意文人的心声,更是元代无数仕途坎坷、志不得伸的读书人对世道的批判。与《荐福碑》取材相似的《王粲登楼》,呼唤真挚友情的《范张鸡黍》,歌咏隐逸生活的《陈抟高卧》,也都可看作是作者夫子自道,是作者对世事人生的一种情感宣泄。而元杂剧的"一角主唱"体制,能够使剧作家的自我感受和剧中抒情主人公在特定情境下的情

---

① 王骥德:《曲律》,《中国古典戏曲论著集成》(四),中国戏剧出版社 1959 年版,第 159 页。

② 胡侍:《真珠船》,中华书局 1985 年版,第 35 页。

感体验融为一体更为方便，因此才会出现这类抒情浓郁、富有意境的剧作。

当然，"一角主唱"的元杂剧具有更为浓烈的抒情性和意境特征，也只是相对而言，并不能因此否认某些"多角主唱"的作品也具有抒情浓郁的特点和意境深沉的境界。如《红梨花》第一折谢金莲与赵汝州饮酒赋诗的场景、王实甫《西厢记》张生与崔莺莺的幽期密约、关汉卿《单刀会》第三折关羽壮阔豪迈的吟唱等，也具有意境。但与"一角主唱"的剧目相比，此类剧目的意境大多只是体现其中的某一折，或某几曲唱词上，而不是全剧整体。

二、"多角主唱"与伸缩自如的叙述时空

元杂剧的"一人主唱"体制，将主唱人推至剧作的中心，使得剧作的故事脉络必然朝着主唱人所在的场合发展，从而影响到剧作的叙述时空。对于主唱人无法出现、却又是剧情发展必不可少的场景，则不得不安排另外的主唱人，从而出现主唱角色的转换。主唱类型不同，元杂剧的叙述时空会呈现出不同的面貌。与"一角主唱"在抒情性和意境营造方面的长处相比，"多角主唱"在叙述时空的伸缩自如方面占有优势。

（一）"多角主唱"的叙述时空更为自由

我们知道，在"一角主唱"的剧目中，由于主唱角色拘泥于一人，无论剧情如何复杂，时空跨越多么漫长，都会迅速转向主唱人所在的时空范围，以便于通过主唱者的歌唱推动剧情发展，剧中时空的变化受制于主唱者。

　　这种情形在婚恋家庭剧中体现得比较明显，很多婚恋家庭剧都出现了离别的情节，而且离别的时间还比较长，几年、十几年，甚至几十年，但无论时间多么漫长，大都是一带而过，最终都会以主唱者所在的场合发展剧情。如《包待制智斩鲁斋郎》一剧，为张珪主唱，第三折末尾张珪出家，第四节开头包拯就交代时间已过十五年，鲁斋郎终得正法，两家子女已长大成人，应举得官，其间发生的种种均未展开正面描写，并将剧情背景定在了张珪所在的寺庙，随着张珪的出现和还俗，全家团圆。《玉箫女两世姻缘》为玉箫主唱，剧作也是紧紧围绕玉箫安排情节，秀才韦皋上京赴选后，玉箫相思成疾直至病逝，之后迅速过渡到十八年后玉箫转世长大成人的情节，并安排二人的相见和婚配。再如《破窑记》，正旦刘月娥主唱，吕蒙正上京赶考所遇之事，剧中一概不叙，只简单地提及吕蒙正得中状元，除授县令，十年归来，试探刘月娥真心。《秋胡戏妻》《合汗衫》也与此相类。这种结构方法与传奇一生一旦贯穿全剧、时空场景在生旦之间来回穿插的形式是截然不同的。这种不同，与元杂剧"一角主唱"的演述方式可以说是大有关联。

　　元杂剧"一角主唱"的叙述时空受制于主唱者，形成了元杂剧集中、紧凑的情节特点，但有时为了将剧情的发展拉到主唱者面前，也出现了许多不合常理的现象。如《杜牧之诗酒扬州梦》为杜牧主唱，第四折中白文礼在金字馆中宴请杜牧和牛太守，牛太守刚一答应将义女张好好许配给杜牧，张府尹已经得知内情，前来宣旨，并直奔金字馆而非杜牧的居所。《陈母教子》第一折中正旦陈母唱完一两支曲子，时间已经过去了一年，赴京应举刚刚下场的二末再次上场，考中状元归来。《东堂老劝破家子弟》第三折，东堂老唱完一支曲子，扬州奴已经卖完了炭和菜。这种虚拟的时空，可以说将我国古典戏曲的写意性提升到了极点。对于一些"一角主唱"的历史剧,如《虎牢关三战吕布》等,由于时空场景跨度大,对主唱角色不可能在场的场景描写,就只能以大量宾白的形式出现,使得每折剧情长短不一,曲白分配不均。

而在"多角主唱"的剧目中,叙述时空相对自由,随着叙述时空的转移,主唱角色也随之转换。

在元杂剧众多题材中,空间跨度最大的莫过于历史剧,历史剧或表现历史人物征战沙场的英勇业绩,或叙说发迹变泰的人生起伏,或倾诉受害蒙冤的不幸遭遇等等,往往涉及朝廷、沙场、乡村、府邸、敌营等地,如果仅仅设置一个主唱角色,有时难免捉襟见肘,此时就不得不随着地点的转变而设置主唱人物,从而出现主唱角色的转换。如《刘夫人庆赏五侯宴》是李氏主唱,剧情发展的时间、地点均与李氏有关,而第四折刘夫人庆赏五侯宴、李从珂逼问自己身世,作为剧情发展的高潮,发生地由乡间村野转移到了将帅府,主唱角色也因此由饱经风霜的李氏转移到深明大义的刘夫人身上。《忠义士豫让吞炭》一剧,为主要人物豫让主唱,第二折中赵襄子派家臣张孟谈游说韩魏、反戈智伯是剧情发展的关键,却是身为智伯家臣的豫让不可能在场并参与的。在这种情况下,只能选择另外一个人物张孟谈主唱该折。《狄青复夺衣袄车》《赵氏孤儿大报仇》《刘玄德独赴襄阳会》《薛仁贵荣归故里》《昊天塔孟良盗骨》等剧,也多是这种情况。而《狄青复夺衣袄车》展现的空间背景更为宏大,第一折剧情发生在街头,通过货卖披挂的老将军王环之口夸赞了狄青的英勇气概;第二折剧情发生在野外,着重表现狄青与番军交战情形,通过助手刘庆的歌唱侧面展现了狄青的骁勇善战;第三折探子回报战况,剧情发生在番军军营,探子的唱词再次渲染了狄青的英勇;第四折随着刘庆回到朝廷,主唱人物又回到刘庆身上。

现存的二百余种元杂剧，涉及主唱角色转换的有七十五种。在这七十五种剧目中，历史剧就占了五十种，而主唱者扮演三个及以上角色的剧目，历史剧占了百分之八十五，这种情形的出现不能不说与剧情本身展现的宏大时空背景有关。这种随着剧情时空背景的转移，自由变换主唱人的做法，使得叙述时空伸缩自如，而不必受制于一个主唱角色。

（二）"多角主唱"叙述时空转换的艺术效果

"多角主唱"叙述时空的转移所带来的主唱角色的转换，能产生"一角主唱"的剧目所不具备的艺术效果。比如出现主唱角色转换的公案剧，一般有两个主唱角色，前面是与案子当事人有关的人主唱，等案情发生、状告官府后，官府破案就成为剧情的主要内容。叙述时空从案发地转移到官府，主唱者也由当事人转移到断案官吏如包拯、张鼎等人身上。《河南府张鼎勘头巾》一剧，第一折及楔子着重表现刘员外被杀、王小二被陷害的经过，通过刘员外的歌唱展现了一出世俗伦理悲剧；第二、三、四折着重表现张鼎断案经过，张鼎的唱词突出了官府小吏的聪明智慧。《包待制陈州粜米》也是一出著名的公案剧，第一折表现张撇古与杨衙内的激烈冲突，张撇古的唱词控诉了杨衙内仗势欺人的丑态和小人物不屈的反抗精神；第二、三、四折将主要笔墨倾注在包拯身上，通过诙谐的表现手法展现了清官伸张正义的刚正不阿。《包待制智勘后庭花》《张孔目智勘磨合罗》等公案剧也是如此安排。这类剧目中主唱角色随时空的转移而出现转换，自然地将剧情分割为两部分，前一部分通过叙写案情的发生经过，展现了一出出世俗伦理悲剧，激起观众和读者的愤慨之情；后一部分表现案子的侦破经过，正义终得伸张，观众和读者的情绪也随之振奋。在短短的四折中，观众和读者能够获得两种不同的审美享受。这种艺术效果是"一角主唱"的公案剧所不具备的，如《蝴蝶梦》也是一部著名的公案剧，从头至尾由王母一人歌唱，虽插入包公蝴蝶梦的一段奇幻场景，但剧作关注的侧重点并不在案情的发生、发展经过，而是王母在这一案情中深明大义的壮举和复杂矛盾的情感。与其说《蝴蝶梦》是一部公案剧，毋宁说是一部颂扬贤母的说教剧。其带给观众的情感冲击力与《河南府张鼎勘头巾》《包待制陈州粜米》等剧是截然不同的。

　　神仙道化剧中叙述时空的变化所带来的主唱角色的转移又是另一番情景。以汉钟离、吕洞宾、马丹阳为主唱人的神仙道化剧，为千方百计地度脱凡人，不惜改换各种身份，不断对度脱对象引诱劝说。如《黄粱梦》第一折正末扮汉钟离、第二折改扮院公、第三折改扮樵夫、第四折改扮邦老，最后又恢复为汉钟离本来面貌。无论是院公、樵夫，还是邦老，都是汉钟离的化身，所以这种主唱角色的转换严格来说并不是"多角主唱"，但正是这种特殊性，才呈现出一种独特的时空效果。因为这类主唱人是神仙，身份特殊，行动自由，还具有神奇的幻术，因此他们能够上天入地，时而在虚无缥缈的仙界游荡，时而在欲望重重的尘世游走，时而在清雅幽静的山林隐居，为度脱在尘网中流连的凡夫俗子想尽一切办法。如果说"多角主唱"的历史剧、公案剧侧重横向时空的转移，那么"多角主唱"的神仙道化剧则侧重纵向时空的自由跨越，给人一种天界、人间一体的时空错觉。另外几部"多角主唱"的神仙道化剧《陈季卿悟道竹叶舟》《吕洞宾三度城南柳》《吕翁三化邯郸店》也具有与此相似的时空特点。而且这类神仙道化剧相对于观众来说，还能产生另外一种审美乐趣。这类法术高明的神仙，为更好地达到度脱目的，常常幻化为另外一个人或几个人，与度脱对象接触。无论他们幻化为什么人，在观众看来都是他本人，但在剧中人物特别是度脱对象看来却又是另外一个人物。当度脱对象不明就里，朝着这类神仙已设置好的路径走对，观众都会发出会心一笑，直到度脱对象在幻象中陷入绝境，不得不接受他们的度脱。所以无论剧情多么惨烈，观众都不会信以为真，虚虚实实，真真假假，始终能够以一种轻松自如的心态看戏，而不会因剧情的起伏涨落或喜或悲，在这里，看戏的娱乐性得到了最充分的体现。

当然，主唱角色随时空的转移出现转换，也有其不足之处。主唱人物的转换常常因事先没有预示，或与剧情关系不大，而显得突兀；多种时空背景下不同主唱角色的设置也容易分散剧情，无形中将剧情分割为几个横截面，造成剧情散乱。如《便宜行事虎头牌》中金住马的设置，《刘玄德醉走黄鹤楼》中禾倈的设置，《狄青复夺衣袄车》中王环的设置等等，都与剧情关系不甚紧密，甚至因其主唱角色设置得过于突兀，而偏离了剧情的发展主线，"戏骨"被冲淡，这也可以说是元杂剧关目拙劣的原因之一吧。

三、"一人主唱"对音乐体制的影响

元杂剧是曲本位的戏曲样式，"一人主唱"的演唱形式与"一宫到底"的音乐体制密不可分。元杂剧"一宫到底"的音乐体制，决定着元杂剧需由一人主唱，而主唱角色在遵循元杂剧音乐体制的同时，也必然会对其宫调、曲牌的选择和安排产生一定的影响。

（一）旦本戏与末本戏的不同对音乐体制的影响

元杂剧中，女性角色歌唱称为正旦，男性角色歌唱称为正末，相应地分为旦本戏和末本戏。无论是旦本戏还是末本戏，对宫调的选择都有一定的共性。李修生《元杂剧史》通过对《元曲选》和《元曲选外编》共一百六十二种一百七十一本元杂剧的量化统计，得出结论说，元杂剧常用套曲主要有［仙吕·点绛唇］［双调·新水令］［中吕·粉蝶儿］［正宫·端正好］［南吕·一枝花］［越调·斗鹌鹑］［商调·集贤宾］七种。其中［仙吕·点绛唇］主要用于首折，［双调·新水令］多用于四折，［南吕·一枝花］［正宫·端正好］［中吕·粉蝶儿］多用于二折，［中吕·粉蝶儿］［正宫·端正好］［越调·斗鹌鹑］多用于三折，这是元杂剧在宫调运用上的大致规律①。而分论旦本戏和末本戏，在宫调、曲牌的选用上则存在一定差异。

（1）宫调使用存在不同

我们以《元曲选》百种曲为底本，分出旦本和末本，做了一次统计。列表如下②：

末本戏宫调套曲分配情况（65本）：

宫调套曲名称	一折	二折	三折	四折
仙吕点绛唇	61			
双调新水令			11	45
中吕粉蝶儿		8	21	12
正宫端正好		21	8	5
南吕一枝花		23	8	
越调斗鹌鹑		4	8	
商调集贤宾		4	9	

---

① 李修生：《元杂剧史》，江苏古籍出版社1996年版，第53页。

② 因《张生煮海》和《生金阁》为旦末合本，前者主要为正旦唱，后者主要为正末唱，本书将前者列为旦本，后者列为末本。

旦本戏宫调套曲分配情况（35本）：

宫调套曲名称	一折	二折	三折	四折
仙吕点绛唇	34			
双调新水令			2	27
中吕粉蝶儿		5	9	4
正宫端正好		10	10	1
南吕一枝花		12	0	
越调斗鹌鹑		2	7	
商调集贤宾		3	3	

　　从以上的统计看，旦本戏和末本戏在宫调使用上的区别并不明显，第一折均倾向于用［仙吕·点绛唇］，第四折倾向于用［双调·新水令］，第二折常用［南吕·一枝花］［正宫·端正好］［中吕·粉蝶儿］。但在第三折却有较大差异。末本戏中，第三折的宫调使用比较分散，用得最多的是［中吕·粉蝶儿］，其次是［双调·新水令］，而［正宫·端正好］［南吕·一枝花］［越调·斗鹌鹑］［商调·集贤宾］等使用倾向均等。而在旦本戏第三折中，使用较多的是［正宫·端正好］［中吕·粉蝶儿］［越调·斗鹌鹑］，而使用［双调·新水令］的旦本戏只有两本，竟没有一本旦本戏的第三折恒用［南吕·一枝花］。可见，末本戏和旦本戏在第三折宫调的恒用上有着较大差别。第三折一般被认为是元杂剧的高潮，情感抒发与其他几折相比更为激烈，也更为多样化。而宫调代表着一定的声情，宫调不同声情有异。为更好地抒发情感，剧作家或主唱者选择适合情感表达的宫调能够加深抒情的力度和深度。末本戏和旦本戏第三折在宫调使用上的不同，或许正是这种情感抒发差异的体现。

（2）曲牌选用也有区别

元杂剧基本的音乐结构是曲牌联套，每套曲由同一宫调下的若干曲牌组成。无论是旦本戏还是末本戏，每套曲均有若干常用联套格，如仙吕宫常用联套曲牌为点绛唇—混江龙—油葫芦—天下乐—哪吒令—鹊踏枝—寄生草—赚煞，正宫常用联套曲牌为端正好—滚绣球—倘秀才—叨叨令—煞尾，南昌宫常用联套曲牌为一枝花—梁州第七—牧羊关—煞尾，商调常用联套曲牌为集贤宾—逍遥乐—梧叶儿—金菊香—醋葫芦—浪里来煞等。但在某些曲牌的具体运用上，元杂剧旦本戏与末本戏却存在着差异。

如［白鹤子］曲牌多用在末本戏中，旦本戏中基本没有这一曲牌的使用。［白鹤子］曲牌多出现在中吕宫套曲和正宫套曲。据统计，中吕宫使用［白鹤子］曲牌的元杂剧有七种，分别是：《汉宫秋》、《金钱记》、《西厢记》（第五本，张生唱）、《磨合罗》、《冤家债主》、《刘弘嫁婢》、《延安府》；正宫中使用［白鹤子］曲牌的元杂剧有六种，分别是：《梧桐雨》、《西厢记》（第二本，惠明唱）、《城南柳》、《马陵道》、《独角牛》、《东篱赏菊》，无一例外地都用在末本戏中。其中《延安府》连续用了五次［白鹤子］，即使在其他曲牌中，这种情况也是不多见的。根据燕南芝庵《唱论》中的"宫调声情说"，中吕宫的特点是"高下闪赚"，正宫则"惆怅雄壮"，二者均适合表现急促劲捷、勇武阳刚的内容。由此可见，［白鹤子］也应该是偏于阳刚气质的。而末本戏中大量的英雄剧、公案剧、历史剧，常常充斥着金戈铁马、悲壮慷慨的阔大情境，使用具有阳刚气质的宫调、曲牌，能够加强表现力，这或许就是［白鹤子］等曲牌多用于末本戏的原因。

而在旦本戏中，［柳叶儿］曲牌则运用得比较频繁。［柳叶儿］常出现在仙吕宫中，也时常借用到商调套曲。［柳叶儿］在仙吕宫套曲下出现的情况有二十九种，旦本戏占了十七种，分别是《东墙记》、《蝴蝶梦》、《哭存孝》、《望江亭》、《调风月》、《陈母教子》、《秋胡戏妻》、《西厢记》（第二本）、《桃花女》、《货郎旦》、《举案齐眉》、《碧桃花》、《留鞋记》、《鸳鸯被》、《云窗梦》、《西游记》（第一本）、《倩女离魂》；末本戏中只有十二种使用［柳叶儿］曲牌。考虑到末本戏在总量上远超旦本戏的情况，这种比例还是比较悬殊的，说明［柳叶儿］曲牌更倾向于用在旦本戏中。"'柳叶儿'曲牌在宋词的词牌中未见，但在《董解元西厢记诸宫调》中出现了三次，都属于'黄钟宫'下，可见它最初是来自诸宫调的曲牌。根据芝庵的'声情说'有：'黄钟宫唱，富贵缠绵。'那么这个曲牌最初就是较偏重于缠绵之类的风格。到元杂剧中，则出现在'凄清怨慕'的'商调'中，尤其多用在'清新绵邈'的'仙吕宫'，而且多在旦本中出现，证明这一曲牌的情调是'缠绵、悠长'的，偏于柔性气质，可见旦本戏较侧重选取偏于阴柔风格的曲牌，这与末本戏有一定的区别。这一曲牌的使用使得作品在表现女角时能够更加充分的切合人物心情。"[1]

（二）主唱角色类型的不同对元杂剧音乐体制的影响

元杂剧的主唱角色中，有不少类型化的歌唱人物，如回报军情的探子、前来探病的嬷嬷、看破红尘的世外高人、闺怨佳人、多情才子等。这些类型化的歌唱人物或在思想性格上相似，或在戏剧功能上相同，从而在一定程度上影响到元杂剧宫调的选择和曲牌联套的运用，共同构成元杂剧的程式化特征。

---

[1] 吕稳醒：《元杂剧旦本戏研究》，河北师范大学2006届硕士论文，第55页。

　　（1）探子主唱模式

　　在众多类型化的歌唱人物中，学界提到最多的是探子主唱。以探子为主唱角色，一般出现在元杂剧的第三折或第四折，其情节设置非常相似，往往是探子从前方归来，后方一人向其打听战况，二人一问一答演述战况。在现存元杂剧中，一共有八种剧目出现了探子主唱。其所用宫调、曲牌统计如下：

剧目	正色及折数	宫调与曲牌
尉迟恭单鞭夺槊	正末探子4	［黄钟］醉花阴—喜迁莺—出队子—刮地风—四门子—古水仙子—煞尾
韩元帅暗度陈仓	正末探子3	［黄钟］醉花阴—喜迁莺—出队子—刮地风—四门子—古水仙子—尾声
汉高皇濯足气英布①	正末探子4	［黄钟］醉花阴—喜迁莺—出队子—刮地风—四门子—古水仙子—尾声（—侧砖儿—竹枝儿—水仙子）注
程咬金斧劈老君堂	正末探子3	［黄钟］醉花阴—喜迁莺—出队子—刮地风—四门子—古水仙子—尾声
二郎神醉射锁魔镜	正末探子4	［黄钟］醉花阴—喜迁莺—出队子—刮地风—四门子—古水仙子—尾声
雁门关存孝打虎	正末探子4	［黄钟］醉花阴—喜迁莺—出队子—刮地风—四门子—古水仙子—寨儿令—尾声
摩利支飞刀对箭	正末探子3	［越调］斗鹌鹑—紫花儿序—寨儿令—幺篇—鬼三台—秃厮儿—圣药王—尾声
狄青复夺衣袄车	正末探子3	［商调］集贤宾—逍遥乐—后庭花—双雁儿—醋葫芦—醋葫芦—醋葫芦—醋葫芦—醋葫芦—醋葫芦—尾声

　　从上表中可以看出，在八种探子主唱的剧目中，有六种的宫调

---

①　《气英布》尾声后有"侧砖儿—竹枝儿—水仙子"三支曲，为英布唱，曲牌非黄钟宫常用，且《雍熙乐府》所收亦无此三曲，当为特例。

用了"富贵缠绵"的黄钟宫;在曲牌的运用上,除了《雁门关存孝打虎》多了一个"寨儿令"之外,其曲牌联套均是"醉花阴-喜迁莺—出队子—刮地风—四门子—古水仙子—尾声",表现出了相当的一致性。至于《摩利支飞刀对箭》和《狄青复夺衣袄车》两剧,为何一为"陶写冷笑"的越调,一为"凄怆怨慕"的商调,则可从具体情节中找到原因。前六种剧目中的探子都属于正方阵营,"富贵缠绵"的黄钟宫能够加深英雄人物凯旋归来的喜庆气氛,而《摩利支飞刀对箭》和《狄青复夺衣袄车》两剧中的探子都是由敌方阵营派出,与其配合演述战况的也都是敌方将领,讲述己方将领如何战败,敌方勇士如何威武,表现出一定的悲戚亦在情理之中,而用黄钟宫反而不合适。

在现存的二百余种元杂剧中,运用黄钟宫的套曲总共也不过十余种,而探子主唱的剧目就占了一半,不能不说是有意为之。而曲牌联套的一致性,也可以说是探子主唱一类剧目的惯例,对比运用黄钟宫的其他剧目,可以看出:

剧目	正色及折数	宫调与曲牌
张孔目智勘磨合罗	正末李德昌 2	[黄钟] 醉花阴—喜迁莺—出队子—刮地风—四门子—古水仙子—寨儿令—神仗儿—节节高—者刺古—挂金索—尾
鲁智深喜赏黄花峪	正末鲁智深 4	[黄钟] 醉花阴—喜迁莺—出队子—刮地风—四门子—古水仙子—尾声
临江驿潇湘秋夜雨	正旦张翠鸾 3	[黄钟] 醉花阴—喜迁莺—出队子—幺篇—山坡羊—刮地风—四门子—古水仙子—随尾
包待制智勘灰阑记	正旦张海棠 3	[黄钟] 醉花阴—喜迁莺—出队子—刮地风—四门子—古水仙子—古寨儿令—古神仗儿—节节高—挂金锁—尾声

续表

剧目	正色及折数	宫调与曲牌
迷青琐倩女离魂	正旦张倩女 4	［黄钟］醉花阴—喜迁莺—出队子—刮地风—四门子—古水仙子—寨儿令—尾声
萧淑兰情寄菩萨蛮	正旦萧淑兰 4	［黄钟］醉花阴—喜迁莺—出队子—刮地风—四门子—水仙子—古寨儿令—神仗儿—尾声

以上几种运用黄钟宫的剧目，除了《鲁智深喜赏黄花峪》之外，其他几种都与探子主唱的曲牌联套格有所差别。相比之下，探子主唱在曲牌联套上的共性可见一斑。

（2）渔翁主唱模式

元杂剧中以吕洞宾为主唱人的神仙道化剧，为度脱凡人常有改扮渔翁的现象，渔翁歌咏出世绝尘的种种好处，劝诱度脱对象出家。改扮渔翁的情节模式，往往成为度脱对象最终接受感化的重头戏。这种情况一般出现在第三折，代表剧目及所用宫调、曲牌列表如下：

剧目	正色及折数	宫调与曲牌
陈季卿悟道竹叶舟	正末渔翁 3	［南吕］一枝花—梁州第七—隔尾—贺新郎—骂玉郎—感皇恩—采茶歌—牧羊关—哭皇天—乌夜啼—三煞—二煞—黄钟尾
吕洞宾三度城南柳	正末渔翁 3	［南吕］一枝花—梁州第七—隔尾—牧羊关—隔尾—牧羊关—骂玉郎—感皇恩—采茶歌—贺新郎—哭皇天—乌夜啼—黄钟尾
吕翁三化邯郸店	正末渔翁 3	［南吕］一枝花—梁州第七—隔尾—骂玉郎—感皇恩—采茶歌—贺新郎—哭皇天—乌夜啼—牧羊关—尾声

以上三部神仙道化剧的作者各不相同，但在第三折都采用了渔

翁主唱的模式，且所用宫调均是"感叹伤悲"的南吕宫，选用的曲牌也非常相似，主要有：一枝花、梁州第七、隔尾、贺新郎、骂玉郎、感皇恩、采茶歌、牧羊关、哭皇天、乌夜啼，只是在顺序的排列上略有不同。南吕宫多用在元杂剧第二折，用在第三折的很少，但以上三剧均用在第三折，且在宫调和曲牌联套上表现出某种趋同性。这种情况的出现或是约定俗成，或是相互因袭，不管何种原因，都可以说明主唱角色和宫调、曲牌的选用之间存在一定的关系。

除此之外，我们还注意到在其他道释剧、仕隐剧中，与渔翁相似的超世出尘之人主唱的南吕宫，也都倾向于使用以上的曲牌联套格。如《月明和尚度柳翠》第二折月明和尚主唱的［南吕·一枝花］套曲，《花间四友东坡梦》第二折佛印主唱的［南吕·一枝花］套曲，基本都没超出上述曲牌联套格的范围。而在公案剧、爱情剧、历史剧中出现的南吕宫，曲牌联套却时常发生变化，如《啐范叔》《酷寒亭》《风光好》等剧在常用曲牌之外增加了［红芍药］［菩萨梁州］两曲，《汉宫秋》［后庭花］等剧增加了［斗蛤蟆］一曲，《鲁斋郎》《神奴儿》《玉壶春》等剧增加了［四块玉］一曲。而在神仙、僧道主唱的道释剧中，除了［红芍药］［菩萨梁州］出现过几次外，［斗蛤蟆］［四块玉］基本没有出现过。由此可见，神仙道化剧宫调、曲牌的选择确实有一定倾向性。

（3）英雄豪杰与闺阁女子主唱在曲牌设置上存在差异

以英雄豪杰为主唱人物的历史剧、绿林剧，套曲的曲牌相对较少，很多情况下只有七八支曲，且多为常用联套格，而以闺阁女子为主唱人物的爱情剧套曲的曲牌一般在十支以上，所用曲牌也相对多样化。很明显的例子就是上举探子主唱的剧目，不光是探子主唱的套曲一般为七八支曲，在其他几折中，套曲的曲子数也多是十支以下。到了元杂剧后期，这一表现更为明显。如无名氏《刘玄德醉走黄鹤楼》一剧，第三折正末扮演姜维，一共只唱了五支曲子，而周瑜向刘备索取荆州的对手戏，都在长篇对白中展现。而闺阁女子主唱的剧目，所唱的套曲曲子数在十支以上的则比较常见，如《倩女离魂》《两世姻缘》《墙头马上》《翰林风月》《红梨花》《青衫泪》《玉镜台》等剧，绝大部分套曲的曲子数都在十支以上，即使是同一宫调在曲牌联套上也各有不同。而元杂剧爱情剧的代表《西厢记》的套曲曲子数更可称得上是元杂剧之最，在五本二十一折的结构中，套曲的曲子数均在十支以上，最少的是第二本第二折［正宫·端正好］套曲，为十一支曲子，而第五本第四折［双调·新水令］套曲竟然达到了二十一支曲子，套曲曲子数达到十五支以上的则占了半数。崔莺莺、红娘等人的人物形象之所以深入人心，与这些曲子描写的深入细致密切相关。

这种不同大概是因为英雄历史剧以叙述传奇故事为主，风格多是壮怀激烈，剧作家也倾向于大笔勾勒故事概貌，不需要层层渲染英雄人物的内心情感，而在有限的戏剧时空中，英雄历史剧中较多的武戏、说白也相应地缩短了主唱者歌唱的时间。而爱情剧中闺阁女子的歌唱主要以传达生动感人的爱情故事为主，风格绮丽柔婉，层层渲染剧中主人公的爱情体验和内心感受就成为此类剧目的重心，主唱者歌唱的套曲曲子数相对较多也就是很正常的了。

总而言之，元杂剧宫调、曲牌的选用并非随意而为，而与主唱角色的安排有着一定的联系。不仅旦本戏和末本戏之间存在一定差别，主唱角色类型的不同也会影响元杂剧宫调、曲牌的选择和运用。

四、主唱者与宾白者、观众的关系

"在元杂剧一人主唱的体制中，歌唱者是全剧中最重要的角色。剧中其他角色的表演都是围绕着歌唱者进行的。"① 具体而言，就是主唱者是一部戏的中心，其他角色不能歌唱套曲，只能说白，并通过说白对主唱者进行引导承接。而元杂剧作为大众化的戏曲样式，必然会考虑到一般民众的接受能力，除了在宾白中插科打诨以调节观众情绪外，还会在曲词中照顾到大众的认知水平和价值取向，从而使曲词在推动剧情发展、抒发剧中人物情感之外，又不经意地跳出剧中情境，"为观众唱戏"，形成元杂剧独特的演唱特征。

（一）主唱者与宾白者

金圣叹论元杂剧的演唱体制时说："每一篇为四折，每折止用一人独唱，而同场诸人，仅以科白，从旁挑动承接之。"② 可谓点明了主唱者与宾白者的关系：每折只由一人主唱，从旁诸人只有科白，对主唱人进行承接引导，即使歌唱者是次要角色，而宾白者是主要角色也不例外。主唱者与宾白者的配合推动戏剧情境向前发展，使元杂剧"一本四折"的音乐结构得以完成。宾白者对主唱者的承接引导主要表现为剧中承接和曲中承接两个方面。

宾白者对主唱者的剧中承接，主要是引导主唱者唱曲，辅助主唱者完成元杂剧的套曲结构。以探子回报的情节模式为例，配合探

---

① 钟涛：《元杂剧艺术生产论》，北京广播学院出版社 2003 年版，第 22 页。
② 金圣叹评点《第五才子书施耐庵水浒传》第三十三回评语，中州古籍出版社 1985 年版，第 543 页。

子主唱的宾白者总有"你试说一遍""慢慢的再说一遍"等提示语，其目的都是使主唱者演唱下去。如《尉迟恭单鞭夺槊》第四折探子向徐茂公回报尉迟恭和单雄信交战的经过情景：

> （徐茂公云）……兀那探子，单雄信与唐元帅怎生交锋？你喘息定了，慢慢的说一遍咱。（探子唱）听小人话根源：只说单雄信今番将手段展。[喜迁莺]……（徐茂公云）……端的是谁输谁赢？再说一遍。（探子唱）[出队子]……（徐茂公云）……探子，你喘息定了，慢慢的再说一遍咱。（探子唱）[刮地风]……（徐茂公云）……探子，你喘息定了，慢慢的再说一遍咱。（探子唱）[四门子]……（徐茂公云）……兀那探子，你再说一遍咱。（探子唱）[古水仙子]……

通过宾白者徐茂公的承接引导，探子演述战况的细节得到了清晰地呈现，音乐结构也得以完成。

宾白者对主唱者的曲中承接，主要体现为在主唱者歌唱支曲的过程中，一句唱词完结的时候，宾白者向主唱者发问，主唱者以歌唱的形式回答宾白者的提问；或主唱者问，宾白者答，借此顺利完成支曲结构。如《沙门岛张生煮海》第一折正旦龙女唱的"后庭花"支曲：

> [后庭花]那里也阳台云雨踪，不比那秦楼风月丛。（张生云）敢问小娘子家在何处？（正旦唱）只在这沧海三千丈，险似那巫山十二峰。（张生云）小生做贵宅女婿，就做了富贵之郎，不知可有人服侍么？（正旦唱）俺可更有门风：无非足蛟虬参从，还有那鼋将军、鳖相公、鱼大人、虾爱宠、鼍先锋、龟老翁。能浮波，惯弄风；隔云山，千万重；要相逢，指顾中。（张生云）只要小娘子言而有信，俺小生是一个志诚老

实的。（正旦唱）

再如《萨真人夜断碧桃花》第二折，张道南害相思，嬷嬷前去探病唱的一支曲子：

> （张道南云）嬷嬷，我这病越害的沉重了也。（嬷嬷云）相公，我猜着你这病症呵。（唱）［普天乐］你莫不是断王事费精神？（张道南云）不是。（嬷嬷唱）莫不是因茶饭伤脾胃？（张道南云）也不是。（嬷嬷唱）莫不是风寒感冒，因病成疾？（张道南云）也不是。（嬷嬷唱）莫不是文章上苦用心？（张道南云）也不是。（嬷嬷唱）莫不是鞍马上多劳力？（张道南云）这都不是。（做叹气科）（嬷嬷唱）哎，他那里无语无言只是长吁气，多敢怕等闲闷泄漏了天机。他又不肯明明的说破，则这般恹恹的瘦损，好教我暗暗的猜疑。

曲中承接比剧中承接的戏剧性更强，有了这种承接，主唱者才能更加自如地叙事、抒情，实现剧情的发展。如果省去宾白者的曲中承接，读者有时就很难明白曲子所表达的意思。元刊本只留下了曲词和少量说白，对于有些曲词所表达的确切意思，我们无从知晓，主要就是省去了说白的内容，特别是曲中承接的说白。

但有时剧作者为了使宾白者对主唱者进行承接勾连，不惜损害情节的自然发展以及宾白者的艺术形象，在关目上留下了许多疏漏，这在元杂剧中时常出现，甚至成为元杂剧的结构模式之一，遭到后人诟病：

其一，为配合主唱者歌唱，不惜损害宾白者的性格特征。如《关云长千里独行》第二折，身在曹营的关羽得知刘备消息后，却不急于告知二位嫂嫂，故意在尊嫂面前装醉，试探甘夫人，让甘夫人猜疑不定。这种试探加猜测的模式在多部元杂剧中都出现过，但用在关羽和尊嫂之间，就与关羽急于和兄长相聚的心境和大义凛然的英雄气概相去甚远，而且也不符合古代尊长的伦理规范。再如《刘玄德醉走黄鹤楼》第二折，关平给刘备送暖衣，行至江东，遇见岔口，向禾俫问路，在刘备有性命之忧的情况下，关平不仅不急着问路，还打探江南庄稼收成之事，全然不似一位将军口吻，与其武夫身份很不协调。剧中人物种种有违常理的言行，无非都是引导正旦甘夫人和正末禾俫唱曲，完成元杂剧的音乐结构，并不具备独立的情节价值。

其二，为配合主唱者歌唱，宾白者的前后行为常有自相矛盾或重复之处。如《剪发待宾》第一折，陶侃将"信"字在韩夫人处当得五贯钱，回到家里，陶母问及"钱"与"信"，哪一个字当先，"幼习儒业，颇读诗书"的陶侃竟然答道是"钱"，然后陶母对陶侃进行教育，歌唱了一番"信"字当头的大道理。试看陶侃前后的言行：

> （夫人云）量这个信字，打甚么不紧？（陶侃云）夫人，这个信字不轻，俺这信行为准。秀才每既为孔子门徒，岂敢失信于人。可不道人无信不立！
>
> （旦云）陶侃，这两个字，那一个好？（陶云）母亲不问，你孩儿也不敢说。还是钱字好。（旦儿）怎生这钱字好？（陶云）母亲，便好道钱字是人之胆，财是富之苗。如何有钱的出则人敬，坐则人让，口食香美之食，身穿锦绣之衣；无钱的口食粝食，身穿破衣。有钞方能成事业，无钱眼下受奔波。这个信字，打甚么不紧？（旦云）你那里知道？我说与你。（唱）

陶侃刚刚说完"人无信不立"的铮铮誓言，随后就表现出对钱财的万般羡慕，前后言辞判若两人，这样写无非是引出主唱者陶母的一番说教，突出陶母的贤达温良、教子有方。该剧第四折中，范学士前来宣旨表彰。从此前的情节看，陶母当初剪发待宾，范学士是知道的，但此处却显得毫不知情，重新询问当初之事，又引出陶母的大段唱词。《扬州梦》第四折中，张府尹的言辞前后互相牴牾处也很明显。张府尹来到金字馆府宣旨时，已经对杜牧之说明："因牧之放情花酒，奉朝命本当谪罚，小官保奏，赦其无罪。"随后却说："牧之，因你贪恋花酒，所以朝廷要见你之罪哩。"引出杜牧诚惶诚恐的一段唱，接着张府尹又表示："早是小官与学士同窗共业，先奏过赦罪，不然，御史台岂肯饶人？"又引出杜牧感恩戴德的一段唱。不过是情节的重复敷衍，但杜牧的歌唱却完成了元杂剧所必须的套曲结构。

其三，随意添加和弃置剧中宾白者。一些剧目中，为了使主唱人的歌唱更为自然，常常在主唱人出场时，伴随一个无关紧要的人物，对主唱人的歌唱进行承接勾连。如《立成汤伊尹耕莘》第一折，主唱人尹员外与李老人一起出场，李老人向尹员外询问王朝更迭之事，引出尹员外的大段歌唱，而在此后的剧情中，李老人却不复出现。戏剧作为情节高度集中的题材，对于人物的设置应有始有终，才能使剧情更加紧凑、集中。元杂剧中这种对宾白者的随意添加和弃置，时常给人散乱之感。臧晋叔在整理元杂剧时，就更改了不少说白，同时也力图删去无关紧要的人物，来加强元杂剧的戏剧性。

其四，不顾时空关系，将配合主唱者演唱的演员拉至同台。这种情况在第四折末尾的团圆情节中体现得比较明显。为加强大团圆结局的喜庆气氛，常伴随着朝廷命官宣旨表彰的情节。往往是剧中人物刚刚团圆，澄清误会，宣旨表彰的命官已经详知就里，奉命赶到宣旨表彰，向主唱人物表示祝贺，然后引出主唱人歌功颂德、自满自得的一两段歌唱。这在情节发展上无可厚非，但在逻辑上有时却显得不合常理。

元杂剧中这些不合逻辑情节的产生，都与主唱者无可比拟的主体地位和担任主唱的特殊功能密切相关。

（二）主唱者与观众的关系

元杂剧作为大众化的娱乐艺术，无论是主唱者，还是说白者，其配合表演的最终目的都是希望得到观众的欣赏和喜爱，借以维持自身及剧团的生存。但单就与观众的关系而言，元杂剧中的说白者，除了配合主唱者叙述故事，推动剧情发展外，还可时时跳出剧情，穿插大量插科打诨的内容，借以活跃剧场气氛，直接服务于观众，因此说白的人物中有不少滑稽搞笑的净色。而剧中的主唱角色一般都是正面形象，唱词主要是为了完成剧情的发展变化和塑造人物形象，不可能像净色那样插科打诨，调节剧场气氛，但主唱者也以其独有的歌唱方式迎合观众的审美风尚。这主要体现为主唱者会以适合观众口味的方式歌唱曲子、演述故事，只是表现的方式比较含蓄，没有说白那样明显。

剧作家有时会借鉴一些群众喜闻乐见的民间说唱艺术，糅合到主唱人的演唱中去，以满足观众的欣赏口味，尽管这类主唱人的设置在情节发展上并不足取。如前所述，在许多主唱角色与主要人物分离的剧目中，主唱角色常以旁观者的身份叙述故事，最明显的就是"探子主唱"的情节模式，探子主唱在十余种元杂剧中都出现过。杂剧作家之所以如此热衷这类歌唱方式，与当时流行的讲唱艺术和讲唱艺术培养的受众群的欣赏口味是分不开的。"在唐以后，随市民社会的发育完善，市民的文化消费也得到培育和发展，讲唱艺术实为这种文化消费之一种，其发展规模及普及程度也是相当可观的，它从形态上给予元杂剧以相当的借鉴自有其合理性。那么，从观众接受的角度来看，在戏剧表演的舞台上进行这种讲唱艺术的嫁接，并不会妨碍他们的欣赏。这些对各类表演形态都比我们熟悉的人们也就绝不会像今天我们这样，面对元杂剧时遭遇太多的困惑。"① 元杂剧曲词中还融入了其他说唱伎艺，如货郎儿、禾下家门、叫果子、鼓子词等，这些都是当时比较流行的民间艺术，为老百姓所喜闻乐见。元杂剧借鉴此类讲唱艺术形式，实际上也是对观众欣赏口味的迎合。虽然剧作本身的戏剧性有时会受到不小的损害，但是观众却能从主唱者生动逼真的表演中获得极大的满足。

元杂剧主唱人有些唱词与剧情并无太大关系，其作用除了完成套曲的音乐结构，就是直接面向观众，发挥戏曲的教化功能。这种情况一般体现在第一折的开头和最后一折结尾部分，如《立成汤伊尹耕莘》第一折开头，正末伊员外向李老人演说三皇五帝之事，与剧情的发展无关，表面上是唱给李老人听，其实是唱给观众听的。这种演述历代王朝兴衰更迭的曲词，在元杂剧，特别是历史剧中常常出现，其主要目的就是发挥戏曲寓教于乐的作用。再如《晋陶母剪发待宾》第四折，范学士向陶母请教教子之道，引出陶母的一段歌唱。早在此前，范学士通过与陶侃母子的接触，对陶母如何教子已经深有了解，此处又直接讨教。这一细节在情节发展上无关紧要，但通过陶母的歌唱，观众却能从中不知不觉受到教益。

综上所述，元杂剧的主唱者有着至高无上的主体地位，为帮助主唱者完成音乐套曲结构，宾白者需要通过各种方式对主唱者进行引导承接。相对于观众而言，主唱者虽不能像宾白者那样插科打诨，调节剧场气氛，却也在演唱方式上尽量迎合观众的欣赏口味。

---

① 赵建坤：《论元杂剧"搽子主唱"模式的表演本质》，《中国戏曲学院学报》2003 年第 1 期。

第七章

元散曲的体式生成及美学特征

曲的概念古已有之。金文中已有"曲"字。作为歌曲、歌辞之意的曲，在《国语·周语》中已出现①。此后，曲在不同时代、不同场合所指对象或有所不同，但它的常义，指与音乐有紧密关系的、当时正在歌唱或可以歌唱的歌辞。不过，元人并不常用"曲"这个具有概括性的概念来指称当时的散曲创作，而是从不同角度，用了许多不同的称谓，统称的如乐府、今乐府、北乐府、新声、曲、歌曲、乐章，专称的有小令叶儿、令词、令曲、小词、俚歌、小曲、套数等，最被广泛运用的是"乐府""今乐府""乐章"等。散曲之名，最早出现在明代朱有燉《诚斋乐府》一书中，此书所说的散曲专指小令，不包括套数。明代中叶以后，散曲的范围逐渐扩大，把套数也包括进来。二十世纪以来的学者，把小令、套数都看作散曲，散曲作为文体概念最终被确定下来。

虽然散曲作为文体概念在明代才出现，但在元代散曲这一文体已经产生，并已达到了艺术创作的高峰，成为一代文学的代表②。

---

① 《国语·周语》"瞽献曲"，上海古籍出版社 1978 年版，第 9 页。
② 王国维:《宋元戏曲史》，上海古籍出版社 1998 年版，第 1 页。

"一种文体的基本结构，犹如人体结构，应包括从外至内依次递进的四个层次，即（一）体制，指文体外在的形状、面貌、构架，犹如人的外表体形；（二）语体，指文体的语言系统，语言修辞和语言风格，犹如人的语言谈吐；（三）体式，指文体的表现方式，犹如人的体态动作；（四）体性，指文体的表现对象和审美精神，犹如人的心灵性格。"① 散曲文体十分独特，虽然它也是诗歌范畴的一员，但其歌辞的艺术性质和特定的时代文化背景，决定了其篇体结构、语体特征、表现方式和审美风格，都与传统诗歌呈现出很大不同。

一、元散曲曲体的艺术生成

作为歌辞的散曲，其体制形式和一般诗歌文本颇为不同，既有语言层面的语体特征，又有音乐层面的曲体特点，二者密不可分。我们既要从篇体、音乐格律、语言运用等层面探讨散曲的体制特征，更要追溯散曲体式形成的历史过程。

（一）散曲的体式

"曲止小令、杂剧、套数三种。"② 小令和套数是对元曲曲体结构形式的分类。简单说来，小令是元曲最基本的篇制，同宫调的数只令曲，按一定规律构成了套数，套数有散套和剧套之分，带宾白科范的剧套，即是杂剧。一般说来，我们所说的散曲，即小令和

---

① 郭英德：《中国古代文体学论稿》，北京大学出版社 2005 年版，第 4 页。
② 刘熙载：《艺概》，上海古籍出版社 1978 年版，第 128 页。

散套。

小令是散曲体制的基本单位，调短字少是最基本的特征。将体式短小的单片歌词称为令，并不始于元散曲。唐就有所谓酒令，宋词体式有令、引、近、慢之说。令是体式短小的歌辞，但具体多少字为令，宋元时人未有成说。明人顾从敬《类编草堂诗余》以五十八字以下的词调为小令，此说一向为人们所认同。散曲小令单片只曲，每个曲调大多有规定的句数和字数，每首句句押韵。但除单片这一特征较稳定外，同一曲调小令的字数、句数等方面，"经常可以发现'破例'之作"[1]。如［四块玉］是［南吕］宫曲调，七句，句式为三三七七三三三。关汉卿《别情》：

> 自送别，心难舍，一点相思几时绝？凭栏袖拂杨花雪。溪又斜，山又遮，人去也。[2]

这首《别情》是"标准式"。而关汉卿同调的《闲适》，句式就有不同：

> 旧酒没，新醅泼，老瓦盆边笑呵呵，共山僧野叟闲吟和。他出一对鸡，我出一个鹅，闲快活。

而兰楚芳同调的《风情》，句数也有增加：

> 我事事村，他般般丑。丑则丑村则村意相投。则为他丑心儿真，博得我村情儿厚。似这般丑眷属，村配偶，只除天上有。

这种曲调中字句的增减现象，和散曲的音乐旋律结构有密切关

---

① 李昌集：《中国古代散曲史》，华东师范大学出版社 1991 年版，第 146 页。
② 隋树森：《全元散曲》（上），中华书局 1964 年版，第 156 页。下文所引散曲作品，除特别说明的外，均出自该书，不再注明。

系。相对于套数来说，小令的音乐曲式结构要稳定得多，小令中增
字减字现象多些，而增句减句的现象比较少。

　　单片固然是小令的主要特点，但有的小令有［么］篇。［么］
篇和前篇押韵相同，所以算是一首。如白贲［鹦鹉曲］有［么］
篇，冯子振和作了几十首，也都有［么］篇。如冯子振［鹦鹉曲］
《山亭逸兴》：

　　　　嵯峨峰顶移家住，是个不唧溜樵父。烂柯时树老无花，叶
　　叶枝枝风雨。［么］故人曾唤我归来，却道不如休去。指门前
　　万叠云山，是不费青蚨买处。

　　［鹦鹉曲］又名［黑漆弩］。体式上看起来是前后两片，前片
句式七七、七六，后片句式七六、七七。但"这种使用［么］篇
而构成的双片的形式，应看作是词的曲式特点的遗留，而不应看作
小令曲的曲式特点。总之，用小令与词相比，它的单片特点是很明
显的。拿它与套数相比，很显然，一为只曲，一为组曲，这又是显
而易见的。故小令的最基本特点，可以说是单片只曲。"①

　　除了单片只曲，小令还有一种联章体，又称重头小令，由同题
同调的数支小令组成，最多可达百支，用以合咏一事或分咏数事。
由于每一遍曲子可以换韵，所以各自算作一首。如马致远［寿阳
曲］八首，分咏潇湘八景：

　　《山市晴岚》
　　花村外，草店西，晚霞明雨收天霁。四围山一竿残照里，
　　锦屏风又添铺翠。

　　《远浦帆归》

————————

　　① 赵义山：《元散曲通论》（修订本），上海古籍出版社2004年版，第87页。

夕阳下，酒旆闲，两三航未曾著岸。落花水香茅舍晚，断桥头卖鱼人散。

《平沙落雁》

南传信，北寄书，半栖近岸花汀树。似鸳鸯失群迷伴侣，两三行海门斜去。

《潇湘夜雨》

渔灯暗，客梦回，一声声滴人心碎。孤舟五更家万里，是离人几行情泪。

《烟寺晚钟》

寒烟细，古寺清，近黄昏礼佛人静。顺西风晚钟三四声，怎生教老僧禅定？

《渔村夕照》

鸣榔罢，闪暮光。绿杨堤数声渔唱。挂柴门几家闲晒网，都摄在捕鱼图上。

《江天暮雪》

天将暮，雪乱舞，半梅花半飘柳絮。江上晚来堪画处，钓鱼人一蓑归去。

《洞庭秋月》

芦花谢，客乍别，泛蟾光小舟一叶。豫章城故人来也，结末了洞庭秋月。

[寿阳曲] 是 [双调] 曲调，又名 [落梅风]。马致远以"潇湘八景"为题写了这八首联章小令。这种同一曲调重复若干次的联章组曲，在元人散曲创作中，十分常见。其联章组曲的形式，可溯源到词的创作中，如宋词中欧阳修 [采桑子] 十首，咏西湖风景，赵令畤 [蝶恋花] 十二首咏崔莺莺、张生恋爱故事等都是联章体词。

联章体散曲虽然有多支曲子，但各曲仍是独立完整的，所以仍是属于小令的范畴。散曲中还有一种带过曲，其形式和性质就介于小令和套数之间了。带过曲是两三支不同曲调组成的组曲，带过的曲调有同一宫调，也有不同宫调的，但都不得超过三调。或称"过"，或称"带"，或并称"带过"，都是一个意思。关于带过曲的问题，学术界一向有不同看法，有人认为是一调写毕，意犹未尽，再续写一二个；有人认为是将套数中有较为稳定组合关系的几个曲调摘出来，成为了带过；还有人认为是由小令只曲到套数的一个中间环节。① 带过曲曲调音律衔接，押同一个韵，两支或三支曲子之间浑然一体。元人所用带过曲现存约有近三十种，但常用的格式并不太多，〔骂玉郎过感皇恩采茶歌〕〔十二月过尧民歌〕〔雁儿落带得胜令〕等是比较常见的组合形式。如王实甫的〔十二月过尧民歌〕：

　　自别后遥山隐隐，更那堪远水粼粼。见杨柳飞棉滚滚，对桃花醉脸醺醺。透内阁香风阵阵，掩重门暮雨纷纷。怕黄昏忽地又黄昏，不销魂怎地不销魂？新啼痕压旧啼痕，断肠人忆断肠人。今春，香肌瘦几分，搂带宽三寸。

〔十二月〕和〔尧民歌〕是〔中吕〕宫的曲调。前面小令〔十二月〕共六句，依谱通常都是四字句。王实甫在每个四字句上加了三个衬字。后面的七句是带过曲〔尧民歌〕。两曲在语言运用和情感表达上都相续相连，圆融自然，难怪周德清在《中原音韵》赞叹不已，评此曲"对偶、音律、平仄、语句皆妙"②。

---

① 赵义山：《元散曲通论》（修订本），上海古籍出版社 2004 年版，第 96 页。
② 周德清：《中原音韵》，《中国古典戏曲论著集成》（一），中国戏剧出版社 1959 年版，第 244 页。

　　套数又称套曲、散套、大令。其曲体特点是把同一宫调的若干支不同曲牌的曲子连缀在一起，少则数首，多则十几首，甚至几十首，构成一个庞大的整体。如马致远 [双调·行香子]：

　　[行香子] 无也闲愁，有也闲愁，有无间愁得白头。花能助喜，酒解忘忧。对东篱，思北海，忆南楼。

　　[庆宣和] 过了重阳九月九，叶落归秋，残菊胡蝶强风流。劝酒，劝酒。

　　[锦上花] 莫莫休休，浮生参透。能得朱颜，几回白昼。野鹤孤云，倒大自由。去雁来鸿，催人皓首。位至八府中，谁说百年后？则落得庄周，叹打骷髅。爱煞当年，鲁连乘舟。那个如今，陶潜种柳。

　　[清江引] 青云兴尽王子猷，半路里干生受。马踏街头月，耳听宫前漏，知他怎美甚么关内侯。

　　[碧玉箫] 莺也似歌喉，佳节若为酬，傀儡棚头，题甚么抱官囚，自也羞，则不如一笔勾。锦瑟左右，红妆前后，朦胧醉眸，觑只头黄花瘦。

　　[离亭宴带歇指煞] 花开但愿人长久，人闲难得花依旧，夕阳暂留。酒中仙，尘外客，林间友。黄橙带露时，紫蟹迎霜候，香醪美，酒和花，人共我，无何有。细杖藜，宽袍袖，断送了西风罢手。常待做快活头，永休开是非口。

　　这些连缀的曲子是根据需要在同一宫调中进行选择的，并按一定的顺序排列，而且一韵到底。首曲为 [行香子]，套数首曲对全篇有统领作用，曲式结构是比较稳定的，元散曲中首曲常用之曲调只有十多个。首曲的旋律调式，对套数的中间过曲由那些曲调组成有一定影响。[庆宣和] [锦上花] [清江引] [碧玉箫] 是过曲，有些套曲的过曲组合是有序的，存在若干固定的曲牌组合，这些组合往往在套曲中有固定的位置，而另一些套曲的组合次序，则比较灵活，有一定随机性。这套曲的尾声是一支固定曲调《离亭宴带歇指煞》，这个曲调在［双调］的联套中，常用作尾声。"有尾声名套数"①，有尾声是套曲的一个重要标志。套数尾声名目繁多，［赚煞］［随煞］［赚尾煞］［收尾］［隔尾］等等，不一而足。有些套数中还迭用［煞］，由若干支［煞曲］构成了一篇套曲的后半部分。尾声的曲式结构也很不稳定，字数句数的随意性都比较大。"然煞尾之曲在套中本无严格规范，只在大体上有诸种类型，其牌名之称'煞'、'尾'，主要依音乐意义在套中的特定地位，故其辞式多变，形态各殊。"②

正如上文所说，小令、套数的语式特征，是由其音乐文学特性，即由其所属宫调和所用曲牌决定的。宫调和曲牌是散曲的音乐标识，而散曲作为韵文体的语言形式，和其音乐文学特性关系密切。

宫调是中国古代音乐的调式，北曲常用的有五宫四调，通称九宫或北九宫，包括有正宫、中吕宫、南吕宫、仙吕宫、黄钟宫（五宫）、大石调、双调、商调、越调（四调）。或认为曲的每一个宫调都有各自的风格，或伤悲或雄壮，或缠绵或沉重。元人燕南芝庵《唱论》云："仙吕宫唱，清新绵邈；南吕宫唱，感叹伤悲；中吕宫唱，高下闪赚；黄钟宫唱，富贵缠绵；正宫唱，惆怅雄壮；大石唱，风流蕴藉；双调唱，健捷激袅；商调唱，悽怆怨慕；越调唱，

---

① 燕南芝庵：《唱论》，《中国古典戏曲论著集成》（一），中国戏剧出版社 1959 年版，第 160 页。

② 李昌集：《中国古代散曲史》，华东师范大学出版社 1991 年版，第 179 页。

淘写冷笑。"① 芝庵之语，十分抽象，我们并不能据此分析出北曲宫调的具体应用规律和声情特点。"北曲'宫调'为不同声情之'类'的'代号'，当是'宫调'加诸曲牌（或云曲牌隶属于某'宫调'）之初的情形，而今存'诸宫调'之具体作品、北曲之具体作品，仅从'宫调'与所属曲牌的具体文辞关系上，宫调的声情符号意味几乎已'无迹可寻'了。我们只能从中引起间接证据推测和证明其曾经具有的'声情分类标号'之性质。如从具体作品中寻绎宫调的实际作用，便会发现'宫调'起着限定韵格的功能。"② 声情符号和换韵标志，"是今可考察的曲体'宫调'的全部意义和作用之所在。"③

　　曲牌是对各种曲调的泛称，各有专名，如《点绛唇》《山坡羊》等，元代北曲共三百三十五个曲牌。每一个曲牌都有自己的曲式、调式和调性，以及本曲的情趣。各曲的分句分读，和唱词常相一致；曲调进行的高低升降，可因唱字的四声调值和曲词的思想感情不同而有所变化。曲牌的文字部分须倚声填词，从韵文文体来说，曲牌即为此种文体的格律谱，规定了该曲的字数、句法、平仄等，据此可以填写新曲词。曲牌格律谱虽对曲子的字数、句数等有规定，但常有同一曲牌曲子，句数字数不一致的情况。造成这种情况，除了有些曲谱有正体与变格之分外，更主要的是由于增加衬字的原因。

　　衬字（或称赠字、增衬）是元代散曲最重要的曲体特征之一。"衬字"指的是在曲律规定必须的字数之外所增加的字，它不受音

---

①　燕南芝庵：《唱论》，《中国古典戏曲论著集成》（一），中国戏剧出版社 1959 年版，第 160 页。

②　李昌集：《中国古代散曲史》，华东师范大学出版社 1991 年版，第 110 页。

③　李昌集：《中国古代散曲史》，华东师范大学出版社 1991 年版，第 113 页。

韵、平仄、句式等曲律的限制。衬字字数从一个字到十数个字不
等，也不限虚字实字（短的衬字以虚字为多）。元曲有"衬字"，
即是由其音乐文学特性决定的，"词无赠字，而曲有赠字。如曲无
赠字，则调不变，唱者亦无处生活；但不宜太多，使人棘口。"①
也与文意的表达有密切关系。如关汉卿〔南吕一枝花〕《不伏老》
套〔尾〕一向被认为增衬很多：

> 我是个蒸不烂、煮不熟、捶不匾、炒不爆、响珰珰一粒铜
> 豌豆，恁子弟每谁教你钻入他锄不断、斫不下、解不开、顿不
> 脱、慢腾腾千层锦套头？我玩的是梁园月，饮的是东京酒；赏
> 的是洛阳花，攀的是章台柳。我也会围棋、会蹴鞠、会打围、
> 会插科、会歌舞、会吹弹、会咽作、会吟诗、会双陆。你便是
> 落了我牙、歪了我嘴、瘸了我腿、折了我手，天赐与我这几般
> 儿歹症候。尚兀自不肯休。则除是阎王亲自唤，神鬼自来勾。
> 三魂归地府，七魄丧冥幽。天哪，那其间才不向烟花路儿
> 上走。

我们虽然不能将此曲中的"衬字"一一摘出，但其中有大量增
衬则是无疑的。如首句"我是个蒸不烂、煮不熟、捶不匾、炒不
爆、响珰珰一粒铜豌豆"，其中"蒸不烂、煮不熟、捶不匾、炒不
爆、响珰珰"之类，应当就是衬字，这些字对这句话语义的表达，
其实也有重要的作用，而且由于衬字，曲子也显得更为通俗。"北
曲既然没有确定的板数，既然'辞情多'是北曲的音乐特色，既然
'非有协应之宫商与抑扬之定谱'作词者根据各种需要而增字，岂
不是自然的事么？"②。演唱的时候，正字和衬字是有区别的："曲

---

① 见黄图珌《看山阁集闲笔》"赠字"条。
② 李昌集：《中国古代散曲史》，华东师范大学出版社，1991年版，第140页。

文之中，有正字，有衬字。每遇正字，必声高气长；若遇衬字，则声低气短而疾忙带过：此分别主客之法也。"① 正是由于有衬字，所以不同作者的同一名称的曲子常有句式参差不齐、句子多少不同的现象。如《朝野新声太平乐府》卷五载录了徐再思、吴弘道、宋方壶、徐再思、吴西逸、王和卿、张可久等人的［商调·梧叶儿］曲子多首，辞式就颇为不一。

徐再思《春思》：

　　芳草思南浦，行云梦楚阳，流水恨潇湘。花底春莺燕，钗头金凤凰，被面绣鸳鸯：是几等儿眠思梦想！

吴弘道《暮春》：

　　韶华过，春色休，红瘦绿阴稠。花凝恨，柳带愁。泛兰舟，明日寻芳载酒。

杨朝英《戏贾观音奴》：

　　庞儿俊，更喜恰，堪咏又堪夸。得空便处风流话，没人处再敢么。救苦难俏冤家，有吴道子应难画他。

上三曲全调皆为七句，但句式却颇为不同。《中原音韵》所录的［梧叶儿］曲牌"定格"是关汉卿的《别情》："别离易，相见难，何处锁雕鞍？春将去，人未还。这其间，殃及杀愁眉泪眼。"并认为"妙在'这其间'三字，承上接下，了无瑕疵。'殃及杀'三字，俊哉语也！有言'六句俱对'，非调也，殊不知第六句止用

---

① 李渔：《闲情偶寄》，《中国古典戏曲论著集成》（七），中国戏剧出版社 1959 年版。

三字，歌至此，音促急，欲过声以听末句，不可加也。"①

因为有"定格"，也有变体，可以因声情和辞情的需要增加衬字等因素，使散曲体式既规则严格又富于变化，从而在体式的多样性和丰富性上，都与传统诗词呈现出很大不同。

（二）元散曲曲体的艺术生成

关于散曲艺术形式的源起，学术界有多种说法。有的以曲为本位，关注重点在北曲源起等音乐问题方面；有的以文学为本位，将重点放在曲词语体等方面。作为承接歌诗传统的元散曲，是一种音乐文学，其艺术形式的生成，与其所用音乐形式有着密不可分的关系。元曲音乐主要是北曲，南曲虽产生于宋代，但在元后期南曲复兴以前，元代散曲和剧曲创作都以北曲为主，元曲音乐之源，其实也就是北曲之源。"应当明确地把北曲之源的形成这一问题分为文学和音乐两个方面来考察，而不应把这两个方面的问题搅和在一起，以免显得混沌一团。"② 探讨元散曲曲体艺术起源这个复杂的问题，首先应当重点关注的是北曲的起源，但同时不能忽视元散曲的文学母体和其时代的文艺风尚。

（1）元散曲曲体与北曲之源

不仅元散曲的音乐标识是北曲，而且元散曲是北曲的直接产物。元散曲的创作过程、艺术风貌、审美特性、传播方式等无不与北曲有着密切的关系。关于北曲之源，一种看法是认为远绍古歌诗，近承唐宋词。明沈宠绥《弦索辨讹》：

---

① 周德清：《中原音韵》，《中国古典戏曲论著集成》（一），中国戏剧出版社 1959
　　年版，第 247 页。
② 赵义山：《元散曲通论》，巴蜀书社 1993 年版，第 14 页。

《三百篇》后变为诗，诗变而为词，词变而为曲。

王骥德《曲律·论曲源第一》：

曲，乐之支也。自《康衢》、《击壤》、《黄泽》、《白云》以降，于是《越人》、《易水》、《大风》、《瓠子》之歌继作，声渐靡矣。"乐府"之名，于西汉，其属有［鼓吹］、［横吹］、［相和］、［清商］、［杂调］诸曲。六代沿其声调，稍加藻艳，于今曲略近。入唐而绝句为曲，如［清平］、［郁轮］、［凉州］、［水调］之类；然亦不尽其变，而于是始创为［忆秦娥］、［菩萨蛮］等曲。盖太白、飞卿辈始作其俑。入宋而词始大振，署曰"诗余"，于今曲益近。周待制、柳屯田其最也。然单词只韵，歌只一阕，又不尽其变。而金章宗时，渐更为北词，如世所传董解元《西厢记》者，其声犹未纯也。入元益漫衍其制，栉调比声，北曲遂擅盛一代。

把曲源上溯到原始歌谣、《诗三百》、汉乐府，从元散曲作为歌诗的文统上来说，也有相当道理，但北曲的直接渊源，当然不在久远的过去。故直接的曲源于词之说，更被学界普遍认同。元末的陶宗仪就说："金季国初，乐府犹宋词之流。"① 明清时不乏其人附和其说，以至散曲有了词余之名。王国维则以现代统计学方法，考察了《中原音韵》所记的三百三十五个曲调，发现"出于大曲者十一"，"出于唐宋词者七十有五"，"出于诸宫调中各曲者二十有八"，最后归纳说："然则三百三十五章，出于古曲者一百有十，殆当全数之三分之一。虽其词字句之数，或与古词不同，当由时代迁移之故；其渊源所自，要不可诬也。"② 任讷更直接地提出："曲始

① 陶宗仪：《南村辍耕录》卷27，齐鲁书社2007年版，第354页。
② 王国维：《宋元戏曲史》，上海古籍出版社1998年版，第63~65页。

自元季，而源于宋词。"①

无可置疑，元散曲和宋词具有紧密的联系，但直接说词变为曲则是将事情简单化了。就以王国维的统计而论，明确认为与古曲同调者也只占三分之一，而其中与唐宋词同调的又只有七十五，要忽视多数词曲异调曲牌，而以少数的词曲同调词牌证明词为曲之源，存在着逻辑上的困难。今人李昌集对北曲调名之渊源做了全面研究，得出结论说，有约一百七十个北曲曲牌有源可查，占今存北曲约四百余名曲牌（据《辍耕录》）五分之二以上。其中"与唐宋词相同或相关者"有三十二个曲牌，"此类曲牌绝大多数属唐教坊曲，后为晚唐五代和宋之词牌"；"仅与宋词相同者"有二十五个曲牌，而这二十五个曲牌中，二分之一的格律"与词大异"②。

有源可考的曲牌中，只与词牌相关的大约仅有三分之一。而某词牌曲牌名称相同，也只说明该曲牌和词存在某种联系，并不意味着该曲必然源于词，因为许多词曲之调名都源于唐曲，而且即便同名，调式和辞式也未必相同。如宋词"减字木兰花"定格共两阕八句四十四字，而元散曲同名曲牌则是不分阕，五句三十字。例如朱敦儒《减字木兰花》词：

> 刘郎已老，不管桃花依旧笑。要听琵琶，重院莺啼觅谢家。曲终人醉，多似浔阳江上泪。万里东风，故国山河落血红。

而贯云石《减字木兰花》曲则作：

> 早是愁肠百倍伤，那更值秋光。终朝倚定门儿望。怯黄昏，怕的是塞角韵悠扬。

---

① 任讷：《散曲之研究》，《东方杂志》第 23 卷第 7 号。
② 李昌集：《中国古代散曲史》第一章第一节，华东师范大学出版社 1991 年版。

　　词曲同调名，是曲源于词的直接论据之一，但就上述所言来看，并不能得到充分证明。而占北曲曲牌多数的与词乐没有关系的本生曲调，则更进一步说明了词和曲并不是"词亡而曲作"① 这样一种简单的继承关系。

　　正是基于北曲中，除唐宋旧曲曲牌外，尚有大量本生曲调的事实，我们不得不注意到北曲和宋金时期民间俗乐的关系。北宋末胡乐蕃曲已流行于市井间，宋人曾敏行曾说："先君尝言，宣和间客京师时，街巷鄙人多歌蕃曲名曰［异国朝］、［四国朝］、［六国朝］、［蛮牌序］、［莲蓬花］等，其言至俚，一时士大夫亦歌之。"② 宋人吴曾则云："崇宁、大观以来，内外街市鼓笛拍板，名曰打断。至政和初，有旨立赏钱五百，若用鼓板改作北曲子，并作北服之类，并禁止支赏。"③ 宋金时期，北方中原地区长期在契丹、女真等少数民族统治之下，他们的音乐，即胡乐蕃曲对当时民间音乐产生影响，成为市井俗曲的一部分，则是不争的事实。后人在论及北曲之源时，有的便直接认为是由胡曲蕃乐演化而来。明人徐渭《南词叙录·叙文》云：

　　　　今之北曲盖辽金北鄙杀伐之音，壮伟狠戾，武夫马上之歌，流入中原，遂为民间之用。

　　今人王文才亦云：

　　　　北曲虽盛于元，始兴自在宋金之际。时燕乐渐衰，中原乐曲乃融契丹、女真、达达之乐，滋演新声，自成乐系。燕乐旧

① 吴梅：《曲学通论序》，《吴梅戏曲论文集》，中国戏剧出版社 1983 年版，第 117页。
② 曾敏行：《独醒杂志》卷五，《四库全书·子部·小说家类》，台湾商务印书馆影印文渊阁本，1983 年版，子部第 1039 册第 553 页。
③ 吴曾：《能改斋漫录》卷一，中华书局 1960 年版，第 16 页。

调若用于北曲，亦属偶存①。

就现存北曲曲牌来看，也有［阿拉忽］［胡十八］［忽都白］［者拉古］［拙鲁速］之类，从名称看大约应该是胡曲。但北曲本生曲牌中，这类曲牌不是多数。并且胡乐大量传入汉地，并不始于宋金时期，如隋唐时期，西域音乐就曾大量传入中原，隋九部乐中，八部都是少数民族音乐。"在唐，龟兹乐谱已出开元梨园之上。"北曲的产生，并非全"出于边鄙裔夷"②，宋金北方汉族的俗曲新声，在北曲形成过程中也具有重要的作用。

宋金时期城市市井中流行着各种俗曲，如"叫声""耍曲"等。高承《事物纪原》卷九云："京师凡卖一物，必有声韵，其吟哦俱不同。故市人采其声调，间以词章，以为戏乐也。今盛行于世，又谓之吟叫也。"③ 耐得翁《都城纪胜》亦云："叫声，自京师起撰，因市井诸色歌吟卖物之声，采合宫调而成也。若加以嘌唱为引子，次以四句就入者，谓之下影带。无影带者，名散叫。若不上鼓面。只敲盏者，谓之打拍。"④ 这种俗曲本自商贩叫卖声，民间制为乐曲后，又与嘌唱等结合，形式变得比较复杂。北曲中［货郎儿］［转调货郎儿］［九转货郎儿］三调，大约就是宋人代"叫声"类俗曲之遗⑤。而"耍曲"也是北宋末到南宋都很流行的俗曲。洪迈《容斋随笔·容斋四笔》卷十五云："近世风俗相尚，不以公私

① 王文才：《元曲纪事》，人民文学出版社 1985 年版，第 281 页。

② 徐渭：《南词叙录·叙文》，《中国古典戏曲论著集成》（三），中国戏剧出版社 1959 年版，第 241 页。

③ 高承：《事物纪厚》，中华书局 1989 年版，第 496 页。

④ 耐得翁：《都城纪胜》"瓦舍众伎"，《东京梦华录》（外四种），古典文学出版社 1956 年版，第 96～97 页。

⑤ 郑骞：《北曲新谱》卷二，台北艺文出版社 1973 年版。

宴集，皆为耍曲耍舞，如［勃海乐］之类。"① 北曲曲牌中有［播海乐］［耍孩儿］，可能是［耍曲］之遗。

而宋代流行于市井的曲艺形式"鼓板""唱赚"等，与北曲套数结构形式的形成也有着密切的关系。耐得翁《都城纪胜》云：

> 今街市有乐人三五为队，专赶春场，看潮，赏芙蓉，及酒座抵应，与钱亦不多，谓之荒鼓板。

> 中兴后，张五牛大夫因听动鼓板中，又有四片［太平令］，或赚鼓板（即今拍板大筛扬处是也），遂撰为赚。②

"鼓板清音按乐星，那堪打拍更精神"③，民间艺人"荒鼓板"于宋代市井间，而市井艺人张五牛又依据其四片［太平令］，制为唱赚这种更为复杂的俗曲结构体制。唱赚在北宋时就流行于勾栏，既是一种曲体名称，同时又指一种歌唱之法，还是一个曲牌名。"唱赚在京师日，有缠令、缠达。有引子尾声者为缠令，引子后以两腔互迎，循环间用者为缠达。……凡赚最难，以其兼慢曲、曲破、嘌唱、耍令、番曲、叫声诸家腔谱。"④ 赚是一种综合性的曲体，缠令、缠达是其基本的体制。缠令和缠达都是将独立只曲结合成统一完整组曲的联曲形式，性质相同而具体方式又有区别。缠令先有一支作为引子的令曲，再接以数支不同的令曲，最后是一支尾声。缠达则是两腔互迎循环，即在引子之后，套曲构曲中循环使用同一曲牌。被后世认为是"北曲之祖"的董解元的《西厢记诸宫

---

① 洪迈：《容斋随笔》，上海古籍出版社 1978 年版，第 793 页。
② 耐得翁：《都城纪胜》，《东京梦华录》（外四种），古典文学出版社 1956 年版，第 93、97 页。
③ 陈元靓：《事林广记》戊集卷二《咏鼓板诗》。
④ 耐得翁：《都城纪胜》，《东京梦华录》（外四种），古典文学出版社 1956 年版，第 97 页。

调》中即有大量缠达、缠令，如其卷五［仙侣调·六么实催］套曲的构曲方式即为缠达体：六么实催—六么遍—哈哈令—瑞莲儿—哈哈令—瑞莲儿—尾。缠令、缠达的这种联套方式，与北曲套数的结构体制有着直接的关系。"综观北曲的构套方式，仍不过是'缠令''缠达'二体形式，或者是在二体基础上加以变化。"① 所以"唱赚一体，是北曲套数体式的源头，甚而可以说北曲套数是对唱赚体式的直接借用"②。缠达、缠令先是运用在长篇的说唱曲艺诸宫调中，诸宫调作为当时流行曲艺，有着大量当时流行的俗曲形式。"'诸宫调'作为勾栏中相当活跃的曲艺，由于它包罗时曲的特点，故使俗曲得以找到一种最佳的'汇集'之所，从而逐步形成一种可与雅词相抗衡的力量，故客观上促进了'俗曲'——后世北曲的发展和提高。"③

　　总的说来，唐宋曲乐和传统的词乐的影响，以及对北方少数民族音乐和北方汉族市井音乐俗曲形式的吸收，才形成了北曲的音乐体系。而北曲不仅是元散曲的音乐标识，更直接决定了其艺术形式。但元散曲是曲辞一体的，只论其曲乐之源而不论其文辞之由，显然也是不全面的。元散曲是古代诗歌发展的重要一环，我国古代诗歌的文学文体变化过程非常复杂，促成其变化的因素也多种多样。元散曲当然是我国整个诗歌文学传统自然积淀发展的产物，但就元散曲而言，其文学母体是宋金文人词和民间歌词。就文体而言，句组构成多样、句式长短不一的词，是古代诗歌体制的一大变革，元散曲是这一变革的延续。就文学风格而言，元散曲"与民间词的传统、文人俗词和苏辛豪放词以及民间俗讲俗唱等通俗文艺的

---

① 赵义山：《元散曲通论》（修订本），上海古籍出版社 2004 年版，第 38 页。
② 赵义山：《元散曲通论》（修订本），上海古籍出版社 2004 年版，第 39 页。
③ 李昌集：《中国古代散曲史》，华东师范大学出版社 1991 年版，第 68 页。

影响都有重要关系"①。

（2）元散曲曲体与时代文艺环境

除了北曲和诗词文学传统外，元散曲的形成还有一些关键性的因素：散曲艺术的生产者和消费者及他们生存的时代环境。有了文人参与和艺术消费者需求之两大催化剂，散曲这种继承燕乐传统、融汇时调新声的艺术形式才脱颖而出。

社会的变化和文人的参与才有"今乐府"之盛，是元人普遍的看法。虞集《中原音韵序》："辛幼安自北而南，元裕之在金末、国初，虽辞多慷慨，而音节为中州之正，学者取之。我朝混一以来，朔南暨声教，士大夫歌咏，必求正声，凡所制作，皆足以鸣国家气化之盛，自是北乐府出，一洗东南习俗之陋。"罗宗信《中原音韵序》："国初混一，北方诸俊新声一作，古未有之，实治世之音也。"周德清《中原音韵序》："乐府之盛、之备、之难，莫如今时。其盛，则自缙绅间阎歌咏者众；其备，则自关、马、郑、白一制新作，韵共守自然之音，字能通天下之语，字畅语俊，韵促音调。"②"作品的产生取决于时代精神和周围的风俗。"③元人强调的是由于元蒙的混一天下，"音节为中州之正"，"字能通天下之语"的中原正声——北曲才能"一洗东南习俗之陋"，成为南北最重要的艺术形式。今人则更多注意到元代特殊的社会环境，如城市的繁荣，商品经济的发展，市民阶层壮大，文人知识分子地位低下，没有出路，比以前任何时代都更接近下层社会等对元散曲繁荣的重要作用。而北曲由民间状态，演变为与唐诗、宋词相埒的文学

---

① 赵义山：《元散曲通论》（修订本），上海古籍出版社 2004 年版，第 14 页。
② 周德清：《中原音韵》，《中国古典戏曲论著集成》（一），中国戏剧出版社 1959年版，第 173、177、175 页。
③ 丹纳：《艺术哲学》，人民文学出版社 1981 年版，第 32 页。

艺术形式，有赖"北方诸俊"，"关、马、郑、白"这些文人的参与。艺术生产者由民间歌伎、市井艺人为主，变为以文人知识分子为主，宋金时期的民间曲艺，也演化为元代的文人歌诗。

《青楼集》所载歌妓能创作词曲者有张怡云、一分儿、梁园秀、张玉莲、刘婆惜等人。女伶的唱曲和作曲，对曲的传播具有重要意义，沟通了文人和民间的关系。源于民间的小曲，经女伶演唱，传播到文人士大夫阶层，为他们的创作提供了新形式。而和歌妓交往的文人中，许多都是对中国古代文化做出了杰出贡献，在文学史上占有重要地位的诗人、散曲家、杂剧家。如赵孟頫、商道、乔吉、关汉卿、白朴、卢挚、冯子振、王恽、姚燧等人，都有与歌妓交往的事迹。

最后，我们还要强调作为艺术消费者的审美趣味和元散曲繁荣的关系。"艺术是一种社会生产"[1]，"生产和消费通过许多方式相互引出和决定"[2]，生产和消费是艺术生产中密不可分的两个环节，散曲作为元代最具代表性的文学艺术形式，满足了当时人们的精神消费的需要，是当时社会精神文化需求的产物。而当时受众的艺术消费，又是元散曲艺术生产的社会基础和动力。从宋代开始，词就逐渐诗化，雅化，格律化。以苏轼、辛弃疾等人为代表的词人，极大地提高了词的文学地位，也带来了词的诗化，削弱了词作为歌曲的传统。而以周邦彦为代表的大晟词人和以姜夔、张炎等为代表的格律派词人，又使词乐典雅化、格律化，不再适合市民群众的文化生活要求，而与雅化词乐不同的市井新声，受到广泛欢迎。高雅的词乐旧曲"小唱"，主要的消费者是具有较高文化修养的文人士大

---

① 珍妮特·沃尔芙：《艺术的社会生产史》，华夏出版社1990年版，第1页。

② 珍妮特·沃尔芙：《艺术的社会生产史》，华夏出版社1990年版，第148页。

夫，在宋代的瓦舍中就已衰微。"唱叫小唱，谓执板唱慢曲、曲破，大率重起轻杀，故曰浅斟低唱，与四十大曲舞旋为一体，今瓦市中绝无"①。词乐的演唱，并未绝迹。在元代，还有艺人擅唱"慢词""小唱"，《青楼集》中就有这类记载。但词乐已不再是流行的时调新声，新声奇变，朝改暮易，俗曲的特点就是趋新多变，市民消费者喜爱的更多是流行和通俗的艺术产品，元散曲也就应运而生了。

以上所言各种因素，在元散曲形成的过程中，都只起了局部的作用。正是在诸种因素的复杂合力下，才促成了新兴文学艺术形式——散曲的产生。

二、元散曲与古代歌诗的审美传统

散曲在元当代，是配合音乐演唱的歌辞，这一音乐文学性质，不仅深刻影响了其艺术表现形式，也与其艺术风格、审美特征有着密切关系。我国诗歌，从一产生就与音乐为一体，《诗》乐亡而乐府继起，乐府逐渐演变为徒诗，又有词体出现，词体成为一种依谱填词的雅化的格律诗后，更适宜于配合时调新声演唱的曲体又成为文人歌诗的主流。作为配合音乐演唱的歌辞，歌诗从先秦到宋元，艺术形态有许多变化，元散曲正是古代文人歌诗传统的继承和发展。元人对散曲和传统歌诗的关系，有着清楚的认识。这一点，从元人对当时散曲创作的称呼上，就可以看出来。元人并不常用"曲"这个具有概括性的概念来指称当时的散曲创作，而是从不同

① 耐得翁：《都城纪胜》，《东京梦华录》（外四种），古典文学出版社1956年版，第96页。

角度，用了许多不同称谓。或是统称乐府、今乐府、北乐府、新声、曲、歌曲、乐章，或是各种体式的不同专称，如词、小令、叶儿、令词、令曲、小词、俚歌、小曲、套数等等。元人把当代的歌诗创作称为乐府，正可见在元人的观念中，认为当时的歌辞创作，是对古代乐府歌诗传统的自觉继承，"今乐府""北乐府"只是元人给予的一个时代和音乐上的说明和界定。以乐府这一传统概念称当时的歌辞正是对元散曲直承古代歌诗传统的确认。"新声"在历史上总是被用来指不同于传统的新型创作。比如，相对于雅颂，郑卫之音是新声；相对于汉魏乐府，南北朝乐府是新声；唐宋曲子词，也是当时的新声。把当代歌词称为"新声"，则可见元人对当代歌辞有别于传统歌诗特性的自觉意识。歌曲、乐章乃是两个传统的概称。把元散曲中的文人小令，称为"词""小词""令词"等在元人尤其元初人是常见的。由此可以看出，元人在文化上认同宋词，以元曲直承宋词的微妙心态。"俚歌""小曲"也是传统概念，元人以之为称谓，可见他们对当代歌词与民间俗曲之间文化联系的清醒认识。套数是一个新概念，与小令相对，用以指短篇歌辞的令的概念早就存在，"叶儿"是它的俗称。元人沿续这一概念，用来指单片短小的当代歌曲，而以套或套数来指由同一宫调曲牌组成的完整的一组歌曲。

元散曲和自古以来绵延不绝的文人歌诗传统相衔接，是乐府歌辞、唐宋词这一歌诗传统的继承和发展。对此，从元代到现代，时有论述者：

> 乐府本乎诗也，三百篇之变，至于五言，有乐府，有五言，有歌，有曲，为诗之别名矣。及乎制曲，以腔调滋巧盛，而曲犯杂出，好事者改曲之名曰词，以重之，而有诗词之分矣。今中州小令套数之曲，人目之曰乐府，亦以重其名也。举

世所尚，辞意争新，是又词之一变，而去诗愈远矣。虽然，古人作诗，歌之以奏乐，而八音谐，神人和，今诗无复论是，乐府调声按律，务合音节，盖犹有歌诗遗意焉。（元邓子晋《太平乐府序》）

我国文学改变之迹，皆由自然，非一二大文豪所能左右其间。自乐府不能按歌，而唐人始有词，太白、香山开其先，至飞卿而其艺遂著。南唐两宋，更为发挥光大之，于是词学乃独树一帜。北方学者，对词学不能尽通其症结，遂糅杂方言，别立一格，名之曰曲。创始于董解元，而关（汉卿）马（东篱）郑（德辉）白（仁甫）乃极其变。一时中原弦索，披靡天下，非复垂虹桥畔浅斟低唱光景矣。（吴梅《词与曲之区别》）

这些论述，都强调了散曲与乐府歌辞和唐宋词一样是"调声按律，务合音节"，"能按歌"的音乐文学。这种外在艺术表现形式上的相似性，是散曲继承乐府歌诗传统最明显的标志，而散曲内在审美趋向上对乐府诗等艺术形式的继承与新变，则从更深刻意义上，反映了散曲与传统歌诗的密切关系。

"乐府是元文人曲体名称中最常见而内涵最复杂的概念"[1]。在元代最重要的曲学著作中，将散曲创作称为乐府，十分习见。钟嗣成《录鬼簿》载录"有乐府行于世"的前辈名公，认为他们"皆高才重名，亦于乐府留心"[2]。现存的元代曲选，均以"乐府"名之，如首开元人选元曲之风的杨朝英，先编刊有曲集《乐府新编阳春白雪》，续编有《朝野新声太平乐府》；又如无名氏编有《梨园

---

① 李昌集：《中国古代曲学史》，华东师范大学出版社1997年版，第54页。
② 钟嗣成：《录鬼簿》，《中国古典戏曲论著集成》（二），中国戏剧出版社1959年版，第104页。

按试乐府新声》《乐府群珠》等曲集，均冠以乐府之名。散曲与乐府诗的关系，不仅因为都是歌辞这一共同点。乐府一词，渊源甚早，而内涵外延也变化很大，从主管音乐的官署之名发展为诗体之名，既包含特定的有声有辞的歌诗之义，也可以指有辞无声的拟旧题或仿其义之作。以郭茂倩《乐府诗集》所录来看，包含了四大类作品：乐府所用的本曲；魏晋以来依本曲制辞，还能被之管弦的歌辞；拟乐府古题而不能被之管弦的徒诗；唐代始于杜甫盛于元稹、白居易的自创新题的"新乐府"。这些被称之为乐府的作品，音乐性并不是共同的特征。从诗歌分途之说，则惟前二者得称乐府，后二者虽名乐府，与雅俗之诗无殊；从诗乐同类说，则前二类为有辞有声之乐府，后二者为有辞无声之乐府，也与雅俗之诗没有不同。但另名之曰"乐府"，表明这些称为"乐府"的诗，有其与一般"雅俗之诗"不同的共性，形成了自身的传统。班固在《汉书·艺文志》中说："自孝武立乐府而采歌谣，于是有代赵之讴，秦楚之风，皆感于哀乐，缘事而发，亦可以观风俗，知薄厚云。"① 这段话虽不一定能概括所有汉代乐府诗的创作缘起和内容特点，但其揭示的汉乐府反映现实生活，抒写民众情感，因事而生，有为而作的精神内核，却是直接被后代文学史家认同的汉乐府的本质特征。而由此也开创了古代歌诗由俗而雅，由民间而文人的一个发展模式。从魏晋文人拟"乐府"开始，乐府诗就逐渐不再是"代、赵之讴""秦、楚之风"的民间歌谣性质，也不仅仅是音乐附庸的歌辞，而进入了文人诗歌创作的传统中。但又由于其脱离不了"乐府"的范畴，在文人化、雅化的过程中，始终在某种程度上保存了艺术风格和审美品位上的通俗性。正是基于对"乐府"文人传统的重视，有

---

① 班固：《汉书》，中华书局 1962 年版，第 1756 页。

些元人在谈到散曲创作时，一方面强调其与乐府传统的承袭关系，一方面又认为并不是所有当代散曲创作都能被称"乐府"：

> 成文章曰乐府，有尾声名套数，时行小令唤叶儿，套数当有乐府气味，乐府不可似套数①。

> 凡作乐府，古人云"有文章者谓之乐府"，如无文饰者谓之俚歌，不可与乐府共论也。

> （构肆语）不必要上纸，但只要好听，俗语、谚语、市语皆可，前辈云"街市小令唱尖新茜意"、"成文章曰乐府"是也，乐府、小令两途，乐府语可入小令，小令语不可入乐府②。

"乐府"须得是"成文章"的，无文饰的就是"俚歌"。也就是说，只有经过文人化修饰的歌辞才是乐府，时行小令、俚歌等是街市所唱，纯粹民间的创作，与文人传统介入的乐府是不一样的。套数当有"乐府味"，也强调的是套数必须有一个文人化过程，才能成为乐府传统的一部分。

元人对散曲创作中乐府传统的强调，其实是对乐府诗发展历程中独特的美学特征的认同。从汉魏至唐代，乐府诗从民间的通俗化走向文人化和典雅化，但无论是建安的慷慨之音，六朝的情爱呢喃，还是唐人的浩歌长叹，其审美取向都是关注现世，艺术风格都偏于通俗。元散曲发展也是由俗而雅，而这个过程又始终雅不离俗。元散曲因其歌辞的性质，音乐文学的特点，具有独特的形式特征和艺术风格，又因文人的介入而艺术形式和文化品味得以提升，最终形成大雅中有大俗、大俗中又有大雅的审美品格，这是对以乐

---

① 燕南芝庵：《唱论》，《中国古典戏曲论著集成》（一），中国戏剧出版社 1959 年版，第 160 页。

② 周德清：《中原音韵》，《中国古典戏曲论著集成》（一），中国戏剧出版社 1959 年版，第 231、232 页。

府为代表的文人歌诗审美传统的继承和发展。

三、元散曲的内容范围和审美精神

相对于浩瀚的唐宋诗词创作，甚至与元代的诗词创作比较，元散曲在数量上并不占优势，现存仅四千四百首左右作品。但这些作品涉及多方面的题材内容，具有鲜明的时代特征和独特的审美精神，是元代诗歌创作中最有个性、最具特色的部分。

关于元散曲内容之丰富和思想蕴藉的深厚，前人论之甚详。任讷《散曲概论·内容》：

夫我国一切韵文之内容，其驳杂广大，殆无逾于曲者。剧曲不论，只就散曲以观：上而时会盛衰、政事兴废，下而里巷琐故、帏闼秘闻，其间形形式式，或议或叙，举无不可于此体中发挥之者。冠冕则极其冠冕，淫鄙则极其淫鄙，而都不失其为当行也。以言人物，则公卿大夫，骚人墨客，固足以写，贩夫走卒，娼女弄人，亦足以写；且在作者意中，初不以于公卿士夫、骚人墨客，有所歧视也。大而天日山河，细而米盐枣栗，美而名姝胜境，丑而恶疾畸形，殆无不足以写；而细者丑者，初不与大者美者，有所歧视也。要之，衡其作品之大多数量，虽为风云月露，游戏讥嘲，而意境所到，材料所收，故古今上下，文质雅俗，恢恢乎从不知有所限，从不辩孰者为可能，孰者为不可能，孰者为能容，而孰者为不能容也。其涵盖之广，固诗文之所不及也。①

———————————

① 任讷：《散曲概论·内容》，《散曲丛刊》本，中华书局1930年版。

刘永济《元人散曲选序》：

> 才人志士既慑其威力，复沉抑下僚，乃入于放浪纵逸之途，而悲歌慷慨之情，遂一发之酒边花外征歌选色之中。故写怀则崇五柳而笑三闾，言志则美严陵而悲子胥。其放浪纵逸之极，或甘沉湎，或思高蹈。饮酒则必如刘伶之荷锸，轻世则必如许由之挂瓢。又或凤帐鸳衾，极男女昵爱之致；爇香剪发，穷彼各相思之情。传神写态，必寸肌寸容而尽妍；绘影摹声，无一言一动之或讳。………举凡曩时文家所禁避，所畏忌者，无不可尽言之。①

散曲内容"驳杂"逾于其他"一切之韵文"，并非是散曲在反映生活的深度广度上超过诗词，而在于其鲜明的时代特征和截然有别于传统诗文的审美趋向。

数量众多的叹世归隐之作，是元散曲最突出的题材内容。慨叹世情险恶，向往脱离污浊现实，归隐田园生活，是我国文学史上长盛不衰的主题，并非元散曲才有的内容，但元散曲的叹世归隐，与历代的隐逸文学有所不同。元散曲的叹世，与传统诗歌中感叹时世的作品相比，有其特点。散曲不仅感叹怀才不遇，仕途肮脏、险恶，还有大量作品感慨世人社会的是非不分，贤愚莫辨；讽刺世人的争权夺利，如蝇逐血，揭露权豪世要的仗势欺人等等。正是这些对险恶世情的激愤，触发了避世和玩世的情绪。因此，尽管被称为"古今隐逸诗人之宗"的陶渊明，经常出现在元代散曲作品中，被散曲家作为人生的楷模。但元散曲家的归隐，与以陶渊明为代表的传统士人厌倦官场、向往田园、高蹈山林的主动归隐却存在着巨大

---

① 刘永济：《元人散曲选》，上海古籍出版社1981年版，第9页。

区别，也与所谓身在魏阙、心向江湖或是身在江湖、心向魏阙的虚伪作态者有着本质不同。元散曲的隐逸"究其实已不是士大夫的闲情逸趣和玩世不恭，也不是沽名钓誉的'终南捷径'……它实际上是文人反抗黑暗现实的独特方式"①。所以这类散曲"寄寓深，反说多，善用曲笔。明明是凄绝哀苦，却故作乐观旷达；明明是贫穷困厄，却故作舒适惬意；明明是胸怀济世之志，却故作恬淡冷漠之语"②。

与叹世归隐的散曲精神实质上有着密切关系的是咏史怀古的散曲。这些散曲"大部分是借古人的例子，来说明人生如梦，富贵无常，居官得祸。他们赞美范蠡、张良的急流勇退，远害全身；叹息屈原、伍子胥、韩信的横遭杀生之祸；而认为事业有成的姜子牙、诸葛亮、曹操、魏征、郭子仪等人，也不过是白费心机。这里面当然有很多不平和愤慨，但实在是叹世归隐主题的一个变种"③。这种嘲戏圣贤、否定历史英雄、对古人古事反传统评价的咏史态度，表面上看颇有否定一切的虚无主义色彩，其实是当时的社会历史环境、文化审美风尚和散曲家生存状态的折射，有借古喻今、借他人酒杯浇自己块垒的作用。比如元散曲中有贬屈扬陶的倾向，有些作品从嘲弄的角度描写屈原，否定他执着的人生态度和立身准则，"屈原清死由他恁，醉还醒争甚"（马致远《双调·拨不断》），而以陶渊明的归隐田园为是：

> 在官时只说闲，得闲也又思官，直到教人做样看。从前的试观，那一个不遇灾难？楚大夫行吟泽畔，伍将军血污衣冠，

---

① 郑军健：《元代隐逸散曲的再认识》，《广西师院学报》1988 年第 4 期。
② 布鲁南：《试析关于隐居、纵酒的元代散曲》，《宁夏教育学院学报》1983 年第 4 期。
③ 王季思、洪昭柏：《元人散曲选注》"序"，北京出版社 1981 年版。

乌江岸消磨了好汉，咸阳市干休了丞相。这几个百般，要安，不安，怎如俺五柳庄逍遥散诞。（张养浩《沽美酒兼太平令》）

长醉后方何碍，不醒时有甚思，糟腌两个功名字，醅淹千苦兴亡事，曲埋万丈虹霓志。不达时皆笑屈原非，但知音尽说陶潜是。（范康《仙吕·寄生草》）

嘲笑屈原的迂阔，赞赏陶潜的潇洒，摆出了一副游戏人生的姿态。其实说的都是反话，是在激愤之余对世道的冷嘲。外表的洒脱不羁，正是愤世嫉俗心情的曲折表现。而这种嘲笑屈原，追摹陶潜，是在元代吏治黑暗、官场险恶、是非颠倒、强权横暴、士人没有出路的社会现实下，不得不摆出的超越一切现实纷争，视实现政治理想、建功立业为虚无的姿态而已，其实他们内心是苦涩的，"以虚无掩饰幻灭，以嘲笑表达愤慨，这恐怕才是他们的深沉心态"①。而借咏史怀古，反映了元代社会的黑暗现实，寄托了对人民苦难的同情，则是与叹世题材散曲表现出的对恶浊现实痛心疾首、揭露批判是一脉相承的。如张养浩的《山坡羊·潼关怀古》、张鸣善的《水仙子·讥时》小令等，都以咏史怀古为切入点，从不同角度反映了元代社会中奸佞当道、百姓受难的现实：

峰峦如聚，波涛如怒，山河表里潼关路。望西都，意踌躇。伤心秦汉经行处，宫阙万间都做了土。兴，百姓苦；亡，百姓苦。（《潼关怀古》）

铺眉苫眼早三公，裸袖揎拳享万钟。胡言乱语成时用，大纲来都是哄。说英雄谁是英雄？五眼鸡岐山鸣凤。两头蛇南阳卧龙，三脚猫渭水飞熊。（《讥时》）

---

①　田守真：《元散曲家为什么嘲笑屈原》，《四川师范大学学报》，1989 年第 5 期。

　　盛衰之变，兴亡之感，是咏史怀古作品的常见主题，而张养浩抒写的不是思古之幽情，兴亡之慨叹，而是对无论兴亡都深受苦难的百姓的同情。张鸣善虽然借用了历史典故和人物，其实讥讽的是元朝的当政者。至于睢景臣的套数《哨遍·高祖还乡》，虽然源于汉高祖刘邦还乡的故事，却是基于元代社会生活创作出来的，对封建统治者的嘲讽，直接冲击了至高无上的君权思想。

　　歌唱爱情、描写闺怨可以说是我国诗歌史上永恒的主题之一，在元散曲也是一项重要的题材，可以说在数量上不少于叹世归隐之作，并且具有和诗词中的恋情闺怨作品不完全相同的面貌。它们一般都写得想象丰富，语言直白，意境逼真率直，既有对青年男女执着追求纯真爱情的热情讴歌，也有一些青楼调笑的游戏之作，"其大胆的程度，超过了唐诗宋词中的同类作品"①。元代很多士人沉于下僚，沦落市井，有与倡优为伍的生活体验，使散曲中恋情闺怨作品，对男女情爱的描写大胆泼辣，直率刻露，有"对封建礼教发出挑战，但其中也有一些庸俗、浮艳的成份"②。

　　描写自然山水的写景作品，构成了元散曲中又一重要部分。元散曲的写景作品风格多样，或淡远清新，或绚丽雄浑，或闲适自在，或萧瑟凄凉，在描写山河秀色时，往往以疏放豪宕的铺叙，表现出了散曲的特有意境。和其他诗歌形式中的写景作品一样，元散曲的写景也不仅是对自然美的欣赏，更是作者人生意趣的投射，"他们努力地在大自然中寻求他们在现实生活中失去的那些生活情趣，在对自然美的欣赏中实现那在现实生活中永远也无法实现的人

---

　　①　王季思、洪昭柏：《元散曲选注》"序"，北京出版社 1981 年版。
　　②　邓绍基：《元代文学史》，人民文学出版社 1991 年版，第 309 页。

格自由，去复活那被现实生活抑灭的个性。"① 忘情现实，沉醉自然，山水的清音，涤荡了现实生活重压下的苦闷烦恼，人生的不如意，在面对自然美景的时候，得到了开解释放。流连山水，高蹈隐逸之情自现；凭吊古迹，沧桑变幻之感愈深。于是，一些写景散曲中，往往也有叹世归隐的内容，流露出怀古咏史的情绪。

以上所述的几个方面，可以概括以取材"驳杂"为特色的元散曲的主要内容。这些内容固然复杂多样，但有一条主导精神贯穿其中，"其精神构成的轴心是避世思想和玩世哲学"②。逃避世事、遁迹山林的人生哲学，在我国传统文化中具有悠久的历史源渊和广泛的社会基础，得到儒、道的认同。积极入世的儒家，也主张"道不行，乘桴浮于海"（《论语·公冶长》），"天下有道则见，无道则隐"（《论语·泰伯》）。"隐居以求其志，行义以达其道"（《论语·述而》）。儒家之隐居避世，只是在人的社会价值不能实现、道不行之后的权宜之计，不得已而为之，而非一种自觉的人生价值追求。主张自然无为、逍遥于无何有之乡的道家，其避世的主张，则是一种更为彻底与人世的决裂。在元代特定的社会环境下，以中下层士人为主的散曲家群体，失去进身之阶，以积极入仕而建功立业，安天下，济苍生的社会价值实现的可能性很小，或者说难度很大。"职位不振，门第卑微"（《录鬼簿序》）是当时一种普遍的现象。儒道互补是我国传统士人精神领域的重要支点，达则兼济天下，穷则独善其身，已经安慰了处于困穷之境的散曲家，为他们提供了精神的寄托，而道家的无为理论，绝对精神自由追求，更使他们对现实的功名利禄彻底否定，对历史的功业虚无化认识，而极力

---

① 赵义山：《试论元代山水散曲之意境与元代文人之审美趣尚》，《吉安师专学报》1991 年第 1 期。
② 李昌集：《中国古代散曲史》，华东师范大学出版社 1991 年版，第 240 页。

推崇避世隐遁，以之为最高价值取向。这一点不仅表现在下层社会的散曲家的作品中，那些"文章政事，一代典型"（《录鬼簿》卷上）居于要路的公卿曲家，其散曲作品中避世归隐也是一个反复歌唱的主题。与历史上许多提倡隐逸的作品一样，元散曲中看似旷达闲适的避世归隐，往往是散曲家悲剧性生存状态和精神世界的变形反映，是愤激世事后的自我慰解。只是元散曲中的避世，与传统上"振衣千仞岗，濯足万里流"（左思《咏史》）的绝尘高迈于俗世之外，或是"采菊东篱下，悠然见南山"（陶渊明《饮酒》）的怡然自适于田园之中，都不完全相同。元散曲的避世，"其妙处在于将'入世'与'避世'、高雅严肃与鄙俗随意打通为一体，从而达到'俗'而不失其'雅'，'避世'而不失其人间享受的'万物皆备于我'"①。元散曲以喜剧性游戏人世的态度，应对现实的失落和精神的苦闷，避世而不离世，高雅却不脱俗，从而形成了独特的精神气质，并深刻影响了元散曲的审美风格。

四、元散曲的审美风格

作为一代文学的代表，元散曲在思相内容、语言艺术、文学风格等方面，都既继承了传统诗歌的优良传统，又表现出与诗词不同的审美取向，从而形成了独特的美学特征。元曲重要的美学特征是自然通俗，而"有雅有俗，雅非诗余之雅……俗则非一味俚俗已也，俗中尤须带雅"②；"夫曲之所以为曲，乃在以语易文"③。可

---

① 李昌集：《中国古代散曲史》，华东师范大学出版社 1991 年版，第 249 页。
② 吴梅：《顾曲麈谈中国戏曲概论》，上海古籍出版社 2000 年版，第 63 页。
③ 任讷：《作词十法疏证》，《散曲丛刊》第 13 种，中华书局 1930 年版。

以说，相较于诗词等传统诗歌形式，本色之美、通俗之美是元散曲突出的美学特征，而其又以俗为雅，大俗之中有大雅。俗趣和自然天成的韵致，是元散曲主导性的审美趋向和代表性的审美风格。散曲又被称为"词余"，的确，曲与词之间存在着明显的共同特征。不仅在音乐形式上可以找到词和曲的渊源关系，从语言形式上看，散曲与词都是长短句的句式，都顺应诗歌发展更趋语体化的趋向，也更符合诗歌合乐的要求。然而，散曲并非词之孑遗，而是诗体的又一次革新、又一次拓展。与传统的诗词等韵文体相比较，元散曲在审美风格有别具一格的特点。任讷《词曲通义》中准确深刻地比较了词曲不同的艺术风格和审美趣味：

> 词静而曲动；词敛而曲放；词纵而曲横；词深而曲广；词内旋而曲外旋；词阴柔而曲阳刚，词以婉约为主，别体则为豪放；曲以豪放为主，别体则为婉约；词尚意内言外；曲意为言外而意亦外——此词曲精神之异，亦其性质之所异也。

> 词合用文言，曲合用白话。同一白话，词与曲之所以说者，其途径与态度亦各异。曲以说得急切透辟、极情尽致为尚，不但不宽、不含蓄，且多冲口而出，若不能待者，用意则全然暴露于辞面，用比兴者并所比所兴亦说明无隐。此其态度为近切、为坦率、恰与词处相反地位。

任中敏用了"动""放""横""广"几个词来形容散曲的艺术风格，他在《散曲概论》论述词曲之别时，也谈到了曲的"广""放""阔""活"的特点：曲"记叙抒写皆可，作用极广也"；曲"悲喜兼至，情致极放也"；曲"雅俗俱可，无所不容，意志极阔也"；曲"庄谐杂出，态度极活也"①。这几个词，和后文的"外旋""阳刚""豪放"等一系列词语，共同揭示出散曲文学的审美风貌：自然本色、坦率直白、外露透避、急切豪放等。任中敏的这些论述与前人论曲强调要"文而不文，俗而不俗"②，要有"蛤蜊""蒜酪"③ 之味意思一致而有极大发展。现代学者在任中敏论述的基础上，也对元散曲审美风格有更为具体的论述，如有的学者从多角度考察散曲的美学特征，认为散曲的审美构成包括了"冲突、动荡非和谐性""滑稽诙谐""豪放率真""急切透辟""化丑为美"等等因素④。而有的学者，则抓住某一个方面，对元散曲的审美风格进行了深入开掘："在元代散曲中，诙谐风趣成了一种主导风范"⑤；"倘以尖新情意，机锋灵巧的思致言之，散曲当以机趣为工；自以俚俗为雅，本色为美，雅俗齐赏的语言论之，则散曲以俗趣为尚；从戏谑讥讽、滑稽嘲弄、调笑挖苦的技巧辨之，散曲则以谐趣为贵"⑥。进而明确地认为：散曲家"自然而然地甚至可以说是自觉地抛弃了传统的温文尔雅的艺术格局，以俗为雅，寓庄于谐，嬉笑怒骂，淋漓尽致，从而形成了以俗、谐、露为主要特征的新的艺术格局"⑦。

豪爽泼辣、幽默夸张、自然直露、饶有情趣等是元散曲重要的审美特征。"弹破庄周梦，两翅驾东风，三百座庄园，一采一个空。

---

① 任讷：《散曲概论·内容》，《散曲丛刊》本，中华书局1930年版。
② 周德清：《中原音韵》，《中国古典戏曲论著集》（一），中国戏剧出版社1959年版，第232页。
③ 语出钟嗣成《录鬼簿序》、何良俊《四友斋丛谈》论《琵琶记》。
④ 李昌集：《中国古代散曲史》第二卷第二章，华东师范大学出版社1991年版。
⑤ 许金榜：《元散曲的"趣"》，载《东岳论丛》1992年第5期。
⑥ 李日星：《散曲谐趣论》，《中国韵文学刊》，1997年第2期。
⑦ 田守真：《反传统：元散曲的艺术追求与精神实质》，《四川师范大学学报》1990年第6期。

难道风流种，吓杀寻芳的蜜蜂。轻轻的飞动，把卖花人扇过桥东。"
（王和卿［醉中天］《咏大蝴蝶》）虽是首小令，字里行间的奇情异
趣真是令人叫绝。而像马致远［般涉调·耍孩儿］《借马》，睢景
臣［般涉调·哨遍］《高祖还乡》这类长篇套曲，通过场面和心理
描写，更是将散曲诙谐幽默的情调、嘲谑讽刺的意味，发挥到了极
致。王骥德《曲律》"论俳谐"说："俳谐之曲，东方滑稽之流也，
非绝颖之姿，绝俊之笔，又运以绝圆之机，不得易作。著不得一个
太文字，又著不得一句张打油语。须以俗为雅，而一语之出，辄令
人绝倒，乃妙。"① 诙谐滑稽的喜剧色彩往往源于夸大、强化所表
现对象的某些特征。过分夸张的描写是超越常规、不合常理的，却
构成了强烈的表现效果。而且，与传统诗词强调含蓄蕴藉不同，散
曲艺术追求透彻直露无余、淋漓尽致的的表达风格。如关汉卿套数
［南吕·一枝花］《不伏老》长达五百多字，写得露而又露，非常
明快，决不含糊、吞吐。平易浅近，直白如话，质朴自然而又狂放
跌宕，真率豪迈，豪气纵横。再如关汉卿［四块玉］《闲适》"老
瓦盆边笑呵呵，共山僧野叟闲吟和。他出一对鸡，我出一个鹅，闲
快活"等，坦露直白，真率爽朗，俚俗的氛围中却不乏高雅的意
趣，是所谓"借俗写雅，面子疑于放倒，骨子弥复认真"② 之作。

元散曲自然率意、直白外露、滑稽诙谐、词语尘下等特点，在
审美趣味上，都趋向通俗。强烈的俗趣可以说是元散曲与传统诗词
在审美风格上最大的不同点之一。但作为一种文人歌诗，文人雅文
学的审美情趣，又不可避免地深刻影响到散曲创作。元散曲创作，
从历史发展来看，有一个由俗趋雅的过程，前期是俗重于雅，而又

---

① 王骥德：《曲律》，《中国古典戏曲论著集成》（四），中国戏剧出版社 1959 年
版，第 135 页。
② 刘熙载：《艺概》卷四，上海古籍出版社 1978 年版，第 124 页。

俗不离雅；后期雅化之潮勃兴，而又雅不离俗。从表现形式来看，既为以俗为雅，也有化雅为俗。如无名氏［塞鸿秋］《村夫饮》：

> 宾也醉主也醉仆也醉，唱一会舞一会笑一会，管甚么三十岁五十岁八十岁。你也跪他也跪恁也跪，无甚繁弦急管催，吃到红轮日西坠，打的那盘也碎碟也碎碗也碎。

语言和内容都是俚俗的，但其反映出的内在精神，却是传统文人士大夫的超脱隐逸情怀。

元散曲创作雅俗互动的潮流中，有一个突出的现象，即所谓"令雅套俗"。小令和套数在审美风格上存在雅俗之别，令套的雅俗之别，在散曲的艺术表现形式上有多方面的反映。如衬字之法的使用，就充分体现了散曲审美风格上的雅俗不同。衬字一词，虽是元后期周德清在《中原音韵》中提出的，但增衬在元散曲形成期就一直存在。从散曲发展过程上来说，越是早期的作品，增衬现象越普遍，越是后期的散曲，增衬便越少；而从体式上来说，虽然小令和套数都用增衬之法，但套数中增衬的量更大，衬字也更趋俚俗和口语化。再如曲体形式上，在套数中曲体的灵活性更加突出，语言更趋散文化。小令比套数曲体和辞式上更趋稳定，相同曲牌在小令和套数中，有时辞式不完全一样。如［双调·落梅风］《中原音韵》"定格"作"金刀利，锦鲤肥，更那堪玉葱纤细。若得醋来风韵美，试尝着这生滋味。""落梅风"或名"寿阳曲"，如"定格"所示，小令辞式一般是五句，三三七七七句式。如张可久［双调·落梅风］《春晚》："东风景，西子湖，湿冥冥柳烟花雾。黄莺乱啼蝴蝶舞，几秋千打将春去。"但在套数中，由于增加衬字，辞式就有所不同。如马致远［双调·夜行船］"百所光阴一梦蝶"套中，［落梅风］曲为"天教你富，莫太奢。没多时好天良夜。看钱奴更做道你心似铁，争辜负锦堂风月"。

"令雅套俗"的现象，是散曲曲体来源途径不同的反映。散曲曲体来源中本身具有民间性，虽为文人所用，但在文人创作中，仍保留了其民间俗文学的一些特点。令曲在宋代已由民间曲子演化为成熟的文人词，是文人歌诗的主要类型。而同宫调曲牌组成的一个完整篇章的套数，是在金元之际才从说唱艺术等民间曲文化中脱颖而出，成为文人创作的一种艺术形式。因此可以说，令贮存了更多固有的文人乐府传统，而套数则保有了更多民间曲文化的信息。元人谓："套数当有乐府气味，乐府不可似套数。"① "古人云'有文章者谓之乐府'，如无文饰者谓之俚歌，不可与乐府共论。"② 这里的"乐府"指的是文人歌诗，而所谓"乐府气味"，指的是文人化的雅化的美学风格和审美情趣。元人站在文人立场上要求套数有乐府的审美风范，认为乐府不能像套数有俚俗之趣。元曲如只有小令，从文体上说，也许只是词体的一种延续，套数的出现，才标志着散曲形成了自己独特的形式体系。以元曲曲牌为例，用于套数中的曲牌，远远多于专用于单曲小令中的曲牌。《中原音韵》所称"三百三十五章"，除去重出及"尾"等二十六章曲牌，共有二百二十九个曲牌，只用于套，不作单曲小令的有一百三十九个曲牌，令套并用的有六十六个曲牌，专作单曲小令的只有二十四个曲牌。③

令套在雅俗上的趣味取向不同，与其生产者和消费者身份及传

---

① 燕南芝庵：《唱论》，《中国古典戏曲论著集成》（一），中国戏剧出版社 1959 年版，第 160 页。

② 周德清：《中原音韵》，《中国古典戏曲论著集成》（一），中国戏剧出版社 1959 年版，第 231 页。

③ 洛地：《词乐曲唱》，人民音乐出版社 1995 年版，第 278 页。

播方式的不同也有着密切关系。元散曲的作者中，很多是名公高官和以从事传统诗文创作为主的文人，他们往往专写曲辞，在居家逸乐或游冶宴饮时由伎乐演唱，或是并不付诸歌唱，而是作为诗歌文本存在。文人自身往往既是生产者，又是消费者。套数，特别是剧套，在元代作者多为下层文人，面对的多是市井的观众，套数俚俗的特点保留更多。比如《录鬼簿》（天一阁本）所载"前辈名公有乐章传于世者"四十七人中，除董解元"以其创始，故列诸首"，其他人多是"公卿大夫居要路者，皆才高名重，亦于乐府用心。盖文章政事，一代典型"。并且，其中许多人都创作传统诗文。有些人作曲，只是偶一为之。而"前辈有所编传奇行于世者"和"方今才人相知者"，作者虽说是"公卿、大夫、高贤、逸士、鸿儒，总括一篇"，实际以沉沦下寮，浪迹市井者为多，而更罕有以诗文创作著称之人。

　　"令雅套俗"只是就令套的主要审美取向而言，其实，套曲中既有俚俗气息浓烈之作，也有体现文人高雅情趣之篇，而小令中更不乏洋溢着蒜酪之味的作品。甚至就是在一篇作品之中，也常常是雅俗杂糅，文人审美趣味和艺术手法与世俗的生活场景和民间的语言形式交融在一起，难分彼此。所以说"散曲文学的确在士绅与庶民之间架起了一座桥梁，他既有传统的书写艺术品特征，又以庶民的口语为主要的语言材料，中国诗歌艺术的走向世俗人生，熔雅俗于一炉，的确是从元散曲开始的"①。

　　金末元初，北曲由民间而转入文人阶层，由俚歌而乐府化。在散曲甫一产生的元初曲坛，散曲创作题材驳杂，雅俗并存，名家辈出，风格多样，构建了元代散曲文学的基本框架。元前期散曲紧承

---

　　①　王星琦：《元散曲艺术风格研究》，江苏文艺出版社1996年版，第284页。

元初散曲创作中的豪放通俗之潮，而不乏清丽典雅的艺术追求，从而形成了"文而不文，俗而不俗"的成熟艺术风范，成就了元散曲史上的艺术高峰。元后期散曲创作中雅化现象成为主流，清丽之风盛行，但豪爽之味、诙谐之趣仍在许多曲家的创作中时有呈现。

元人对当代散曲创作丰富的艺术个性，已有较为深入的认识。如贯云石《阳春白雪序》：

> 比来徐子芳滑雅，杨西庵平熟，已有知者。近代卢疏斋媚妩，如仙女寻春，自然笑傲；冯海粟豪辣灏烂，不断古今，心事又与疏斋不同舌共谈；关汉卿、庚吉甫造语妖娇，却如少美临杯，使人不忍对滞。[1]

贯云石的序文，是最早的散曲评论文章。其评价基本上准确概括出了几位曲家散曲作品的审美特征，展现出当时散曲创作艺术风格的多样化。而从"已有知者"四字来看，元当代对散曲不同风格的认识较为普遍。再如杨维桢《周月湖今乐府序》：

> 士大夫以今乐府鸣者，奇巧莫如关汉卿、庚吉甫、杨淡斋、卢疏斋，豪爽则有如冯海粟、滕玉霄，蕴藉则有如贯酸斋、马昂父。其体裁各异，而宫商相宣，皆可被于弦竹者也。继起者不可枚举，往往泥文采者失音节，谐音节者亏文采，兼之者实难也。夫词曲本古诗之流，既以乐府名篇，则宜有风雅余韵在焉。苟专逐时变，竟俗趋，不自其流于街谈市谚之陋。而不见夫锦脏绣腑之为懿也，则亦何取于今之乐府可被于弦竹者哉。[2]

---

[1] 杨朝英：《阳春白雪》，《万有文库》第二集七百种，商务印书馆 1936 年版，第 1 页。

[2] 俞为民、孙蓉蓉：《历代曲话汇编·唐宋元编》，黄山书社 2006 年版，第 424 页。

杨维桢推崇前辈曲家，认为他们的创作富有文采，风格各异，音律合谐，达到了音乐形式和文学内容的统一，而继起曲家往往"音节"与"文采"不能调谐，不能达到兼美。除对个别曲家风格的评论外，杨维桢对元散曲风格和发展过程的把握，基本上是符合实际的。杨维桢还认为散曲是古诗之流，创作宜有风雅余韵，否则就流于街谈市谚之陋了。杨维桢以正统文人的心态，站在士大夫的立场上，对当代散曲创作的价值，肯定之中有保留，尤其对元散曲趋"俗"这一富有时代新意的潮流，持否定的态度。这种态度在当时有一定代表性，散曲在元代一方面创作繁荣，一方面又被一些正统文人认为是不登大雅之堂的。"学今之乐府则不然，儒者每薄之。"但也有一些文人，充分肯定散曲的社会价值，甚至将其提到了前所未有的一代正声，有关教化的高度。如虞集《中原音韵序》云：

> 我朝混一以来，朔南被声教，士大夫歌咏，必求正声，凡所制作，皆足以鸣国家气化之盛。①

周德清《中原音韵序》：

> 乐府之盛，之备，之难，莫如今时。其盛，则自缙绅至闾阎歌咏者众。其备，则自关、郑、白、马一新制作，韵共守自然之音，字能通天下之语，字畅语俊，韵促音调；观其所述，曰忠，曰孝，有补于世。②

再如罗宗信《中原音韵序》：

---

① 周德清：《中原音韵》，《中国古典戏曲论著集成》（一），中国戏剧出版社 1959 年版，第 177 页。
② 周德清：《中原音韵》，《中国古典戏曲论著集成》（一），中国戏剧出版社 1959 年版，第 173 页。

国初混一，北方诸俊新声一作，古未有之，实治世之音也。①

强调散曲的社会政治价值，认为散曲创作足以反映国家教化之盛，有补于忠、孝之教，是太平盛世的治世之音。元散曲的内容范畴和精神实质，与歌功颂德的治世之音，当然是风马牛不相及的，想从思想内容上将元散曲纳入封建正统价值体系之中的努力也有些可笑。但是，元人从文学艺术的立场出发，高度评价散曲独特的艺术价值，将散曲文学纳入我国诗歌史的历史发展过程中来观照，则是富有创造性的认识。如元末孔齐的《至正直记》中就记载虞集对散曲文学地位的高度评价：

虞翰林邵庵尝论一代之兴，必有一代之绝艺足称于后世者，汉之文章、唐之律诗、宋之道学，国朝之今乐府，亦开于气数音律之盛。②

虞集将"国朝之今乐府"与"汉之文章""唐之律诗""宋之道学"等量齐观，足见其对今乐府——散曲艺术地位的肯定。而罗宗信《中原音韵序》中则更为直接精彩地说："世人共称唐诗、宋词、大元乐府，诚哉！"这种将新兴的散曲文学与唐诗、宋词相提并论，将散曲看作是一代诗歌的代表，认为散曲是元代最值得自豪的文学的观点，显示出元人崭新的审美价值观。而平民文人钟嗣成撰的《录鬼簿》更是为曲家树碑立传之作。钟嗣成学习过儒学，延祐重开科举后多次参加科举都未考中，是一位有志不得伸的市民文人。编写《录鬼簿》"实为己而发之"，以对曲作和曲家价值的高

① 周德清：《中原音韵》，《中国古典戏曲论著集成》（一），中国戏剧出版社 1959 年版，第 175 页。
② 孔齐：《至正直记》卷三，上海古籍出版社 1987 年版，第 96 页。

度肯定，来与"高尚之士，性理之学"的人生价值取向相抗衡，认为曲家的地位与"著在方册"的圣君贤臣同等，曲创作具有传之久远的永恒价值。而元代《朝野新声太平乐府》《乐府新编阳春白雪》等散曲选集和《中原音韵》《唱论》等曲论著作的出现，更彰显了元人对元散曲艺术创作规律和艺术价值的全面认识。

第八章

元散曲的创作主体和传播方式

有元一代，散曲创作十分繁荣，散曲文体也由产生到成熟，经历了极盛而渐衰的发展历程。元散曲尽管现存的只是文学文本，但原本是一种音乐和文学结合的艺术形式。作为一种社会生产的艺术形式，其创作和传播是密不可分的两个环节。作为元代最具代表性的艺术形式之一，散曲有众多的创作者，并广泛传播于社会各阶层，满足了当时人们的精神消费需求。元散曲的艺术特质和创作、传播过程，比其他文学形式更具通俗性和商业性，这也是元曲作为"一代之文学"的独特之处。

一、创作主体的多样性

元代散曲昌盛一时，"自缙绅至闾阎歌咏者众"①。散曲创作现存作家约二百余人，作品四千三百多首，其中小令三千八百五十余

---

① 周德清：《中原音韵序》，《中国古典戏曲论著集成》（一），中国戏剧出版社1959年版，第175页。

首，套曲四百五十余套。从创作群体上来说，包括了当时社会上各个阶层的人，既有达官贵人，文士才人，也有乐工歌妓；既有大量汉族曲家，也不乏蒙古、色目等少数民族曲家。就曲家的社会地位来看，既有身居高位的名公显宦，也有沉沦下僚的府曹小吏，更有终身不仕的市井才人。曲家艺术创作的类型也是既有以传统诗文创作为主的，也有只以散曲创作为主、很少或根本不作传统诗文的；有的只作散曲，不作杂剧，有的既作散曲也写杂剧。从地域来说，先盛行于北地，后流播于南土，声被南北，韵传东西。

从金元之际到元末明初一百多年间，散曲作家的创作活动和散曲的艺术风格都呈现出不同的面貌。最早按一定历史顺序记载曲家事迹和所撰、具有对曲家进行分期归纳意味的著作是元人钟嗣成的《录鬼簿》。但今存《录鬼簿》版本复杂，各版本所录作家及其人数差异较大，说集本记有一百一十一人，孟称舜刻本记有一百一十人，而天一阁本、曹寅楝亭藏书本和尤贞起钞本都有一百五十二人。各种版本的《录鬼簿》对元曲家的分类也有不同，分别有七类、六类、三类之说。

曹本七类为：

1. 前辈已死名公有乐府行于世者；

2. 方今名公；

3. 前辈已死名公才人有所编传奇行于世者；

4. 方今已亡名公才人余相知者，为之作传，以《凌波仙》吊之；

5. 已死才人不相知者；

6. 已死才人相知者，纪其姓名行实并所编；

7. 方今才人闻名而不相知者。

说集本六类为：

1. 前辈已死名公有乐府行于世者；

2. 方今名公；

3. 前辈已死名公才人有所编传奇行于世者；

4. 方今已死名公才人相知者为之作传，以《凌波仙》吊之；

5. 已死才人不相知者；

6. 方今知名才人。

天一阁本三类为：

1. 前辈名公乐章传于世者；

2. 前辈才人有所编传奇行于世者；

3. 方今才人相知者为之作传，以《凌波仙》曲吊之。

尽管这几种分类法简繁不同，但都有按时序排列的曲史意味。天一阁本《录鬼簿》从年代上将曲家分为"前辈"和"方今"两大类。曹本和说集本中，方今中又有"已死"和"相知"或"闻名"的区别。现代学者往往据《录鬼簿》罗列曲家的顺序和分类，将元散曲分为前、后两期或是前、中、末三期。郑振铎认为应分为前后两期："前期是从金末（约公元 1234）到元大德间（约公元 1300），相当于钟嗣成《录鬼簿》上所说的'前辈名公'时代。后期便是由大德到元末（1367），相当于钟嗣成时代。"① 而隋树森等人则从年代上将《录鬼簿》所录的曲家归为三类："前辈已死"、"方今已亡"、"方今"，并据此将元散曲创作分为初、中、末三期②。初期包括了蒙古太宗时期（1229～1241）到元世祖至元十六年元灭南宋（1279）约五十年时间。这期间的散曲家即《录鬼簿》

---

① 郑振铎：《插图本中国文学史》，人民文学出版社 1982 年版，第 730 页。

② 隋树森：《全元散曲简编·序》，上海古籍出版社 1995 年版，第 15、16 页。这种三期的分法，正如隋树森所言，源于《录鬼簿》，为王国维、青木正儿等所主张，后来学者对此亦有发挥。

所说的"前辈已死"名公和才人。主要有元好问、杨果、刘秉宗、杜仁杰、王和卿、商挺、胡祗遹、不忽木、徐琰、王恽、鲜于枢、卢挚、陈草庵、奥敦周卿、关汉卿、白朴、姚燧、马致远、王实甫、白无咎、冯子振、贯云石、张养浩、鲜于必仁等人。中期从至元十六年（1279）到元顺帝后至元（1335~1340）期间，主要曲家是《录鬼簿》所说"方今已亡名公才人"，如曾瑞、宫天挺、郑光祖、范康、沈和、乔吉、睢景臣、刘时中、薛昂夫、吴弘道等人，其间北曲南移，杭州成为曲家活动中心。末期是指元顺帝至正时代（1341~1368），主要曲家即《录鬼簿》中所说的方今名公和才人。重要散曲家有张可久、吴西逸、张鸣善、杨朝英、钟嗣成、汪元亨、杨维桢、倪瓒、汤式、兰楚芳等人。

《录鬼簿》作者钟嗣成的生卒年不详，一般的推测是他出生在至元年间宋亡前后，卒年当在至正五年（1345）以后①。《录鬼簿》的初稿完成于至顺元年（1330），又曾于元统、至正年间有过修订。《录鬼簿》卷下载乔吉"至正五年二月，病卒于家"，可见《录鬼簿》在至正五年（1345）以后修订过，此时钟嗣成约七十岁左右。由此可知钟嗣成的生活年代和《录鬼簿》的写作，都跨越了元代中、末两段时期。而中、末两期的曲家，其生活和创作时代也多有重合。如中期重要曲家乔吉卒于末期的至正五年，薛昂夫至正十年（1350）还在世②，而末期代表曲家张可久的具体生卒年不详，但至正初年时他"时年七十余"③，则其创作时期应更多在所谓中期。

①　孙楷第：《元曲家考略》，上海古籍出版社1981年版。
②　邓绍基：《元代文学史》，人民文学出版社1991年版，第363页。
③　李祁《云阳集》卷四《跋贺元忠遗墨卷后》，载李祁在浙省时，与张小山相见，张时年已七十余。李至正四年（1344）为江浙儒学副提举，至正九年（1349）奉江浙省参政苏天爵之命往各地访衣冠世族。李与张相见，当在这期间。

故而将方今已亡名公才人和方今未亡的名公才人，分别划分在中、末两期，其实并不完全合适。前期的重要曲家如关汉卿、白朴大约都卒于元成宗大德年间（1297～1307）或稍后，马致远卒年在泰定元年（1324）之前。而乔吉、张可久这些代表了元散曲创作风格变化的重要曲家，这期间正值壮年，应是创作高峰时期。因此，以关汉卿、白朴、马致远等人已逝或到晚年的元仁宗皇庆（1312～1313）、延祐（1314～1320）为界，将元代散曲创作可分为前、后两期，基本能叙述清楚元散曲发展的历史进程。

元散曲创作在前、后期有不同的阶段特性，无论是创作主体还是艺术本体，都发生了很大变化。郑振铎曾概括说：

> 前期还不脱草创时代的特色，散曲的写作，只是戏曲作家的副业，或大人先生们的遣兴抒怀之作，或供给妓院里实际上的歌唱的需要。但后期便不同了。散曲的使用是无往而不宜。专业的散曲家也陆续地出现了。他们以歌曲为第二生命，他们的一切活动，几都集中于散曲。他们是诗中的李、杜，是词中的温、李、辛、姜。①

从创作主体的角度来看，前期曲家或是以诗文著称一时的达官贵人、文人雅士，如刘秉忠、杨果、卢挚、姚燧等，或是流连于市井间的主攻杂剧兼写散曲的士人如关汉卿、白朴、马致远等，专攻散曲的曲家还不多见。这些曲家，或为位高官显的名宦，或为能诗善文的文豪，或是沉于下僚、流连于市井和山水间的才人，人生际遇、社会地位和思想感情都各有不同，艺术修养差别很大，前期散曲创作呈现了丰富多彩的局面。散曲从民间俚歌传到文人之手，成

---

① 郑振铎：《插图本中国文学史》，中国社会科学出版社 2009 年版，第 629 页。

为一种新的诗歌形式，逐步走向成熟。那些地位高、有才名的文人雅士如杨果、姚燧、王恽、卢挚等人，在诗词创作之余，对新兴的诗歌体裁散曲抱有一定兴致，在游宴应酬等场合，进行一些散曲创作，而且常以词的写法写曲，所以尽管也有清新之作，却不能充分表现散曲的艺术特点。这些人中成就较大的是卢挚。卢挚"八十余首曲子大约可分为两类：一清润，二华美。……在这二者中却有个共同之点，就是'骚雅'和蕴藉。逞才使气和俚俗轻亵的作品，是卢曲中所难见到的。故就现存的作品论，卢挚实与张可久极近"①。与卢挚散曲一样以清雅典丽为特色的，还有金遗民曲家白朴，他们的散曲与以豪放本色为主流的前期曲风，呈现出不同的审美风貌，而为以文采清丽为特色的后期曲家所祖述。最能代表前期曲坛创作成就和艺术风貌的，还是那些兼作杂剧的散曲家，如关汉卿、马致远等人。他们的许多散曲作品与传统诗词的审美风格大异其趣，既有民间文艺的通俗平易、质朴自然的意趣，又经过锤炼开拓，提高了散曲的境界，是前期散曲豪放之潮的代表。而杜仁杰、王和卿这些曲家，曲风幽默俚俗，别具一格。正是前期曲家的共同努力，散曲才成长为一种有别于诗、词的富有特色的诗歌体裁。

前期散曲家多为北方人，活动中心在大都等北方地区。宋亡以后，这些北籍曲家纷纷南下，很多人长期在杭州等南方地区任官或定居。伴随着北人南迁及由此产生的北曲南流，后期散曲家的活动中心，逐渐由北方移至杭州一带。随着散曲的繁盛和发展，这一时期出现了一批专攻散曲，或主要精力、主要成就在于散曲创作的作家，如张可久、乔吉、贯云石、徐再思等人。这些曲家对散曲的体制和规律进行了细致探究，更多地将传统诗词的写作艺术引入散曲

---

① 陆侃如、冯沅君：《中国诗史》，山东大学出版社 1996 年版，第 624 页。

创作中，散曲创作中出现了诗词化、典雅化的倾向。以张可久而论，他专力写散曲，不写杂剧，也没有诗文传世，散曲八百多首，占今存元人散曲的五分之一，而且绝大部分是小令，只有九首套数，其散曲运用诗词的表达方式典雅蕴藉，为清丽曲风之宗师。总的说来，"散曲发展到元代后期，逐渐走向雅化的道路。追求词采，讲究声律，初期那种俚俗、粗豪、裸露、质朴的蒜酪味，逐渐减弱了、消失了"①。当然后期散曲也有继承和发扬前期散曲通俗直白、生动活泼特色之作，如睢景臣《高祖还乡》及刘时中《上高监司》、钟嗣成《自序丑斋》等作品，幽默诙谐中寓悲痛愤懑的情怀，豪放辛辣，自然本色。但是，后期散曲总的创作倾向，却是趋于典雅清丽的。散曲与其他许多文学样式一样，也是先从民间崛起，早期创作以自然本色、通俗明快为其特点，后来随着文人学士介入愈多，愈加定型化、典雅化。"曲的逐渐雅化，由市民文学走上文人雅士的殿堂，是散曲发展的必然趋势"②。

二、与传统文学相似的创作和传播方式

我国传统的文人士大夫的诗歌创作，主要是案头写作的方式。言志抒怀、触景生情、友朋答赠等是常有的创作缘起；书斋案头、奉和应制、诗酒宴集，是常见的创作场合。元散曲虽与民间时调小曲、说唱曲艺等有某种渊源关系，但毕竟由于文人的介入，已成为一种文人诗歌形式，其创作场合和传播形式，必然与传统诗歌有相

---

① 羊春秋：《散曲通论》，岳麓书社 1992 年版，第 258 页。
② 羊春秋：《散曲通论》，岳麓书社 1992 年版，第 258 页。

似之处。传统诗歌往往有私人场合或睹物起兴、或言志抒怀的个人写作，元散曲许多作品也是这样。如《全元散曲》录马致远"小令一一五，套数一六，残套数七"。从其标题"十二月""恬退""天台路""秋思""叹世""野兴""江天暮雪""洞庭秋月"等等，就可看出，这些作品或是抒发感慨，或是触景生情，与传统诗歌常有的创作情形没什么两样。当然，朋友以诗相交，应酬中赋诗，文人雅集作同题诗等，也是传统诗歌生产中的常见情景，这类情形在元曲创作中也很普遍。如马致远散曲相对而言，是比较偏重自我抒怀而少应酬之作的，但其中也有《和卢疏斋西湖》之类作品，其他一些散曲家在酬应等"公共"场合的写作就更多。《录鬼簿》中载有这类创作实例：

> 刘唐卿，太原人，皮货所提举，在王彦博左丞席赋"博山铜细袅香风"。贾仲明吊词云：刘卿唐老太原公，生在承平志德中。王左丞席上相陪奉，有歌儿舞女宗，咏博山细袅香风。莺花队，罗绮丛，倚翠偎红。（《录鬼簿》卷上）

> 康弘道名毅，建康人。泰定三年丙寅春，因余友周仲彬与之会，即叙平生欢，时出一二旧作，皆不凡俗。如［越调］《一点灵光》借灯为喻。［仙吕·赚煞］有曰："因王魁浅情，将桂英薄倖，致令得泼烟花不重俺俏书生。"发越新奇，皆非蹈袭。（《录鬼簿》卷下）

> 睢景臣："维扬诸公，俱作《高祖还乡》套数，惟公［哨遍］制作新奇，诸公皆出其下。又有［南吕·一枝花］，《题情》云：'人归燕子楼，被冷鸳鸯锦。酒空鹦鹉盏，钗折凤凰金。'亦为工巧，人所不及也。"（《录鬼簿》卷下）

　　这种"共诗朋闲访相酬和"①的写作，在古代文人诗歌的写作中占有很大比例，也是元散曲创作中常见的现象。

　　而流行于宋代文人中的在歌筵中即席作词，或是专为歌妓唱曲而创作的现象，在元散曲的创作中也时或可见。如冯子振《鹦鹉曲序》交待其写作缘由，明确提到是因伶妇御园秀"恨此曲无续"，"诸公"索和而写：

　　　　白无咎有［鹦鹉曲］云："侬家鹦鹉洲边住，是个不识字渔父，浪花中一叶扁舟，睡煞江南烟雨，觉来时满眼青山，抖擞绿蓑归去，算从前错怨天公，甚也有安排我处。"壬寅岁留上京，有北京伶妇御园秀之属，相从风雪中，恨此曲无续之者，且谓前后多亲炙士大夫，拘于韵度，如第一个父字，便难下语，又"甚也有安排我处"甚字必须去声字，我字必须上声字，音律始谐，不然，不可歌，此一节又难下语。诸公举酒，索余和之，以汴吴天京风景试续之。

　　再如元后期重要曲家乔吉现存散曲小令二百零九，套数十一，是除张可久外，元代留存散曲最富的曲家，其散曲既有自叙生活、歌咏隐逸、叹时伤世、感怀人生、描摹景物、抒写名胜的，也有许多陪宴侍酒、宴乐饮集、流连风月、题赠歌妓之作。像《秋日湖山偕白子瑞辈燕集赋以俾歌者赴拍侑樽》《席上赋李楚仪歌以酒送维扬贾候》等等，明确提到是于席上赋诗，命歌妓演唱。乔吉创作中的这种现象，在元散曲艺术创作中具有一定代表性，即散曲的写作场合，可能是常于酒宴之上，完成以后，可能会命歌妓艺人当场演唱。但与多数宋代文人词一样，主要是作家的一种自我写作，没有

---

　　① 马致远［南吕·四块玉］《叹世》，见隋树森《全元散曲》，中华书局1964年版，第236页。

直接的商业动机，与有些元杂剧专为商业演出而作有所不同。

文学文本的书面传播，是文学传播的主要形式，今天我们了解元曲，主要也是从这个渠道。但文本阅读的方式，在元代却不是元曲的主要传播渠道。比较于传统文学丰富的文本传播方式，在元当代，杂剧和散曲的文本传播是比较薄弱的。现存杂剧文本，除了《元刊杂剧三十种》，其他都是明人的刊本。散曲和传统文学的关系密切一些，元代刊本多一些，但与元散曲丰富的创作比较起来，仍很不足。《录鬼簿》大量提到"有乐府行于世"的前辈当今的名公才人，但说到其作品结集行于世的，仅有数人：

> 曾瑞：小曲有《诗酒余音》行于世。（卷下）
>
> 吴仁卿：有《金缕新声》行于世。（卷下）
>
> 钱霖：其自作乐府，有《醉边余兴》，词语极工巧。（卷下）
>
> 顾德润：自刊《九山乐府诗隐》二集，售于市肆。（卷下）
>
> 朱凯：所编《升平乐府》，及隐语《包罗天地谜韵》，皆余作序。（卷下）

虽然钟嗣成说有的人"或其词藻虽工，而不欲出示"（《录鬼簿》卷下），其实曲家们"亟欲传梓"（同上）之心，恐怕也很普遍。大多数曲家，其曲在元当代都未能刊行。乔吉："江湖间四十年，欲刊所作，竟无成事者。"（同上）吴本世："有《本道斋乐府》小稿及诗迷数千篇，以贫病不得志而卒。"（同上）钟嗣成自己也是有"乐府小曲，大篇长什，传之与人，每不遗稿，故未能就编焉"①。有专集流传下来的元曲家，只有张养浩、张可久等个别元后期曲家。乔吉的曲子，也是元明间人才蒐辑成集。元人编辑曲总集和选本等也不多见。《录鬼簿》有关散曲总集编纂的情况记录很少，卷下胡正臣条云：

> 正臣，杭州人……其子存善，能继其志。《小山乐府》、仁卿《金缕新声》、瑞卿《诗酒余音》至于《群玉》、《丛珠》，衷集诸公所作，编次有伦。及将古本（原缺二字），自取潭州易氏印行原文，元文（缺一字）读无讹，尽于书坊刊行，亦士林之翘楚也。

胡存善当是一位致力于搜落编集曲作的有心人士，惜其所编已佚。今存的元人散曲选本，仅有杨朝英《乐府新编阳春白雪》《朝野新声太平乐府》，无名氏的《梨园按试乐府新声》《乐府群珠》无名氏的《梨园按试乐府新声》《乐府群珠》《乐府群玉》等几种。统观元当代散曲文本的编辑刊行，有两个特点值得注意。

第一，曲集的编集刊行，都是在元后期。无论是曲集行于世的曾瑞、吴仁卿、钱霖、顾德润等人，还是动过编辑刊行念头而未成功的乔吉等人，都是元后期曲家。而且现存的元散曲专集和选本，也都是出于元后期。曾瑞等人的生卒行迹虽多不可考，但他们在具曲史意味的《录鬼簿》所处的位置都比较靠后。而杨氏二选等曲选涉及的元后期作家作品，也间接反映了这些选本的编辑时代。从曲集编辑刊行的这些情况，可以间接说明元前期散曲的文本传播方式，并不受创作者和接受者的重视。

第二，散曲集的编排方式，是以曲为中心的。《乐府新编阳春

---

① 《录鬼簿》朱士凯序，《中国古典戏曲论著集成》（二），中国戏剧出版社 1959 年版，第 138 页。

白雪》在大乐、小令、套数等不同的大类之下，再以曲调分为小类，并将《唱论》附于卷首。《朝野新声太平乐府》则在小令、套数之下，又以宫调区分曲牌。《梨园按试乐府新声》《乐府群珠》等元人曲选也是按令套区分，以曲调系类的方式编排的。元人曲选只有专收小令的《乐府群玉》"较之其他元人选本，体裁独异，盖他本不但兼取套数，且皆以宫调为序，此则曲不以调聚，而以人聚"①，但"惟卷中时有自乱其例之处，本应以词系人者，而人每隔卷复见，词遂前后零散"②。这种情况的出现，也间接反映出即使以曲系作者的编选者，对曲的重视程度也超过了人。以曲调分类的编排方法对了解作品、作者的时代和总体创作面貌颇为不便，但正可见编者对曲的重视。可以说，这些曲集以文本的方式呈现，但在编者和当时的读者心中，都不仅是为了书面阅读，更是歌唱的曲本。

三、散曲作为歌诗的创作和传播特点

文本阅读和传诵不是散曲在元当代的主要的传播方式，重要的原因之一，当是散曲作为歌诗的性质决定的。我国歌诗创作的传统十分悠久。歌诗具有文人徒诗所不具备的民间性和表演性，既有纯粹的民间歌声，也有文人为歌唱而写之作。歌诗的艺术传播，在作品产生的时代，大多是口头歌咏、弦索奏弹等。元散曲作为配合音

---

① 《类聚名贤乐府群玉提要》，见《历代散曲汇纂》，浙江古籍出版社 1998 年版，第 91 页。
② 《类聚名贤乐府群玉跋》，见《历代散曲汇纂》，浙江古籍出版社 1998 年版，第 119 页。

乐演唱的文人歌诗，其创作传播方式，也继承古代歌诗依声作辞、歌之于口的传统。

　　文人诗词广泛流播于民间和歌妓之口，不是元散曲的特有现象，唐宋时期已很普遍。白居易《与元九书》中谈到他的诗歌在当时广泛传播的情况："日者，又闻亲友间说：礼、吏部举选人，多以仆私试赋判传为准的。其余诗句，亦往往在人口中。仆恧然而自愧，不之信也。及再来长安，又闻有军使高霞寓者，欲聘倡妓，妓大夸曰：'我诵得白学士《长恨歌》，岂同他妓哉？'由是增价。又足下书云，到州日，见馆柱间有题仆诗者，复何人哉？又昨过汉南日，适遇主人集众乐，娱他宾，诸妓见仆来，指而相顾曰：'此是《秦中吟》、《长恨歌》主耳。'自长安抵江西，三四千里，凡乡校、佛寺、逆旅、行舟之中往往有题仆诗者，士庶、僧徒、孀妇、处女之口每每有咏仆诗者。"[1]白居易所作是徒诗而非歌诗，其口头传播的方式，也是吟咏而非歌唱。唐人以文人诗歌为歌辞是普遍而平常的事。唐人薛用弱《集异记》记载的旗亭赌唱就是典型的例子：

　　开元中，诗人王昌龄、高适、王之涣齐名。时风尘未偶，而游处略同。一日天寒微雪，三诗人共诣旗亭，贳酒小饮。忽有梨园伶官十数人，登楼会宴。三诗人因避席偎映，拥炉火以观焉。

　　俄有妙妓四辈，寻续而至，奢华艳曳，都冶颇极。旋则奏乐，皆当时之名部也。昌龄等私相约曰："我辈各擅诗名，每不自定其甲乙，今者可以密观诸伶所讴，若诗入歌词之多者，则为优矣。"俄而，一伶拊节而唱曰："寒雨连江夜入吴，平明送客楚山孤。洛阳亲友如相问，一片冰心在玉壶。"昌龄则引

────────────

① 董诰等：《全唐文》，上海古籍出版社1990年版，第3053页。

手画壁曰："一绝句。"寻又一伶讴之曰："开箧泪沾臆，见君前日书。夜台何寂寞，犹是子云居。"适则引手画壁曰："一绝句。"寻又一伶讴曰："奉帚平明金殿开，且将团扇共徘徊。玉颜不及寒鸦色，犹带昭阳日影来。"昌龄则又引手画壁曰："二绝句。"涣之自以得名已久，因谓诸人曰："此辈皆潦倒乐官，所唱皆《巴人》下俚之词耳！岂《阳春》《白雪》之曲，俗物敢近哉！"因指诸妓之中最佳者曰："待此子所唱，如非我诗，吾即终身不敢与子争衡矣。脱是吾诗，子等当须列拜床下，奉吾为师。"

因欢笑而俟之。须臾，次至双鬟发声，则曰："黄河远上白云间，一片孤城万仞山。羌笛何须怨杨柳，春风不度玉门关。"之涣即揶揄二子曰："田舍奴！我岂妄哉？"因大谐笑。诸伶不喻其故，皆起诸曰："不知诸郎君何此欢噱？"昌龄等因话其事。诸伶竞拜曰："俗眼不识神仙，乞降清重，俯就筵席。"三子从之，饮醉竟日。①

王昌龄、高适、王之涣的五、七言绝句，在酒楼被歌妓演唱，诸位诗人之名，也传于歌妓之口。但唐代歌妓歌唱的文人诗，少有诗人专为歌妓演唱作诗。配乐歌唱的唐人声诗，大多不是文人专为歌唱而作，而是文人徒诗的歌辞化。

宋代的情况有了很大不同，繁荣的城市中，"新声巧笑于柳陌花衢，按管调弦于茶坊酒肆"，"又有下等妓女，不呼自来筵前歌唱"②，娱乐场所需要大量歌词。中唐以来流行民间、文人逐渐染

---

① 薛用弱：《集异记》，《古小说丛刊》，中华书局 1980 年版，第 11～12 页。
② 孟元老：《东京梦华录》，《东京梦华录》（外四种），古典文学出版社 1956 年版，第 1 页，第 16 页。

指的曲子词，宋代成了文人创作中的重要形式，社会文化消费的热点。文人士大夫词通过各种途径流传到民间，更有词人直接为歌女写词。如柳永之词，也和白居易诗一样，在当时极为流行，"凡有井水饮处，即能歌柳词"①。柳词的写作，不仅不再是为裨补时政，甚至有些不完全是为个人的抒情言志，而是在出入秦楼楚馆时应歌者之请而写。"多游狎邪，善为歌辞。教坊乐工，每得新腔，必求永为辞，始行于世。于是声传一时。"② 柳永《玉蝴蝶》就描述了歌妓向自己求词的景象：

> 珊瑚筵上，亲持犀管，旋叠香笺。要索新词，媵人含笑立尊前。

不仅像柳永这种流连坊曲、与歌儿舞女来往密切的文人创作传播中有应歌者所请、为歌唱而作的情况，锐意于词的文人化的苏轼这类文人，也有应娼家之请倚声填词、播之歌妓之口之作。李之仪《跋戚氏》说苏轼：

> 按前所约之地，穷日力尽欢而罢。或夜则以晓角动为期。方从容醉笑间，多令宫妓随意歌于坐侧，各因其谱，即席赋咏。一日，歌者辄于老人（苏轼）之侧，作《戚氏》，意将索老人之才与仓促……随声随写，歌竟篇就，才点定五、六字尔。③

元散曲歌诗特有的创作和传播方式，表现得更是充分。燕南芝

---

① 叶梦得：《避暑录话》卷下，《石林诗话·避暑录话》，上海古籍出版社 2012 年版。

② 叶梦得：《避暑录话》卷下，《石林燕语·避暑录话》，上海古籍出版社 2012 年版。

③ 张惠民：《宋代词学资料汇编》，汕头大学出版社 1993 年版，第 196 页。

庵《唱论》谈到歌之所时云：

> 凡歌之所：桃花扇，竹叶樽，柳枝词，桃叶怨，尧民鼓腹，壮士击节，牛僮马仆，闾阎女子，天涯游客，洞里仙人，闺中怨女，江边商妇，场上少年，圊圊优伶，华屋兰堂，衣冠文会，小楼狭阁，月馆风亭，雨窗雪屋，柳外花前。①

不仅歌唱的场所十分广泛，歌者也包括了社会各阶层人士。"教坊驰名，梨园上班"②的歌妓们，对元散曲在当代的广泛传播更是贡献甚巨。散曲作品就常有反映。如乔吉［南吕·一枝花］《合筝》这样写"豪客"与歌妓筝歌相和：

> 酒酣春色浓，帘卷花阴静。佳人娇和曲，豪客醉弹筝。心与手调停，敛袂待弦初定，雁行斜江月影。擸挣银甲指拨轻清，按金缕歌喉数声。

> ［梁州第七］歌应指似林莺呖呖，指随歌似山溜泠泠，同声相应的凉州令。滴银盘秋雨，敲玉树春冰，恰壮怀慷慨，又私语丁宁。逆琼珠万颗璁琤，间骊珠一串分明。恰便似卓文君答抚琴相如，黄念奴伴开元寿宁，小单于学鼓瑟湘灵绎如也以成，迟疾纤巧随抠掐无些儿病。腔儿稳，字儿正，一对儿合得着绸缪有情，效鸾凤和鸣。

> ［尾］煞强如泣琵琶泪湿青衫上冷，仿佛似鹦鹉声讹锦罩内听，洗得平生耳根净。风流这生，乞戏可憎，我便有陶学士的鼻凹也下不得绷。

---

① 燕南芝庵：《唱论》，《中国古典戏曲论著集成》（一），中国戏剧出版社地1959年版，第160页。

② 乔吉：《越调·斗鹌鹑·歌姬》，隋树森《全元散曲》，中华书局1964年版，第643页。

曲中描写的这种唱曲情景，应当是元散曲的一般的演唱情形。元散曲有许多作于歌宴上的曲子，演唱的情景可能都与此类似。

歌诗这种音乐文艺形式，最大的特点就是音乐歌唱为一体，《诗》乐亡而乐府继起，乐府逐渐演变为徒诗，又有词体出现，词体成为一种依谱填词的雅化的格律诗后，更适宜于配合时调新声演唱的曲体又成为文人歌诗的主流。作为配合音乐演唱的歌辞，歌诗从先秦到宋元，艺术形态有许多变化，而歌唱始终是其最重要的传播渠道。词的逐渐诗化，雅化，格律化，极大地提高了词的文学地位，也带来了词的诗化，某种程度上削弱了词作为歌曲的传统。以周邦彦为代表的大晟府词人和以姜夔、张炎等为代表的格律派词人，又使词乐典雅化、格律化，不再适合民间群众的文化生活要求，而与雅化词乐不同的市井新声，受到广泛欢迎。高雅的词乐旧曲"小唱"，主要的消费者是具有较高文化修养的文人士大夫，在宋代的瓦舍中就已衰微。"唱叫小唱，谓执板唱慢曲、曲破，大率重起轻杀，故曰浅斟低唱，与四十大曲舞旋为一体，今瓦市中绝无"①。词乐的演唱，并未绝迹。在元代，也还有艺人擅唱"慢词""小唱"，《青楼集》中就有这类记载。但元代歌诗创作和传播的主体，是汇集了时调新声的散曲，作为一种鲜活的音乐艺术形式，其传播也和传统歌诗一样，以鼓板弦索、歌唱吟咏形式，流传在艺人歌妓口头，活跃在青楼歌馆、勾栏瓦肆的表演中。

---

① 耐得翁：《都城记胜》"瓦舍众伎"，《东京梦华录》（外四种），古典文学出版社，1956 年版，第 96 页。

四、元散曲创作传播和消费中的新因素

作为古代文人歌诗创作的最后高峰，在元代这个特殊的时代环境下，元散曲的创作和传播，除与传统歌诗艺术生产相同之处，还表现出时代特征和通俗艺术的独特性。

宋代的文人词已比传统的文人诗文更为贴近市民生活和文化消费，但宋代文人还是一个远离市民社会的阶层。即便像柳永这样出入青楼、流连坊曲的词作者，仍然是传统文人，和元代"沉沦"于市井的文人还有所不同。柳永虽因种种原因成为科举和仕途的弃儿，不得已以浅吟低唱终其一生，但在唐宋科举制度背景下，知识分子的出路较为优越，他们有以天下为己任的人生观，把齐家治国平天下作为自己的人生奋斗目标，整个社会也对读书人相当看重。无论文人自己，还是在旁观者看来，文人都高于市民社会。比如，宋代和元代都有书会这种组织，但两者实质上是有不同的。宋代书会主要是为勾栏瓦肆中演出的杂剧、讲史、诸宫调等通俗文艺撰写文学脚本，是一种以民间艺人为主体的行会组织。《武林旧事》卷六"诸色伎艺人"中"书会"条记有李霜涯、周竹窗、李大官人、平江周二郎、叶庚、贾廿二郎六人，这些人的行迹皆不可知，既被称为"伎艺人"，当都是民间艺人。他们所写的作品已不可知，就《武林旧事》记李霜涯"作赚绝伦"，李大官人"谭词"来看，他们所作，大约是民间曲艺的底本吧。在宋代，书会中人主要是民间艺人，即便有科场失意的士子，恐怕也是少数。宋代知识分子的主要群体和书会这种民间行会组织并无关系，他们参加的文学团体，是诗社这一传统的文人雅集团体。

　　元代则不同，文人知识分子大量地加入书会，《录鬼簿》所记的前辈才人和方今才人，以及《录鬼簿续编》所记的七十余位曲家，应多为书会中人。这些文人知识分子的加入，书会也就由宋代的民间艺人的行会组织，转变为一个有别于诗社等传统雅文学团体的市民文人的文学团体。元代书会才人大致不外两类人士。一是寄生勾栏的职业作家，以写作杂剧等卖文为生的文人；一是以写作为第二职业的下吏，或是以下吏为第二职业的作家。后一类元曲家表面上和传统文人亦官亦文相近，其实却有很大差别。传统文人观念中，作文目的或为教化，或为言志抒怀，或为自娱，而对书会中的下吏曲家而言，在这些传统的目的之外，和职业写手一样，怎样取悦于以市井细民为主体的观众，也是他们写作不能不考虑的因素。因此，不管元代文人加入书会的原因是由于科举废止，士失其业，不得不落脚于勾栏瓦肆，成为以之为生的职业曲家，还是在杂剧等通俗艺术勃兴的时代，为这一片新天地所吸引，都或多或少受到书会作为市井文学团体特性的制约，表现出和传统文人的某些不同，和与城市大众娱乐的某些联系。

　　元散曲的作者，固然有许多具有相当社会地位的"前辈名公"介入，散曲作品也不像许多杂剧那样出于商业演出的目的创作，应用于商业演出之中，但散曲的作者中，大量都是市井的书会"才人"，即便是所谓居要路的"名公"，青楼歌馆的生活也是他们生活的一部分。散曲作品，即便不是为商业性演出而作，但很多作品应会在歌馆勾栏中，被歌妓用来作营业性演唱，成为商业演出的一部分。

　　名公才人与歌妓往来、作曲唱曲的场面，在《青楼集》《录鬼簿》《南村辍耕录》等涉及元代曲家和艺人生活的记载中时或能见。如《南村辍耕录》卷四：

虞邵庵先生集在翰苑时，宴散散学士家，歌儿郭氏顺时秀者，唱今乐府，其［折桂令］起句云："博山铜细袅香风。"一句而两韵，名曰短柱，极不易作。①

再如《录鬼簿续编》：

兰楚芳，西域人，江西元帅，功绩多著。丰神秀英，才思敏捷。刘廷信在武昌，赓和乐章，人多元白拟之。时有名姬刘婆惜，筵间切脍，公因随口歌［落梅花］云："金刀细，锦鲤肥，更那堪玉葱纤细。"刘接云："得些醋，成风味美，诚当俺这家滋味。"②

曲家和歌妓在歌筵上的酬唱，与文人间的酬唱，性质有所不同。由于歌妓身份的特殊性，这种酬唱不纯粹是一种艺术交流，而具有某些商业消费的性质。歌妓在歌筵酒宴上演唱其他曲家的创作，由于歌妓艺人是以此为职业谋生的人，这种演唱，也就具有了某种商业演出的性质。《录鬼簿》提到许多曲家的乐府、小曲行于世，其中应当包括唱于歌妓之口这种情况。《录鬼簿续编》说金文石："幼年从名姬顺时秀歌唱。其音、律调清巧，无毫厘之差，节奏抑扬，或过之。及作乐府，名公大夫、伶伦等辈，举皆叹服。"③为伶伦辈叹服，可以想见，其作是传于伶伦之口的。

当然，散曲的演唱和杂剧在勾栏瓦肆的广泛扮演应不尽相同。

---

① 陶宗仪：《南村辍耕录》，齐鲁书社 2007 年版，第 55 页。
② 无名氏：《录鬼簿续编》，《中国古典戏曲论著集成》（二），中国戏剧出版社 1959 年版，第 287 页。
③ 无名氏：《录鬼簿编编》，《中国古典戏曲论著集成》（二），中国戏剧出版社 1959 年版，第 288 页。

《唱论》说"街市小令，唱尖歌倩意"，① 散曲作为时行小令，流行街市，为非专业歌者所唱，当很普遍，而专业的歌妓唱小令和对叙事性较强的长篇作品的演唱，情况可能也还有不同。前者和宋文人词及时调小令歌唱表演的消费形式相近，当多是为助兴宥酒在各种宴集和酒楼歌馆中演出。套曲的演唱，性质应更接宋金娱乐场所唱赚、诸宫调等曲艺的演出，除浅吟低唱外，对表演技艺的要求当更高。而艺人歌妓唱曲，对曲的传播具有重要意义，沟通了文人创作和民间的关系。源于民间的小曲，经女伶演唱，传播到文人士大夫阶层，为他们的创作提供了新形式。文人散曲的传播，也离不开艺人的歌唱表演。元朝"混一区宇，殆将百年，天下教舞之妓，何啻亿万"②。艺人广泛参与了元曲的传播，是元代传播曲文化的重要群体，在元曲艺术生产中起到了不可替代的作用。

元曲的消费主体和消费场所，与传统文学相较，也有新特点。元代存在着广泛的艺术消费市场，元曲的消费主体也比较复杂，上至朝廷官员、文人士大夫，下到城乡平民百姓、引车卖浆者流。元代"内而京师，外而郡邑，皆有所谓构栏者，辟优萃而隶乐，观者挥金与之"③。元曲在"茶坊中嗑，勾肆里嘲"④。在歌馆勾栏中"挥金"的观众，包括各类人等，在茶坊、勾肆中"嗑""嘲"的，有杂剧，也有散曲。高安道［哨遍］《嗓淡行院》和杨立斋［哨遍］就反映了下层文人、低级官员在茶坊歌楼作乐的情况：

---

① 燕南芝庵：《唱论》，《中国古典戏剧论著集成》（一），中国戏剧出版社 1959 年版，第 160 页。

② 夏庭芝：《青楼集·青楼集志》，《中国古典戏曲论著集成》（二），中国戏剧出版社 1959 年版，第 7 页。

③ 《青楼集·青楼集志》，《中国古典戏曲论著集成》（二），中国戏剧出版社 1959 年版，第 7 页。

④ 钟嗣成：《录鬼簿》，《中国古典戏曲论著集成》（二），中国戏剧出版社 1959 年版，第 194 页。

　　[哨遍·嗓淡行院] 暖日和风清昼，茶余饭饱斋时候。自叹抱官囚，被名缰牵挽无休，寻故友。出来的衣冠济楚，像儿端严，一个个特清秀。都向门前等候，待去歌楼作乐，散闷消愁。倦游柳陌烟花，且向棚阑玩俳优。赏一会妙舞清歌，瞅一会皓齿明眸，趁一会闲茶浪酒。

　　[哨遍] [么] 莫将愁字儿眉尖挂，得一笑处笑一时半霎。百钱长向杖头挑，没拘没处到处行踏。饥时节选着那六局全食店里添些个气，渴时节拣那百尺高楼上咽数盏儿巴。更那碗清茶罢，听俺几回儿把戏也不村呵。

　　高安道生平不详，就所引曲文的自述和在该曲下文中对艺人的嘲戏态度来看，他当是曾做过下层官吏的文人。该曲提到"歌楼作乐"，歌楼应是演唱包括散曲等歌曲的场所。下文还有许多嘲戏艺人装扮等文字，当是勾栏中杂剧、院本等扮演的情景。杨立斋亦生平不详，曲中听"把戏"，是在酒楼茶坊中。所听把戏，亦当是清唱的散曲或剧曲之类，才能适合在这种场合表演。一本完整的杂剧演出，有众多的戏剧角色和配合人员，戏台需专门布置，要提前收拾准备。还需要各种砌末，是一个相当复杂的综合艺术创作过程。艺人随处做场表演是不可能的。当然，不要砌末，只要小唱的片断表演，可以叫个别演员到临时场所表演，戏文《宦门子弟错立身》中延寿马就曾叫散乐王金榜到书院和茶坊中去表演，在书院中王金榜报了一大串杂剧名，在茶坊中王金榜也"作场"，但都仅其一人，并未装扮，只能是清唱。歌馆、酒楼、茶坊等也应是散曲商业性消费的重要场所。

　　总之，散曲在元代是咏唱于人们口头，活跃于艺人的演唱中。论及元散曲的生产价值时，首先当然要从判断文学作品的一般价值体系出发，肯定其反映社会生活的广度深度，以及应用语言艺术、塑造艺术境界的巨大成就。此外，对其作为歌唱艺术所具有的复杂艺术形式，以及其传播消费特点赋予它的艺术特质等，也应给予相当的重视。元散曲既继承了文人歌诗的传统，但在其创作、传播、消费中，都打上了深深的时代烙印。与杂剧一样，元散曲的创作者有大量下层文人和不仕文人，其消费者除传统的文人阶层外，还有市民阶层。元代虽然有些文人一直尝试散曲和杂剧创作的雅化，但元曲，尤其是剧曲，都属通俗文学范畴。唐宋文人词和元曲这种雅俗的不同，标明传统雅文化在文艺生产中主流地位已发生动摇。

主要参考文献

著作

1. 任讷《散曲丛刊》，上海：中华书局，1930 年版。

2. 《古本戏曲丛刊》编辑委员会编《古本戏曲丛刊四集》，上海：商务印书馆，1957 年版。

3. 臧晋叔《元曲选》，北京：中华书局，1958 年版。

4. 杨朝英选、隋树森校订《朝野新声太平乐府》，北京：中华书局，1958 年版。

5. 隋树森《元曲选外编》，北京：中华书局，1959 年版。

6. 中国戏曲研究院编《中国古典戏曲论著集成》，北京：中国戏剧出版社，1959 年版。

7. 隋树森《全元散曲》，北京：中华书局，1964 年版。

8. 隋树森《全元散曲简编》，上海：上海古籍出版社，1984 年版。

9. 杨朝英、郭勋等《历代散曲汇纂》，杭州：浙江古籍出版社，1998 年版。

10. 王季思《全元戏曲》，北京：人民文学出版社，1999 年版。

11. 孟元老等《东京梦华录》（外四种），上海：古典文学出版社，1956 年版。

12. 刘永济《宋代歌舞剧曲录要》，上海：古典文学出版社，1957 年版。

13. 青木正儿著、隋树森译《元人杂剧概说》，北京：中国戏剧出版社，1957 年版。

14. 胡忌《宋金杂剧考》，上海：古典文学出版社，1957 年版。

15. 青木正儿《中国近世戏曲史》，北京：作家出版社，1958 年版。

16. 胡忌《宋金杂剧考》（订补本），北京：中华书局，2008 年版。

17. 周贻白《中国戏剧史长编》，北京：人民文学出版社，1960 年版。

18. 郑骞《北曲新谱》卷二，台北：台北艺文出版社，1973 年版。

19. 刘熙载《艺概》，上海：上海古籍出版社，1978 年版。

20. 周贻白《中国戏曲发展史纲要》，上海：上海古籍出版社，1979 年版。

21. 张庚、郭汉城《中国戏曲通史》，北京：中国戏剧出版社，1980 年版。

22. 孙楷第《元曲家考略》，上海：上海古籍出版社，1981 年版。

23. 徐扶明《元代杂剧艺术》，上海：上海文艺出版社，1981 年版。

24. 周贻白《周贻白戏剧论文选》，长沙：湖南人民出版社，1982 年版。

25. 任半塘《唐声诗》，上海：上海古籍出版社，1982 年版。

26. 任半塘《唐戏弄》，上海：上海古籍出版社，1984 年版。

27. 周密《武林旧事》，杭州：浙江人民出版社，1984 年版。

28. 王国维《王国维戏曲论文集》，北京：中国戏剧出版社，1984 年版。

29. 王文才《元曲纪事》，北京：人民文学出版社，1985 年版。

30. 宁宗一、陆林、田桂民《元杂剧研究概述》，天津：天津教育出版社，1987 年版。

31. 蔡毅《中国古典戏曲序跋汇编》，济南：齐鲁书社，1989 年版。

32. 珍妮特·沃尔芙《艺术的社会生产史》，北京：华夏出版社，1990 年版。

33. 李昌集《中国古代散曲史》，上海：华东师范大学出版社，1991 年版。

34. 羊春秋《散曲通论》，长沙：岳麓书社，1992 年版。

35. 洛地《词乐曲唱》，北京：人民音乐出版社，1995 年版。

36. 王星琦《元散曲艺术风格研究》，南京：江苏文艺出版社，1996 年版。

37. 李修生《元杂剧史》，南京：江苏古籍出版社，1996 年版。

38. 王国维《宋元戏曲史》，上海：上海古籍出版社，1998 年版。

39. 廖奔、刘彦君《中国戏曲发展史》，太原：山西教育出版社，2000 年版。

40. 徐慕云《中国戏剧史》，上海：上海古籍出版社，2001 年版。

41. 奚海《元杂剧论》，石家庄：河北教育出版社，2001 年版。

42. 钟涛《元杂剧艺术生产论》，北京：北京广播学院出版社，2003 年版。

43. 吴梅、冯统一《中国戏曲概论》，北京：人民文学出版社，2004 年版。

44. 赵义山《元散曲通论》（修订本），上海古籍出版社，2004 年版。

45. 叶长海《中国戏剧史》，上海：上海古籍出版社，2005 年版。

46. 赵敏俐等《中国古代歌诗研究——从〈诗经〉到元曲的艺术生产史》，北京：北京大学出版社，2005 年版。

47. 陶宗仪《南村辍耕录》，济南：齐鲁书社，2007 年版。

48. 刘晓明《杂剧形成史》，北京：中华书局，2007 年版。

49. 张一兵、周宪主编《吴梅词曲论著集》，南京：南京大学出版社，2008 年版。

50. 郑振铎《插图本中国文学史》，北京：中国社会科学出版社，2009 年版。

论文

1. 萧善因《谈元杂剧的产生及其体制》，《吉林戏剧》，1979 年第 5 期。

2. 周济人《元杂剧的体制》，《戏曲艺术》，1981 年第 3 期。

3. 徐声越《元杂剧变例》，《华东师范大学学报》，1982 年第 5 期。

4. 李春祥《元剧宾白的作者和评价问题》，《戏曲艺术》，1983 年第 2 期。

5. 布鲁南《试析关于隐居、纵酒的元代散曲》，《宁夏教育学院学报》，1983 年第 4 期。

6. 洛地《"一正众外""一角众脚"——元杂剧非脚色制论》，《戏剧艺术》，1984 年第 3 期。

7. 李昌集《情感结节与戏剧高潮——元杂剧结构方式研究》，《扬州师院学报（社会科学版）》，1987 年第 1 期。

8. 郑军健《元代隐逸散曲的再认识》，《广西师院学报》，1988 年第 4 期。

9. 田守真《元散曲家为什么嘲笑屈原》，《四川师范大学学报》，1989 年第 5 期。

10. 滕振国《元杂剧体制形成原因新探》，《争鸣》，1989 年第 4 期。

11. 田守真《反传统：元散曲的艺术追求与精神实质》，《四川师范大学学报》，1990 年第 6 期。

12. 许金榜《元散曲的"趣"》，《东岳论丛》，1992 年第 5 期。

13. 韩丽霞《从元杂剧体制看中国戏曲显在叙述模式的若干基本特性》，《河南教育学院学报》，1997年第2期。

14. 李日星《散曲谐趣论》，《中国韵文学刊》，1997年第2期。

15. 洪哲雄、董上德《论元杂剧的文体特点》，《中国人民大学学报》，1998年第2期。

16. 于天池《宋代瓦舍中的流行歌曲——唱赚》，《文史知识》，1999年第3期。

17. 黄翔鹏《中国古代音乐歌舞伎乐时期的有关新材料、新问题》，《文艺研究》，1999年第4期。

18. 黄竹三《元杂剧的体制结构和表演特点》，《古典文学知识》，1999年第5期。

19. 解玉峰《北杂剧"外"辨释》，《文献》，2000年第1期。

20. 陈维昭《元杂剧的演唱体制及其叙事学意义》，《戏剧艺术》，2000年第3期。

21. 吴晟《戏文、元杂剧情节长度差异及其成因》，《戏剧艺术》，2001年第1期。

22. 徐大军《元杂剧演述体制中说书人的叙述质素》，《戏剧艺术》，2002年第6期。

23. 蒋星煜《〈西厢记〉与元杂剧"一人主唱"体制问题》，《艺术百家》，2003年第1期。

24. 赵建坤《论元杂剧"探子主唱"模式的表演本质》，《戏曲艺术》，2003年第1期。

25. 俞为民《元代南北戏曲的交流与融合》，《山西师范大学学报（社会科学版）》，2003年第2期。

26. 焦中栋《杂剧〈货郎旦〉创作时间辩证——兼论北杂剧的早期创作》，《中国戏曲学院学报》，2003年第5期。

27. 赵晓红《朱有燉杂剧对元杂剧体制的突破》，《戏曲研究》，2004年第2期。

28. 王宁《"连厢"补证》，《戏剧》，2004年第2期。

29. 《宋代戏、曲对元杂剧形成的影响——兼论中国戏曲的形成》，《艺术百家》，2005 年第 1 期。

30. 徐大军《元杂剧主唱人的选择、变换原则》，《文艺研究》，2006 年第 8 期。

31. 王荣《小议元杂剧"一人主唱"体制》，《安徽文学》（下半月），2007 年第 12 期。

32. 王平《试论杂剧体制在元末明初的变化》，《戏曲研究》，2008 年第 1 期。

33. 陶文鹏、赵雪沛《论唐宋词的戏剧性》，《文艺研究》，2008 年第 1 期。

34. 孙福轩《"连厢"考释》，《艺术百家》，2008 年第 1 期。

35. 杜海军《从元刊杂剧重新审视元杂剧体制之原貌》，《求是学刊》，2009 年第 4 期。

36. 朱崇志《中国古代戏曲选本研究》，华东师范大学 2003 届博士论文。

37. 步雪琳《论元杂剧文本体制对其叙事的影响》，河北师大 2004 届硕士论文。

38. 吕文丽《诸宫调与中国戏曲形成》，中国艺术研究院 2004 届博士论文。

39. 吕稳醒《元杂剧旦本戏研究》，河北师大 2006 届硕士论文。

40. 张晓兰《宋代伎艺及其对元杂剧的影响》，兰州大学 2006 届硕士论文。

附录

王季思《全元戏曲》209 种杂剧主唱统计表

表一　正色扮演一个角色的剧目（共 128 种，无名氏 53 种）

作者	剧名	正色	主唱角色	折数
关汉卿	包待制三勘蝴蝶梦	正旦	王母（第三折俫儿有唱）	四折一楔子
关汉卿	赵盼儿风月救风尘	正旦	赵盼儿	四折
关汉卿	杜蕊娘智赏金线池	正旦	杜蕊娘	四折一楔子
关汉卿	望江亭中秋切鲙	正旦	谭记儿	四折
关汉卿	感天动地窦娥冤	正旦	窦娥（窦天章唱楔子）	四折一楔子
关汉卿	钱大尹智宠谢天香	正旦	谢天香	四折一楔子
关汉卿	温太真玉镜台	正末	温峤	四折
关汉卿	山神庙裴度还带	正末	裴度	四折一楔子（三折后）
关汉卿	状元堂陈母教子	正旦	陈母	四折一楔子
关汉卿	包待制智斩鲁斋郎	正末	张珪	四折一楔子
关汉卿	诈妮子调风月	正旦	燕燕	四折
关汉卿	闺怨佳人拜月亭	正旦	瑞兰	四折一楔子
白仁甫	唐明皇秋夜梧桐雨	正末	唐明皇	四折一楔子
白仁甫	裴少俊墙头马上	正旦	李千金	四折

214

续表

作者	剧名	正色	主唱角色	折数
高文秀	黑旋风双献功	正末	李逵	四折一楔子（一折后）
高文秀	保成公径赴渑池会	正末	蔺相如	四折两楔子（剧首、三折后）
高文秀	须贾大夫谇范叔	正末	范睢	四折一楔子
高文秀	好酒赵元遇上皇	正末	赵元	四折
马致远	西华山陈抟高卧	正末	陈抟	四折
马致远	马丹阳三度任风子	正末	马丹阳	四折
马致远	半夜雷轰荐福碑	正末	张镐	四折一楔子（一折后）
马致远	破幽梦孤雁汉宫秋	正末	汉元帝	四折一楔子
马致远	江州司马青衫泪	正旦	裴兴奴	四折一楔子（一折后）
马致远	吕洞宾三醉岳阳楼	正末	吕洞宾	四折一楔子（二折后）
王实甫	四丞相高宴丽春堂	正末	完颜乐善	四折
王实甫	吕蒙正风雪破窑记	正旦	刘月娥	四折
杨显之	临江驿潇湘秋夜雨	正旦	张翠鸾	四折一楔子
李寿卿	月明和尚度柳翠	正末	月明和尚	四折一楔子
李寿卿	说专诸伍员吹箫	正末	伍子胥	四折一楔子（三折后）
王伯成	李太白贬夜郎	正末	李白	四折
刘唐卿	降桑葚蔡顺奉母	正末	蔡顺	五折
武汉臣	散家财天赐老生儿	正末	刘从善员外	四折一楔子
王仲文	救孝子贤母不认尸	正旦	李氏	四折一楔子（一折后）

续表

作者	剧名	正色	主唱角色	折数
李文蔚	张子房圯桥进履	正末	张良	四折一楔子（二折后）
李文蔚	同乐院燕青博鱼	正末	燕青	四折一楔子
岳伯川	吕洞宾度铁拐李岳	正末	岳孔目	四折一楔子（二折后）
康进之	梁山伯李逵负荆	正末	李逵	四折
费唐臣	苏子瞻风月贬黄州	正末	苏轼	四折一楔子（三折后）
石子章	秦修然竹坞听琴	正旦	郑彩鸾	四折一楔子
石君宝	李亚仙花酒曲江池	正旦	李亚仙（郑元和唱楔子）	四折一楔子
石君宝	鲁大夫秋胡戏妻	正旦	梅英	四折
石君宝	诸宫调风月紫云亭	正旦	韩楚兰	四折一楔子
李行道	包待制智勘灰阑记	正旦	张海棠	四折一楔子
戴善夫	陶学士醉写风光好	正旦	秦弱兰	四折
郑廷玉	宋上皇御断金凤钗	正末	赵鹗	四折一楔子
郑廷玉	布袋和尚忍字记	正末	刘均佐	四折一楔子
郑廷玉	楚昭公疏者下船	正末	楚昭公	四折
张国宾	相国寺公孙合汗衫	正末	张义	四折
张国宾	罗李郎大闹相国寺	正末	罗李郎	四折两楔子（剧首、一折后）
宫大用	严子陵垂钓七里滩	正末	严子陵	四折
宫大用	死生交范张鸡黍	正末	范巨卿	四折一楔子
郑德辉	虎牢关三战吕布	正末	张飞	四折两楔子（二折后、三折后）
郑德辉	钟离春智勇定齐	正旦	钟离春	四折一楔子（二折后）

续表

作者	剧名	正色	主唱角色	折数
郑德辉	醉思乡王粲登楼	正末	王粲	四折一楔子
郑德辉	㑳梅香骗翰林风月	正旦	樊素	四折一楔子
郑德辉	迷青琐倩女离魂	正旦	张倩女	四折一楔子
郑德辉	辅成王周公摄政	正末	太师周公	四折一楔子
曾瑞卿	王月英元夜留鞋记	正旦	王月英	四折一楔子
杨梓	承明殿霍光鬼谏	正末	霍光	四折
杨梓	功臣宴敬德不服老	无标示	尉迟恭唱	四折
秦简夫	宜秋山赵李让肥	正末	赵礼	四折
秦简夫	东堂老劝破家子弟	正末	东堂老（李茂卿）	四折一楔子
秦简夫	晋陶母剪发待宾	正旦	陶侃之母	四折
乔梦符	李太白匹配金钱记	正末	韩飞卿	四折
乔梦符	杜牧之诗酒扬州梦	正末	杜牧之	四折一楔子
乔梦符	玉箫女两世姻缘	正末	韩玉箫	四折
萧德祥	杨氏女杀狗劝夫	正末	孙虫儿	四折一楔子
王日华	桃花女破法嫁周公	正旦	桃花女	四折一楔子
李唐宾	李云英风送梧桐叶	正旦	李云英	四折一楔子
刘君锡	庞居士误放来生债	正末	庞居士	四折一楔子
贾仲明	荆楚臣重对玉梳记	正旦	顾玉香	四折一楔子（一折后）
贾仲明	李素兰风月玉壶春	正末	李斌（别号玉壶生）	四折一楔子
贾仲明	铁拐李度金童玉女	正末	金安寿	四折
王子一	刘晨阮肇误入桃源	正末	刘晨	四折一楔子
无名氏	诸葛亮博望烧屯	正末	诸葛亮	四折
无名氏	张千替杀妻	正末	张千	四折一楔子
无名氏	玉清庵错送鸳鸯被	正旦	李玉英	四折一楔子
无名氏	争报恩三虎下山	正旦	李千娇	四折一楔子

续表

作者	剧名	正色	主唱角色	折数
无名氏	冻苏秦衣锦还乡	正末	苏秦	四折一楔子
无名氏	庞涓夜走马陵道	正末	孙膑	四折两楔子（剧首、一折后）
无名氏	孟德耀举案齐眉	正旦	孟光	四折
无名氏	两军师隔江斗智	正末	孙安小姐（张飞唱楔子）	四折一楔子（三折后）
无名氏	逞风流王焕百花亭	正末	王焕	四折一楔子（一折后）
无名氏	金水桥陈琳抱妆盒	正末	陈琳（殿头官唱楔子）	四折两楔子（剧首、二折后）
无名氏	锦云堂暗定连环计	正末	王允	四折
无名氏	崔府君断冤家债主	正末	张善友	四折一楔子
无名氏	冯玉兰夜月泣孤舟	正旦	冯玉兰	四折
无名氏	关云长千里独行	正旦	甘夫人	四折一楔子
无名氏	苏子瞻醉写赤壁赋	正末	苏东坡	四折一楔子（二折后）
无名氏	郑月莲秋夜云窗梦	正旦	郑月莲	四折
无名氏	施仁义刘弘嫁婢	正末	刘弘	四折一楔子
无名氏	瘸李岳诗酒玩江亭	正旦	赵江梅	四折
无名氏	十探子大闹延安府	正末	李圭（李廉史）	四折
无名氏	汉钟离度脱蓝采和	正末	蓝采和	四折
无名氏	张公艺九世同居	正末	张公艺	四折
无名氏	田穰苴伐晋兴齐	正末	田穰苴	四折一楔子（三折后）
无名氏	后七国乐毅图齐	正末	田单	四折
无名氏	吴起敌秦挂帅印	正末	吴起	四折一楔子

作者	剧名	正色	主唱角色	折数
无名氏	运机谋随何骗英布	正末	随何	四折一楔子（一折后）
无名氏	司马相如题桥记	正末	司马相如	四折
无名氏	邓禹定计捉彭宠	正末	吴汉	四折
无名氏	马援挝打聚兽牌	正末	马援	四折
无名氏	薛苞认母	正末	薛苞	四折
无名氏	刘关张桃园三结义	正末	张飞	四折
无名氏	张翼德大破杏林庄	正末	张飞	四折
无名氏	张翼德单战吕布	正末	张飞	四折
无名氏	张翼德三出小沛	正末	张飞	四折两楔子（一折后、二折后）
无名氏	周公瑾得志娶小乔	正末	周瑜	四折
无名氏	走凤雏庞掠四郡	正末	庞统	四折一楔子（一折后）
无名氏	都孔目风雨还牢末	正末	李孔目	四折一楔子
无名氏	陶渊明东篱赏菊	正末	陶渊明	四折
无名氏	贤达妇龙门隐秀	正旦	柳迎春（薛仁贵之妻）	四折一楔子
无名氏	招凉亭贾岛破风诗	正末	贾岛	四折
无名氏	李嗣源复夺紫泥宣	正末	李嗣源	四折一楔子（二折后）
无名氏	压关楼叠挂午时牌	正末	李存孝	四折一楔子（二折后）
无名氏	立功勋庆赏端阳	正末	柴绍	四折
无名氏	尉迟恭鞭打单雄信	正末	尉迟恭	四折
无名氏	赵匡胤打董达	正末	赵匡胤	五折

作者	剧名	正色	主唱角色	折数
无名氏	穆陵关上打韩通	正末	赵匡胤	四折一楔子（二折后）
无名氏	杨六郎调兵破天阵	正末	杨六郎（苗士安唱楔子）	四折一楔子
无名氏	八大王开诏救忠臣	正末	杨景（六郎）	四折一楔子（二折后）
无名氏	梁山五虎大劫牢	正末	李应	五折
无名氏	王矮虎大闹东平府	正末	王矮虎	四折
无名氏	宋公明排九宫八卦阵	正末	李逵	四折一楔子（三折后）
无名氏	张于湖误宿女真观	正旦	陈妙常	四折一楔子
无名氏	清廉官长勘金环	正旦	孙氏	四折一楔子
无名氏	观音菩萨鱼篮记	正旦	观音	四折一楔子
无名氏	时真人四圣锁白猿	正末	沈璧	四折一楔子

表二　正色扮演两个角色的剧目（共 49 种，无名氏 24 种）

作者	剧名	正色	主唱角色折数分配	折数
关汉卿	邓夫人苦痛哭存孝	正旦	邓夫人、莽古歹 3	四折
关汉卿	钱大尹智勘绯衣梦	正旦	王闰香、茶三婆 3	四折
关汉卿	刘夫人庆赏五侯宴	正旦	李氏、刘夫人 4	五折一楔子
关汉卿	尉迟恭单鞭夺槊	正末	李世民、探子 4	四折一楔子
孙仲章	河南府张鼎勘头巾	正末	刘员外 1、楔子，张鼎	四折一楔子（一折后）
李文蔚	破苻坚蒋神灵应	正末	王猛 1、谢玄	四折一楔子（二折后）
张寿卿	谢金莲诗酒红梨花	正旦	谢金莲、卖花三婆 3	四折

作者	剧名	正色	主唱角色折数分配	折数
吴昌龄	花间四友东坡梦	正末	佛印 1、2、4，松神 3	四折
吴昌龄	张天师断风花雪月	正旦	桂花仙子 1、3、4，嬷嬷 2（陈世英唱楔子）	四折一楔子（二折后）
孟汉卿	张孔目智勘磨合罗	正末	李德昌楔子、1、2 张鼎 3、4	四折一楔子
尚仲贤	洞庭湖柳毅传书	正旦	龙女三娘、电母 2	四折一楔子
尚仲贤	汉高皇濯足气英布	正末	英布，探子、英布 4	四折一楔子
郑廷玉	包待制智勘后庭花	正末	李顺 1、2，包龙图 3、4	四折一楔子
郑廷玉	看钱奴买冤家债主	正末	周荣祖，增福神 1	四折
李直夫	便宜行事虎头牌	正末	山寿马、金住马 2	四折
郑德辉	立成汤伊尹耕莘	正末	文曲星楔子，伊员外 1，伊尹 2、3、4	四折一楔子
金志甫	萧何月夜追韩信	正末	韩信、吕马童 4	四折
范子安	陈寄卿悟道竹叶舟	正末	正末吕洞宾 1、2、4，渔翁 3，列御寇 4 折唱数曲，冲末陈季卿唱楔子	四折一楔子
杨梓	忠义士豫让吞炭	正末	豫让、张孟谈 2	四折
罗贯中	宋太祖龙虎风云会	正末	赵匡胤、赵普唱第四折（石守信唱楔子）	四折一楔子
谷子敬	吕洞宾三度城南柳	正末	正末吕洞宾，第三折改扮渔翁	四折一楔子
杨景贤	马丹阳度脱刘行首	正末	王重阳 1，马丹阳	四折
高茂卿	翠红乡儿女两团圆	正末	韩弘道、院公 3	四折一楔子

续表

作者	剧名	正色	主唱角色折数分配	折数
贾仲明	萧淑兰情寄菩萨蛮	正旦	萧淑兰、嬷嬷2	四折
黄元吉	黄庭道夜走流星马	正旦	卜儿1，番女	四折
无名氏	小张屠焚儿救母	正末	张屠、急脚李能3	四折一楔子
无名氏	包待制陈州粜米	正末	张撇古1、包待制2、3、4（范仲淹唱楔子）	四折一楔子
无名氏	随何赚风魔蒯通	正末	张良1、蒯通	四折
无名氏	朱砂担滴水浮沤记	正末	王文用、太尉3	四折一楔子
无名氏	包龙图智赚合同文字	正末	刘天端楔、1，刘安住	四折一楔子
无名氏	小尉迟将斗将认父归朝	正末	宇文庆1、尉迟恭	四折
无名氏	谢金吾诈拆清风府	正末	佘太君1、2，皇姑3、4	四折一楔子
无名氏	朱太守风雪渔樵记	正末	朱买臣、张撇古3	四折一楔子（二折后）
无名氏	萨真人夜断碧桃花	正旦	碧桃、嬷嬷2	四折一楔子
无名氏	刘千病打独角牛	正末	刘千、出山彪4	四折
无名氏	摩利支飞刀对箭	正末	薛仁贵、探子3	四折一楔子（二折后）
无名氏	赵匡义智娶符金锭	正旦	符金锭、赵满堂2	四折两楔子（剧首、三折后）
无名氏	阀阅舞射柳蕤丸记	正末	唐介1、延寿马	四折一楔子（二折后）
无名氏	十八国临潼斗宝	正末	伍奢1、伍子胥	四折一楔子（一折后）
无名氏	韩元帅暗度陈仓	正末	韩信、探子3	四折一楔子（一折后）

作者	剧名	正色	主唱角色折数分配	折数
无名氏	关云长单刀劈四寇	正末	吕布 1、2、楔子，关云长 3、楔子、4、5	五折两楔子（二折后、三折后）
无名氏	十样锦诸葛论功	正末	张齐贤，黄巾使者 2	四折
无名氏	程咬金斧劈老君堂	正末	秦王李世民，探子 3	四折两楔子（剧首、二折后）
无名氏	长安城四马投唐	正末	王伯当、魏征 4	四折两楔子（剧首、二折后）
无名氏	徐茂公智降秦叔宝	正末	魏征 1，秦叔宝	四折两楔子（二、三折后）
无名氏	焦光赞活拿萧天佑	正末	党彦进 1，焦赞	四折
无名氏	梁山七虎闹铜台	正末	张顺楔子、1，吴用	五折
无名氏	吕翁三化邯郸店	正末	吕洞宾，渔翁 3	四折
无名氏	徐伯株贫富兴衰记	正末	徐伯株 1、2、4，火地真君唱 3（第四折末有齐唱）	四折一楔子

表三　正色扮演三个及以上角色的剧目（共 26 种，无名氏 13 种）

作者	剧名	正色	主唱角色折数分配	折数
关汉卿	关大王独赴单刀会	正末	乔公 1，司马徽 2，关公 3、4	四折
关汉卿	关张双赴西蜀梦	正末	使者 1、诸葛亮 2、张飞 3、4	四折

作者	剧名	正色	主唱角色折数分配	折数
高文秀	刘玄德独赴襄阳会	正末	刘琦 1、王孙 2、徐庶	四折两楔子（二折后、三折后）
马致远	邯郸道省悟黄粱梦	正末	汉钟离 1，改扮高太尉（楔子），改扮院公 2，改扮樵夫 3，改邦老、钟离 4	四折一楔子（一折后）
杨显之	郑孔目风雪酷寒亭	正末	宋彬楔子、4，赵用 1、2，张保 3	四折一楔子
狄君厚	晋文公火烧介子推	正末	介子推 1、3，阉官王安 2，樵夫 4	四折一楔子
孔文卿	地藏王证东窗事犯	正末	岳飞 1、3，呆行者 2，何宗立（楔、4）	四折两楔子
史九敬先	老庄周一枕蝴蝶梦	正末	太白金星 1、4，李府尹 2，三曹官 3（道士唱楔子）	四折一楔子（一折后）
纪君祥	赵氏孤儿大报仇	正末	韩厥 1，公孙杵臼 2、3，程勃 4、5（赵朔唱楔子）	五折一楔子
尚仲贤	尉迟恭三夺槊	正末	刘文靖 1，秦叔宝 2，尉迟恭 3、4	四折
张国宾	薛仁贵荣归故里	正末	薛大伯楔、2、4，杜如晦 1，伴哥 3	四折一楔子
朱凯	昊天塔孟良盗骨	正末	杨令公 1，孟良 2、3，杨和尚 4	四折
朱凯	刘玄德醉走黄鹤楼	正末	赵云 1，禾俫 2，姜维 3，张飞 4	四折

续表

作者	剧名	正色	主唱角色折数分配	折数
无名氏	神奴儿大闹开封府	正末	李德仁1，院公楔、2、3，包待制4	四折一楔子（一折后）
无名氏	玎玎珰珰盆儿鬼	正末	杨国用楔、1，瓦窑神2，张撇古3、4	四折一楔子
无名氏	狄青复夺衣袄车	正末	王环1，刘庆2、楔、4，探子3	四折一楔子（二折后）
无名氏	海门张仲村乐堂	正末	张孝友1、曳剌2、楔，张令史3、张仲4	四折一楔子（二折后）
无名氏	鲁智深喜赏黄花峪	正末	病关索杨雄1、2，黑旋风3，鲁智深4	四折
无名氏	二郎神醉射锁魔镜	正末	那吒1、3，天神2，探子4	四折
无名氏	云台门聚二十八将	正末	刘钦1，土地神2，严光3、4	四折
无名氏	莽张飞大闹石榴园	正末	简雍1，张飞2、4，杨修3	四折
无名氏	曹操夜走陈仓路	正末	张飞1、2，杨修3、4，马超楔子、5	五折一楔子（四折后）
无名氏	阳平关五马破曹	正末	黄忠楔子、1，马超2、楔子、4，杨修3	四折两楔子（剧首、三折后）
无名氏	寿亭侯怒斩关平	正末	诸葛亮1，关西汉2，关羽3、4	四折

作者	剧名	正色	主唱角色折数分配	折数
无名氏	关云长大破蚩尤	正末	寇准1，张天师楔子、2关羽神将3、楔子、4	四折一楔子（一折后、三折后）
无名氏	魏徵改诏风云会	正末	李靖1、楔子、4，秦叔宝楔子、2，魏徵3	四折一楔子（一折后、二折后）

表四　元杂剧中多个脚色主唱的剧目（6种）

作者	剧名	主唱角色折数分配	折数
无名氏	风雨像生货郎旦	正旦李彦和妻1，副旦张三姑2、3、4	四折
王实甫	崔莺莺待月西厢记	正旦崔莺莺、红娘，正末张生、惠明均唱	五本二十一折
白仁甫	董秀英花月东墙记	正旦董秀英、梅香，正末马生均唱	五折一楔子
吴昌龄	西游记	未标脚色，主唱角色转换频繁	六本二十四出
李好古	沙门岛张生煮海	正旦龙女1、4，仙姑毛女2，正末长老3	四折
贾仲明	吕洞宾桃柳升仙梦	正末翠柳与正旦娇桃轮唱	四折

表五　《全元戏曲》漏收的三部杂剧主唱情况

作者	剧名	主唱角色折数分配	折数
无名氏	包待制智赚生金阁	正末郭成1，正旦嬷嬷2，正末包拯3、4	四折
无名氏	龙济山野猿听经	正末樵夫1，猿猴（袁逊）2、3、4	四折一楔子（三折后）
无名氏	雁门关存孝打虎	正末陈敬思楔子、1、2，李存孝3，探子4	四折一楔子